A CONVENÇÃO DAS AVES

RANSOM RIGGS

A CONVENÇÃO DAS AVES

O LAR DA SRTA. PEREGRINE
PARA CRIANÇAS PECULIARES

Tradução de Giu Alonso e Rayssa Galvão

Copyright © 2020 by Ransom Riggs

Selo sobre as fotos das páginas 35, 36, 37, 108, 115 e 117 e imagem da capa dura
© 2018 by Chad Michael Studio

Original editado por Julie Strauss-Gabel

TÍTULO ORIGINAL
The Conference of the Birds

PREPARAÇÃO
Carolina Vaz

REVISÃO
Rayana Faria
Ulisses Teixeira

PROJETO GRÁFICO
Anna Booth

ARTE DE CAPA
Lindsey Andrews

FOTOS DE CAPA
Das coleções de Billy Parrott (frente) e de John Van Noate e Ransom Riggs (quarta capa)

DIAGRAMAÇÃO E ADAPTAÇÃO DE PROJETO GRÁFICO
Ilustrarte Design e Produção Editorial

ADAPTAÇÃO DE CAPA E LETTERING
Julio Moreira | Equatorium Design

CIP-BRASIL. CATALOGAÇÃO NA PUBLICAÇÃO
SINDICATO NACIONAL DOS EDITORES DE LIVROS, R

R426c

    Riggs, Ransom, 1979-
       A convenção das aves / Ransom Riggs ; tradução Giu Alonso, Rayssa Galvão. - 1. ed.
- Rio de Janeiro : Intrínseca, 2020.
       320 p. : il. ; 23 cm. (O lar da Srta. Peregrine para crianças peculiares ; 5)

       Tradução de: The conference of the birds
       Sequência de: Mapa dos dias
       ISBN 978-85-510-0623-8

       1. Ficção americana. I. Alonso, Giu. II. Galvão, Rayssa. III. Título. IV. Série.

20-62466   CDD: 813
                                                  CDU: 82-3(73)

Vanessa Mafra Xavier Salgado - Bibliotecária - CRB-7/6644

[2020]
Todos os direitos desta edição reservados à
EDITORA INTRÍNSECA LTDA.
Rua Marquês de São Vicente, 99, 3º andar
22451-041 – Gávea
Rio de Janeiro – RJ
Tel./Fax: (21) 3206-7400
www.intrinseca.com.br

A CONVENÇÃO DAS AVES

*Vocês que moram na cidade e levam vidas pacíficas
não têm como saber se seus amigos atravessariam o inferno
por vocês. É aqui, no campo, que as amizades
têm a oportunidade de provar seu valor.*

William F. "Buffalo Bill" Cody

CAPÍTULO UM

stávamos nas entranhas verde neon do mercado de peixes subterrâneo de Chinatown, agachados no canto de um beco sem saída cheio de tanques de siri, que vigiavam tudo com seus olhares alienígenas, em um bolsão de escuridão que a come-luz abrira. Os capangas de Leo estavam por perto e com raiva. Ouvimos gritos e sons de coisas sendo quebradas enquanto o mercado era revirado na busca por nós.

— Por favor... — Ouvi uma senhora gemendo. — Não vi ninguém...

Percebemos tarde demais que aquele era um beco sem saída, e ficamos encurralados ali, ao lado de uma saída de esgoto, encolhidos na fenda estreita entre os crustáceos condenados à morte, presos em aquários empilhados em torres inclinadas que quase tocavam o teto. Sob o som dos gritos e de objetos sendo quebrados, mais baixo que nossa respiração entrecortada e cheia de pânico, havia o incessante batucar de garras de siri contra o vidro, como uma orquestra de máquinas de escrever quebradas abrindo um buraco na minha cabeça.

Pelo menos aquilo disfarçava a nossa respiração alta e ofegante. Talvez fosse o suficiente, se Noor conseguisse manter a escuridão e se os homens de passos pesados cada vez mais próximos não prestassem muita atenção à mancha escura que se remexia em um canto, quase como se a luz ao redor dela tremeluzisse. Era uma omissão do espaço, algo artificial, impossível de ignorar até pelo olhar mais distraído. Noor criara aquele bolsão de escuridão arrastando as mãos no ar à nossa volta, as sombras se avolumando conforme a luz se acumulava nas suas mãos, densa como chantilly. Ela enfiou os dedos luminosos na boca, e deu para ver o brilho através de suas bochechas, descendo pela garganta conforme engolia... até desaparecer.

Os homens estavam atrás dela, mas não se importariam em me levar também — ou, no mínimo, em me dar um tiro. A essa altura, com certeza já tinham encontrado H. morto no apartamento, os olhos arrancados por seu próprio etéreo. Mais cedo, naquele mesmo dia, ele e o etéreo tinham resgatado Noor da fenda temporal de Leo — e, no processo, ferido alguns homens. O que talvez fosse até perdoável, com exceção de um probleminha: Leo Burnham, líder do Clã dos Cinco Distritos, fora humilhado. A peculiar feral que ele tomara para si tinha sido levada de sua própria casa, o centro de poder do coração de um império peculiar que se estendia por quase toda a Costa Leste dos Estados Unidos. Se me encontrassem ajudando na fuga de Noor, a sentença de morte estava garantida — isso sem considerar meus outros supostos crimes.

Os homens de Leo estavam cada vez mais perto, e seus gritos soavam mais altos. Noor continuava ajustando a escuridão que criara, suavizando as bordas entre o indicador e o polegar, para que o negrume não se espalhasse, e preenchendo a parte central, que se afinava aos poucos com a entrada de luz.

Queria poder ver o rosto dela, examinar sua expressão. Queria saber o que ela estava pensando, se estava bem. Era difícil imaginar como alguém tão novo naquele mundo podia suportar tamanha provação. Nos últimos dias, Noor tinha sido perseguida por normais, com seus helicópteros e dardos tranquilizantes, hipnotizada e sequestrada por um peculiar que a vendeu em um leilão e então libertada, apenas para ser capturada de novo pela gangue de Leo Burnham. Passara dias em uma cela na fortaleza de Leo, levara uma boa dose de pó de sono durante a grandiosa fuga com H., mas acordou no apartamento de seu salvador e o encontrou morto, caído no chão. O choque fora tão intenso que Noor não conseguira segurar a explosão de luz concentrada que irrompeu de dentro dela como uma bola de fogo (e que quase arrancou minha cabeça).

Quando achei que ela já estava um pouco melhor, compartilhei partes do que H. contara em seus últimos momentos: havia uma última matadora de etéreos viva, uma mulher chamada V., que poderia proteger Noor — eu só precisava levar a garota até ela. A única pista de seu paradeiro era um mapa antigo e desgastado que tínhamos encontrado no cofre de H. e algumas instruções grunhidas que recebemos de seu pavoroso ex-etéreo, Horatio.

Mas eu não tinha contado *por que* H. se esforçara tanto para ajudá-la, convocando a mim e aos meus amigos; por que ele lutara até a morte para libertá-la de Leo. Não tinha contado sobre a profecia. Não houvera muito tempo para conversar, considerando que estávamos fugindo desde que eu ouvira os capangas de Leo no corredor do prédio de H. Mas era mais que isso: eu não sabia se, somado a tudo que ela já descobrira, não seria informação demais de uma só vez.

Uma dos sete cuja vinda foi anunciada... Os emancipadores dos peculiares... A chegada de uma nova era. Uma era perigosa... Aquilo soava como os delírios de algum cultista lunático. Depois de tudo que o mundo peculiar obrigara Noor a aceitar — sem mencionar os baques à sua sanidade —, tive medo de que aquela profecia confusa a fizesse fugir sem olhar para trás. Qualquer pessoa normal já teria feito isso há muito tempo.

Claro que Noor Pradesh era tudo, menos normal. Era peculiar. E, mais que isso, tinha bastante fibra.

Naquele momento, ela se aproximou e sussurrou:

— Então, quando conseguirmos escapar... Qual vai ser o plano? Para onde vamos?

— Vamos sair de Nova York — respondi.

Depois de uma breve pausa, veio a pergunta:

— Como?

— Não sei. De trem? De ônibus?

Eu não tinha pensado tão à frente.

— *Ah*. — Ela parecia um pouco desapontada com a ausência de um plano. — Você não pode... sei lá, nos transportar para longe com alguma mágica? Usando algum daqueles portais?

— Eles não funcionam assim. Quer dizer, acho que para alguns até funciona... — corrigi, pensando nas conexões ao Polifendador —, mas teríamos que encontrar uma fenda temporal.

— E seus amigos? Você não tem... ninguém?

A pergunta me deixou com um aperto no peito.

— Eles nem sequer sabem que estou aqui.

E mesmo se soubessem..., pensei.

Senti que ela desanimou um pouco, então completei:

— Não se preocupe. Vou pensar em alguma coisa.

Em qualquer outro momento, o plano seria simples: encontrar meus amigos. Queria desesperadamente ir atrás deles. Meus amigos saberiam o que fazer; foram minha maior fonte de apoio desde que eu ingressara no mundo peculiar, e, sem eles, eu me sentia como um barco à deriva. Mas H. fizera questão de dizer que eu não deveria levar Noor para as *ymbrynes*. E, mesmo que não tivesse dito isso, eu não sabia se ainda *tinha* amigos — pelo menos, não como antes. O que H. fizera, o que eu estava fazendo naquele momento... era bem capaz de que aquilo tivesse acabado com qualquer chance de as *ymbrynes* restaurarem a paz entre os clãs. E com certeza causara danos irreparáveis à confiança de meus amigos.

Então estávamos sozinhos, o que resultava em um plano bem mais simples e idiota: fugir logo, pensar no que fazer e... contar com a sorte.

E se não fugíssemos depressa o bastante? Ou não tivéssemos tanta sorte? Talvez não houvesse outra chance de contar a Noor sobre a profecia, e ela passaria o resto da vida, fosse longa ou curta, sem saber por que estava sendo caçada.

Ouvi um baque alto não muito longe, e os homens de Leo voltaram a gritar. Não demoraria muito para nos encontrarem.

— Preciso contar uma coisa, Noor — sussurrei.

— Não dá para esperar?

Era o pior momento possível. Mas talvez fosse o único.

— Você precisa saber. Para o caso de termos que nos separar... ou se alguma coisa acontecer.

— Está bem. — Ela soltou um suspiro. — Pode falar.

— Isso vai soar muito ridículo, e quero que você saiba que eu sei que parece loucura. Antes de morrer, H. me contou sobre uma profecia.

Em algum lugar ali perto, um homem gritava em cantonês com os capangas de Leo, que respondiam em inglês. Ouvimos um tapa alto, um grito e uma ameaça abafada. Noor e eu ficamos tensos.

— Lá nos fundos! — gritou um dos brutamontes.

— A profecia é sobre você — continuei, os lábios quase tocando a orelha dela.

Noor tremia. As bordas da escuridão à nossa volta também tremelicavam.

— Mais o quê? — sussurrou ela.

Os capangas de Leo viraram a esquina e entraram no beco. Não houve mais tempo.

◆   ◆   ◆

Eles vieram correndo na nossa direção, arrastando algum pobre comerciante. Os fachos das lanternas percorriam as paredes, refletindo nos aquários dos siris. Não me atrevi a sequer erguer a cabeça, com medo de acabar saindo dos limites da escuridão de Noor. Fiquei tenso, me preparando mentalmente para uma luta muito injusta.

De repente, eles pararam.

— Aqui só tem aquários — grunhiu um dos homens.

— Quem estava com ela? — perguntou um segundo sujeito.

— Um garoto, um moleque qualquer, não sei...

Ouvimos outro tapa, e o comerciante grunhiu de dor.

— Solta o cara, Bowers. Ele não sabe de nada.

O homem foi empurrado sem cerimônia na direção da entrada do beco. Ele tropeçou e caiu, mas logo se levantou e saiu correndo.

— Já desperdiçamos tempo demais aqui — anunciou o primeiro homem. — A garota já deve estar longe. Junto com os malucos que a levaram.

— Acha que encontraram a entrada da fenda de Fung Wah? — perguntou um terceiro capanga.

— Talvez. Vou mandar Melnitz e Jacobs verificarem. Bowers, faça uma vistoria completa.

Contei as vozes: deviam ser quatro, talvez cinco. O tal Bowers passou direto por nós, a arma pendurada no coldre, bem diante dos nossos rostos. Olhei para cima sem mover a cabeça. Era um sujeito corpulento e usava terno escuro.

— Leo vai nos matar se não encontrarmos a garota — murmurou Bowers.

— Pelo menos estamos levando o acólito morto — retrucou o segundo. — O que já deve servir de alguma coisa.

Meu corpo inteiro se enrijeceu. *Acólito morto?*

— Mas ele já estava morto quando o encontramos — retrucou Bowers.

— Leo não precisa saber disso — respondeu o segundo sujeito, rindo.

— Ah, o que eu não daria para ter matado aquele maldito... — resmungou Bowers, chegando ao fim do beco, à nossa direita, dando meia-volta e andando de novo em nossa direção. A lanterna passou pela escuridão de Noor e refletiu no aquário ao lado da minha cabeça.

— Pode ir lá chutar o corpo, se isso fizer você se sentir melhor — sugeriu o terceiro brutamontes.

— Não faço questão. Mas seria ótimo dar uns chutes naquela garota — grunhiu Bowler. — Talvez até mais que isso. — Ele olhou para os outros. — Você viu como ela estava ajudando aquele acólito?

— Ela é só uma feral — retrucou o primeiro brutamontes. — Não sabe das coisas.

— Sim, é *só* uma feral! É disso que estou falando! — interveio o segundo homem. — Ainda não entendi por que estamos desperdiçando tanto tempo procurando ela. Tudo isso apenas para ter mais uma peculiar no clã?

— É que Leo não é muito de perdoar e deixar pra lá — explicou o primeiro.

Senti Noor se remexer ao meu lado. Ela respirou fundo, tentando se acalmar.

— Ah, vou mostrar a vocês como a garota é especial — retrucou Bowers. — Só preciso de uns minutinhos a sós com ela.

O homem parou ao nosso lado e se virou bem devagar, passando a luz da lanterna pelas paredes e pelo chão. Meu olhar pousou no coldre da arma. O facho atravessou o aquário à nossa esquerda até parar exatamente acima de nós e se manteve a centímetros dos nossos rostos, incapaz de penetrar a escuridão.

Prendi a respiração, rezando para que estivéssemos escondidos até o último fio de cabelo. Bowers franziu a testa, como se estivesse estranhando alguma coisa.

— Bowers! — gritou alguém lá da entrada do beco.

Ele se virou, mas manteve a lanterna apontada para nós.

— Termine aqui e encontre a gente lá fora. Vamos fazer uma busca abrangendo uns três quarteirões a partir da fenda de Fung.

— E pegue uns siris gordos! — disse o primeiro brutamontes. — Vamos levar para o jantar. Talvez isso melhore o humor de Leo.

O facho de luz deslizou de volta para o aquário.

— Não sei como alguém consegue comer essas coisas... — grunhiu Bowers. — São como aranhas do mar.

Os outros se afastaram. Estávamos sozinhos com aquele homem, parado a pouco mais de um metro do nosso esconderijo, olhando feio para os siris. Bowers tirou o paletó do terno e começou a dobrar as mangas da camisa. Bastava esperar um pouquinho, só uns minutinhos...

Noor agarrou meu braço. Estava tremendo.

A princípio achei que fosse só nervosismo causado pelo estresse, mas, quando notei sua respiração rápida e entrecortada, percebi que, na verdade, ela estava tentando segurar um espirro.

— *Por favor, não* — murmurei, sem emitir qualquer som, mesmo sabendo que ela não conseguia ver minha boca.

O tal Bowers enfiou a mão gorducha no aquário mais próximo, cheio de hesitação, e tateou em busca de um siri enquanto soltava uns grunhidos baixinhos, enojado, tentando não vomitar.

Noor ficou tensa, cerrando os dentes com tanta força na tentativa de conter o espirro que dava até para ouvi-los rangendo.

O brutamontes soltou um gritinho e tirou a mão do aquário. Com um palavrão, sacudiu o braço, desesperado. Um siri enorme estava agarrado a um de seus dedos.

Noor se levantou de repente.

— Ei, babaca! — chamou.

Bowers se virou para nós. Antes que ele pudesse falar qualquer coisa, Noor espirrou.

A explosão ecoou pelo beco. Toda a luz que Noor engolira escapou de uma vez, manchando a parede, o chão e a cara do sujeito com um verde radiante, envelopando-o em uma bola de luz intensa. Não era brilhante o bastante para machucar e nem de longe seria capaz de queimar, mas foi o suficiente para deixá-lo atônito e sem ação, com a boca aberta de espanto.

O pequeno bolsão de escuridão que nos envolvia desapareceu de repente. O brutamontes gritou. Por um momento, ficamos ali, congelados, como se paralisados por um feitiço: eu agachado no chão; Noor de pé ao meu lado, cobrindo o nariz e a boca com a mão; e Bowers com a mão erguida, o siri ainda pendurado em um dedo. Então eu me levantei de repente, e o feitiço se quebrou. O sujeito tentou bloquear a saída do beco e levou a mão livre à arma que tinha no coldre.

Parti para cima dele antes que conseguisse atirar. Nós dois caímos no chão e lutamos pela pistola. Levei uma cotovelada na testa, e uma dor aguda se espalhou pelo meu corpo. Noor veio por trás e golpeou o braço do brutamontes com um cano de ferro que encontrara por ali. Bowers nem piscou. Ele espalmou as mãos no meu peito e me empurrou para longe.

Corri na direção de Noor, querendo afastá-la do brutamontes, que deu dois tiros assim que a alcancei. O barulho foi inacreditável; não parecia um estalido, e sim uma explosão. O primeiro tiro ricocheteou na parede. O segundo estilhaçou o aquário ao lado de Bowers. O vidro de repente se desfez em mil pedaços, espalhando água, siris e cacos por todo canto. Os inúmeros aquários empilhados em cima daquele se inclinaram lentamente até tombarem para o lado, deslizando pelo beco. O que estava no topo explodiu ao acertar uma pilha de aquários junto à parede oposta, e os outros se despedaçaram em cima de Bowers. Cada um devia ter quase três litros de água, e o peso combinado devia ser de quase uma tonelada, porque, naqueles três segundos, Bowers foi esmagado e quase se afogou. A queda provocou uma reação em cadeia que derrubou praticamente todos os aquários, criando uma enorme explosão de vidro e barulho, libertando os crustáceos de sua prisão em um tsunami de água fétida que assolou o beco inteiro e carregou a Noor e a mim.

Nós tossimos, meio engasgados. A água era nojenta. A visão de Bowers era de arrepiar. O rosto estava completamente estraçalhado e reluzia com uma luz verde. O corpo inerte fervilhava de siris em desespero. Desviei o olhar e fui abrindo caminho pelos destroços até Noor, que fora empurrada para longe pela onda.

— Tudo bem aí? — perguntei, ajudando-a a se levantar, verificando se não havia algum corte grave.

Ela examinou o próprio corpo sob a luz fraca.

— Ainda tenho braços e pernas. E você?

— Também. Mas é melhor irmos embora. Os outros já devem estar chegando.

— É. Essa barulheira deve ter sido ouvida até na China.

Demos os braços um para o outro, em busca de apoio, e avançamos o mais depressa possível para a saída do beco, onde uma placa neon em formato de siri zumbia e piscava.

Não tínhamos avançado nem três metros quando ouvimos passos pesados se aproximando.

Eu e Noor congelamos. Duas pessoas, talvez mais, avançavam na direção do beco. Tinham mesmo ouvido.

— Vamos! — chamou Noor, me puxando para a frente.

— Não... — Continuei parado, plantando os pés no chão. — Eles estão perto demais. — Os homens de Leo chegariam a qualquer segundo. Além disso, o beco era longo demais e estava coberto de cacos de vidro. Nunca conseguiríamos sair dali a tempo. — Temos que nos esconder de novo.

— Temos que *lutar* — corrigiu ela, juntando o pouco de luz que havia sobrado, o que não era muita coisa.

Aquele também tinha sido meu primeiro instinto, mas eu sabia que seria um erro.

— Se tentarmos lutar, eles vão atirar, e não posso permitir que você leve um tiro. Vou me entregar e dizer que você conseguiu fugir...

Noor balançou a cabeça com veemência.

— De jeito nenhum. — Mesmo no escuro, vi seus olhos faiscarem. Ela deixou a bolinha de luz que juntara se dissipar e pegou dois longos cacos de vidro do chão. — Ou lutamos juntos, ou seremos capturados juntos.

Soltei um suspiro de frustração.

— Então vamos lutar.

Nós nos preparamos, segurando os cacos de vidro como facas. Os passos soavam cada vez mais altos, tão próximos que já era possível ouvir a respiração ofegante das pessoas que se aproximavam.

Então eles chegaram.

Uma silhueta surgiu na entrada do beco, delineada pela luz da placa neon. Uma pessoa baixa e robusta, de ombros largos... parecia familiar, mas não consegui identificar quem era.

— Sr. Jacob? — chamou uma voz que reconheci. — É você?

A luz tremeluziu no rosto dela, iluminando o maxilar forte e quadrado, os olhos gentis. Por um momento, achei que estivesse sonhando.

— Bronwyn? — indaguei, quase gritando.

— É você mesmo! — gritou ela, o rosto se abrindo em um sorriso enorme.

Ela correu na minha direção, desviando dos cacos de vidro no chão. Larguei o meu apenas segundos antes de Bronwyn me envolver em um abraço apertado que me deixou sem ar.

— Essa é a srta. Noor? — perguntou, por cima do meu ombro.

— Oi — cumprimentou Noor, meio atordoada.

— Então você conseguiu! — exclamou Bronwyn. — Fico tão feliz!

— O que está fazendo aqui? — consegui perguntar, mesmo espremido.

— Ora, nós poderíamos perguntar a mesma coisa! — retrucou outra voz familiar. Quando Bronwyn me soltou, vi Hugh se aproximando. — Caramba, o que aconteceu?

Primeiro Bronwyn, agora Hugh. Fiquei até tonto.

Minha amiga me botou de volta no chão.

— Não importa, Hugh! Ele está bem! E está com a srta. Noor.

— Oi! — repetiu Noor. E acrescentou, mais que depressa: — Então, tem uns quatro caras armados vindo para cá...

— Eu acertei dois na cabeça — interrompeu Bronwyn, erguendo dois dedos.

— E eu afugentei dois com minhas abelhas — disse Hugh.

— Mas outros estão vindo — retruquei.

Bronwyn pegou no chão uma barra de metal que parecia bem pesada.

— Então é melhor não nos demorarmos por aqui, não é mesmo?

◆　　◆　　◆

O mercado de peixes subterrâneo era um labirinto confuso, mas demos nosso melhor para desbravar as curvas e os recantos misteriosos, penando para lembrar exatamente como tínhamos chegado a alguma curva ou corredor e quais ideogramas chineses significavam *saída*. O lugar era ao mesmo tempo enorme e estreito, entupido de caixas e mesas, as lojas delimitadas por divisórias de lona. Aqui e ali, instalações elétricas irregulares balançavam sobre nossas cabeças, um verdadeiro ninho de fios e lâmpadas. O lugar estava bem cheio mais cedo, mas os capangas de Leo tinham feito um bom trabalho esvaziando as ruas.

— Tentem não ficar para trás! — gritou Bronwyn, por cima do ombro.

Corremos atrás dela, passando por baixo de uma mesa cheia de polvos que ainda se remexiam, então a seguimos por uma ruela com caixas de peixe soltando vapor de gelo seco. Virando à esquerda em uma junção com outra ruela, encontramos dois capangas. Um estava caído no chão e o outro tentava acordá-lo com tapinhas no rosto. Bronwyn sequer diminuiu o passo, e o sujeito agachado ergueu os olhos, surpreso, no instante em que ela acertou um chute em sua cabeça. Ele ficou caído junto do companheiro.

— Sinto muito! — gritou Bronwyn, olhando para trás.

Em resposta, ouvimos dois gritos do outro lado do mercado. Outros dois capangas tinham nos encontrado e avançavam em nossa direção. Fizemos uma curva brusca e subimos correndo uma escadaria estreita, então abrimos uma porta com força e saímos daquele lugar. Depois de termos ficado tanto tempo na penumbra, a luz do dia era ofuscante. De repente nos vimos em uma calçada movimentada no presente, bem na hora do rush. Carros, pedestres e vendedores ambulantes se espalhavam por todos os lados, passando apressados por nós em um turbilhão estonteante.

Escapar discretamente em meio à multidão é uma verdadeira arte. Não é fácil se safar da morte sem atrair atenção, tentando parecer não estar envolvido em nada mais dramático que uma corridinha de fim de tarde — ainda mais se duas das pessoas estão encharcadas da cabeça aos pés e as outras duas estão vestidas com roupas do século XIX, os quatro verificando cada beco e olhando para todos os lados, nervosos. E parece que não éramos muito bons nisso, já que estávamos atraindo mais olhares do que dois adolescentes fantasiados e dois adolescentes molhados mereciam, ainda mais em Nova York, onde as calçadas eram lotadas de gente estranha.

Atravessamos a rua sem ao menos prestar atenção aos carros, ignorando sinais vermelhos e placas de PROIBIDA A PASSAGEM DE PEDESTRES. Às vezes, esperávamos uma pausa no trânsito para passar, e, em outras, só atravessávamos correndo, no desespero, deixando que os carros buzinassem e desviassem de nós, já que um atropelamento seria melhor do que sermos arrastados de volta à fenda de Leo. Seus capangas eram mais persistentes que tosse de fim de resfriado, e nos acompanharam pela parte mais desolada de Chinatown, seguindo-nos pelas ruas turísticas de Little Italy, o bairro vizinho. Quase nos alcançaram quando ficamos presos na faixa do meio da movimentada rua Houston. Era fácil identificá-los pelos ternos antiquados. Por fim, quando eu já estava começando a me perguntar quanto mais conseguiria correr, Noor apertou um pouco o passo para alcançar Bronwyn e a puxou para uma esquina. Hugh e eu fomos atrás. Logo depois, Noor puxou minha amiga de novo, dessa vez entrando em uma loja aparentemente aleatória. Era uma mercearia apertada que vendia cerveja, frutas secas, grãos e especiarias.

O dono gritou alguma coisa quando passamos correndo, e vimos dois dos capangas de Leo entrarem em disparada atrás da gente. Noor nos guiou por um corredor estreito até uma porta que levava ao depósito, dando um susto em um funcionário na sua pausa para o cigarro no processo, e finalmente por uma porta de metal vaivém que dava para um beco cheio de lixeiras.

Parecia que tínhamos despistado os perseguidores, e nos permitimos um momento de pausa para recuperar o fôlego. Bronwyn mal suara, mas Noor, Hugh e eu estávamos acabados.

— Você pensou rápido — elogiou Bronwyn, impressionada.

— É — concordou Hugh. — Está de parabéns.

— Obrigada — respondeu Noor. — Essa não é minha primeira fuga.

— Acho que estamos seguros aqui, pelo menos por um tempinho — comentou Hugh, entre uma respiração ofegante e outra. — Vamos esperar um pouco, para que pensem que estamos longe, aí voltamos a correr.

— Talvez eu deva perguntar aonde vocês estão nos levando — comentei.

— Eu também adoraria saber — concordou Noor, erguendo uma das sobrancelhas.

— De volta para o Recanto — explicou Hugh. — A fenda de entrada mais próxima não é muito agradável, mas não é longe...

Eu não conseguia tirar os olhos dos meus amigos. Parte de mim passara tanto tempo com medo de não vê-los outra vez — ou, se os visse, de que fingiriam que não me conheciam.

Hugh me deu um soco no braço.

— Ei! Por que fez isso?

— Por que você não contou que ia sair em uma missão de resgate impulsiva?

Noor nos encarava, boquiaberta.

— Eu *tentei*! — retruquei.

— Ah, mas não tentou tanto assim, não é mesmo? — respondeu Bronwyn.

— Eu dei várias indiretas! — insisti, na defensiva. — E vocês deixaram bem claro que não queriam ajudar.

Hugh parecia prestes a me socar de novo.

— Talvez não quiséssemos mesmo, mas *com certeza* ajudaríamos.

— Nunca deixaríamos você fazer uma coisa dessas sozinho — falou Bronwyn, parecendo brava de verdade. — Quase morremos de preocupação quando descobrimos que você tinha sumido! — Ela se virou para Noor, balançando a cabeça. — Esse garoto maluco estava de cama, doente, até ontem. Achamos que tinha sido sequestrado no meio da noite!

— Para ser sincero, eu não sabia se vocês iam se importar com a minha ausência — expliquei.

— Jacob! — Bronwyn arregalou os olhos. — Depois de tudo que passamos juntos? Que coisa horrível de se dizer.

— Eu avisei que ela é sensível... — Hugh balançou a cabeça. — Caramba, você tem que dar um pouco mais de crédito aos seus velhos amigos, cara!

— Desculpa — disse, sem graça.

— Estou falando *sério*!

Noor se inclinou para perto de mim e sussurrou:

— *Então você não tem amigos, é?*

— Não sei o que dizer. — Meu coração de repente estava tão cheio que parecia ter ocupado o espaço das palavras em meu cérebro. — Só sei que estou muito feliz de ver vocês.

— Nós também — disse Bronwyn, me abraçando de novo.

Dessa vez, Hugh também entrou no abraço.

De repente, um tiro ecoou no ar, vindo de uma das entradas do beco. Levamos um susto. Quando nos separamos, vimos dois homens de terno correndo em nossa direção.

Nosso tempo de descanso não tinha durado muito.

— Venham! — chamou Noor. — Vamos despistar esses caras no metrô.

◆　　◆　　◆

Desci a escada do metrô em disparada, três degraus de cada vez. Hugh foi deslizando pelo corrimão de metal. A estação estava cheia, e abrimos caminho aos trancos pela horda de passageiros da hora do rush. Noor se preparou para pular a roleta, mas antes se virou e gritou para que fizéssemos o mesmo. Nós a seguimos.

Chegamos à plataforma e continuamos correndo. Quando olhei para trás, vi que os capangas de Leo estavam longe, mas que continuavam nos perseguindo. Noor parou, apoiou uma das mãos no chão e pulou para os trilhos. Ela gritou alguma coisa sobre um terceiro trilho, mas sua voz se perdeu no ruído de um súbito anúncio nos alto-falantes da estação.

Não tínhamos escolha senão segui-la.

— Vocês vão acabar morrendo! — gritou alguém atrás da gente.

A pessoa provavelmente tinha razão, mas, naquele momento, parecia a melhor opção. Disparamos pelos quatro conjuntos de trilhos, tropeçando em reentrâncias ocultas e áreas desgastadas. Foi quando me ocorreu que Noor obviamente já tinha feito aquilo, que ela conhecia a cidade como a palma da mão e que alguém tão difícil de capturar devia ter muita experiência em fugir. Eu me perguntei *por que* e *do que* ela tanto fugira. Vi o trem se aproximando e torci para ter a chance de fazer essa pergunta a ela em outro momento.

Quando Hugh e eu cruzamos o último trilho, o trem já estava desconfortavelmente perto, o vento e o barulho mais intensos a cada segundo. Bronwyn e Noor nos ajudaram a subir para a plataforma oposta instantes antes de o trem passar trovejando, os freios guinchando como uma criatura do inferno.

Momentos depois, os vagões regurgitaram os passageiros. De repente, parecia haver mil pessoas na plataforma, mas, por fim, conseguimos abrir caminho por entre elas aos empurrões e embarcar. Ficamos agachados no chão do vagão quase vazio, para não sermos vistos, até que as portas se fecharam.

— Minha nossa... — comentou Bronwyn, parecendo preocupada. — Espero que o trem esteja indo no sentido certo...

Noor perguntou qual seria o sentido certo, e a resposta a deixou com uma expressão de surpresa.

— Olha só que sorte. É na próxima estação — explicou.

Era impressionante. De nós quatro, ela era a que menos sabia sobre o que estava acontecendo, mas sua atitude calma e cheia de certeza já a colocara na liderança.

Um anúncio ecoou nos alto-falantes, e o trem saiu da estação.

— Como vocês me encontraram? — perguntei.

— Emma descobriu onde você devia estar, depois de toda aquela conversa sobre *ela* — explicou Hugh, indicando Noor com a cabeça. — Aliás, é um prazer finalmente conhecê-la. Eu me chamo Hugh...

Ele apertou a mão de Noor.

— No fim das contas, foi até fácil encontrar você — explicou Bronwyn. — Ah, e tivemos um pouco de ajuda de um cachorro. Você se lembra de Addison? Assenti.

— Os puxa-sacos do Sharon, lá no Polifendador, rastrearam seu trajeto até Nova York, e o nariz de Addison farejou você até o mercado.

Bendito seja aquele cachorro, pensei. Estava perdendo a conta de quantas vezes ele arriscara a vida por nós.

— Daí foi fácil encontrar você — falou Bronwyn. — Foi só seguir a gritaria.

— Foi a srta. Peregrine que mandou vocês? — perguntei.

— Não — respondeu Hugh. — Ela não sabe que viemos.

— Mas já deve ter descoberto, a essa altura — disse Bronwyn. — Ela é muito boa em saber das coisas.

— Achamos que atrairíamos muita atenção se mais gente viesse.

— E tiramos no palitinho — explicou Bronwyn. — Eu e Hugh ganhamos. — Ela olhou para o amigo. — Acha que a srta. Peregrine vai ficar brava com a gente?

Hugh fez que sim enfaticamente.

— Vai fervilhar de raiva. Mas também vai ficar orgulhosa. Isso se conseguirmos chegar em casa inteiros.

— Em casa? Onde fica a casa de vocês? — perguntou Noor.

— Em uma fenda para a Londres do fim do século XIX chamada Recanto do Demônio — explicou Hugh. — Bem, é o mais próximo que temos de um lar.

Noor franziu a testa.

— Pelo nome, parece um lugar ótimo.

— É bem rústico, mas tem seu charme. E é melhor do que andar por aí com uma mala.

Noor não pareceu muito convencida.

— E é um lugar para pessoas como vocês?

— Para pessoas como *nós* — corrigi.

Ela não esboçou reação — ou pelo menos não tentou fazer isso, mas vi uma fagulha em seus olhos. Talvez uma ideia que estivesse começando a se instalar em sua mente. *Nós.*

— Você estará segura lá — disse Bronwyn. — Não vai ter nenhum capanga armado atrás de você... nada de helicópteros...

Eu estava prestes a concordar, mas então me lembrei do aviso de H. sobre as *ymbrynes* e da minha última conversa com a srta. Peregrine, que alegara que, às vezes, precisávamos fazer certos sacrifícios em nome de um bem maior — e um desses sacrifícios era a própria Noor.

— E todas aquelas coisas que H. nos pediu para fazer?

Noor tinha baixado um pouco a voz, insegura, para o caso de Bronwyn e Hugh não saberem — ou não poderem saber — sobre aquilo.

— Que *todas aquelas coisas* são essas? — perguntou Hugh.

— Antes de morrer, H. revelou algumas coisas sobre Noor e as pessoas que estão atrás dela e disse que precisávamos encontrar uma mulher chamada V. E que tinha coisas importantes nessa história que só essa tal de V. sabe.

— V.? Não é aquela matadora de etéreos que seu avô treinou? — perguntou Bronwyn.

Bronwyn estava na fenda dos sensitivos na primeira vez que ouvi falar em V. Claro que ela lembrava.

— Essa mesma — respondi. — E H... Ou melhor, o etéreo do H. nos entregou um mapa com instruções para encontrá-la...

— O *etéreo* do H.? — indagou Bronwyn, chocada.

Peguei o mapa estropiado do bolso e mostrei a eles.

— Acontece que ele não era mais um etéreo quando contou. Estava se transformando em alguma outra coisa.

— Em um acólito? — indagou Hugh. — Que é a única coisa em que etéreos *podem* se transformar?

Noor me encarou, confusa.

— Você disse que os acólitos eram nossos inimigos.

— E são. Mas H. era *amigo* desse etéreo em particular...

— Essa história toda está cada vez mais surreal — comentou Noor.

— Eu sei. Por isso acho que é melhor irmos com eles para o Recanto do Demônio — respondi. — Precisamos de ajuda, e todos os peculiares que eu conheço e confio estão lá.

A possibilidade de meus amigos algum dia voltarem a confiar em mim, ou de estarem dispostos a me ajudar depois do que eu os fizera passar era outra questão, completamente diferente. Mas eu precisava tentar. Precisava deles, e o aviso de H. que se danasse.

Se a srta. Peregrine fosse mesmo capaz de mandar a garota que tínhamos acabado de resgatar de volta para as mãos de seus captores por algum motivo político — por *qualquer* motivo, na verdade —, então ela não era a pessoa que eu achava que conhecia. E, se eu não pudesse manter Noor longe do perigo em uma fenda cheia de aliados, como poderia ajudá-la a desbravar a selva da América peculiar?

— Millard é especialista em cartografia — comentou Bronwyn.

— E Horace é um profeta — acrescentei. — Pelo menos às vezes.

— É, tem isso — disse Noor, virando-se para mim. — Você não terminou de contar sobre essa história de profecia.

A profecia. Eu queria contar em particular, não na frente dos outros. E, pelo que parecia, não estávamos mais em perigo iminente.

— Isso pode esperar — respondi.

Hugh e Bronwyn me encararam, curiosos.

— Se você diz... — retrucou Noor, já começando a soar impaciente.

O trem começou a frear. Estávamos chegando à estação.

⋅ ⋅ ⋅

Corremos para fora da estação de metrô, de volta às ruas iluminadas pelo sol. Noor ajudou Bronwyn a se localizar.

— Não é muito longe — prometeu minha amiga, guiando-nos, atravessando em diagonal as quatro faixas de uma rua movimentada, as buzinas soando a toda.

Cortamos caminho por uma quadra de basquete, atrapalhando o jogo, passamos por uma área verde tristonha assomada por edifícios residenciais gigantescos. A vizinhança ia ficando mais decadente, velha e enferrujada a cada quadra, até que finalmente nos vimos à sombra de um enorme prédio de tijolinhos cercado de andaimes, isolado da rua por uma grade de metal encoberta por lonas verdes. Bronwyn parou e afastou uma das lonas, revelando um buraco na cerca. Noor e eu trocamos olhares hesitantes.

Bronwyn e Hugh passaram pelo buraco.

Ele enfiou a cabeça de volta pela abertura, perguntando:

— Vocês não vêm?

Noor fechou os olhos com força por um momento — sem dúvida travando uma disputa contra alguma vozinha que perguntava *O que diabo estou fazendo?* — e entrou. Ela talvez não acreditasse, mas era comum que eu travasse essa mesma batalha interior. Uma voz dentro de mim gritava *O que diabo está fazendo?* quase todo dia desde que tinha ido para o País de Gales em uma busca às cegas por fantasmas de fotos antigas. Eu estava ficando cada vez melhor em ignorá-la, e a voz estava cada vez mais baixa, mas não me abandonava.

Do outro lado da cerca havia um mundo completamente diferente — ou pelo menos bem mais triste e sombrio. Atravessar aquele buraco tinha sido como retirar a mortalha de um cadáver. O prédio tinha sido construído havia muito tempo, então fora largado às traças. Fiquei parado na grama alta e me permiti um longo suspiro para absorver toda a paisagem: dez andares, da largura de um quarteirão, com todas as grandes vidraças quebradas, os tijolos arranhados e manchados pelas vinhas e trepadeiras mortas havia bastante tempo. Enormes degraus levavam a uma porta com batente de ferro trabalhado com curvas ostensivas. Acima, entalhadas em uma pesada placa de mármore, estavam as palavras HOSPITAL PSIQUIÁTRICO.

— Faz sentido — murmurou Noor. — Devo mesmo estar ficando doida.

— Não está. — Eu esperava ansiosamente por esse momento, quando ela enfim começaria a absorver tudo. — Sei que parece, mas juro que não está.

Bronwyn e Hugh estavam uns cinco metros à frente, gesticulando cada vez com mais urgência para que os seguíssemos.

Noor não olhava para mim.

— Eu fui drogada. Comi um cogumelo alucinógeno. Estou em coma. Isso é tudo um sonho. — Ela esfregou o rosto. — Qualquer coisa faz mais sentido do que...

Interrompi:

— Olha, não tenho como provar que isso não é um sonho. Mas sei muito bem o que você está sentindo.

Bronwyn corria de volta na nossa direção, murmurando, sem som: *Vamos, vamos, vamos.*

A cerca se sacudiu às nossas costas, e ouvimos um palavrão. Então outra voz disse:

— Eu sei que tem uma passagem por aqui.

E a primeira voz grunhiu em resposta.

Eram dois dos capangas de Leo. Tinham nos seguido até ali.

Se Noor ainda cogitava outra possibilidade, a sacudida na cerca apagou qualquer ideia de sua mente.

Corremos pela grama alta junto de Bronwyn e Hugh e subimos os degraus, passando tão rápido pelas placas que quase não dava para ler, mas vi os alertas de PRÉDIO INTERDITADO e PROIBIDA A ENTRADA. Fomos até uma porta que tinha sido fechada com tábuas de madeira, mas alguém abrira um buraco à força; as lascas da madeira quebrada e os pregos dobrados pareciam os dentes de uma boca arreganhada tentando nos devorar enquanto nos contorcíamos para passar, mais uma vez adentrando um lugar de onde talvez nunca mais sairíamos.

• ◆ •

O prédio estava tão escuro e cheio de tralha que não dava para correr lá dentro, não sem nos machucarmos feio em algum obstáculo afiado ou tropeçarmos em alguma reentrância do chão irregular. Avançamos de lado, como siris, deslizando os pés em passos largos, balançando os braços à frente do corpo. Seguimos Hugh e Bronwyn, que estavam familiarizados com o lugar. Ouvíamos os capangas de Leo, que já tinham passado pela cerca e atravessavam o jardim a passos pesados. Bronwyn bloqueara a passagem da porta com uma geladeira velha — que parecia ter sido deixada ali perto justamente para esse propósito —, mas sabíamos que isso não atrasaria muito aqueles brutamontes.

Demos de cara com um cômodo enorme, iluminado apenas pelo pouco de luz que entrava pelas vidraças imundas das janelas fechadas com tábuas — ao menos agora conseguíamos ver alguma coisa. Desviamos de poltronas cobertas de mofo e pilhas aterradoras de equipamento médico enferrujado, os pés chafurdando em um mar raso de água com aparência tóxica que cobria todo o chão.

Noor cantarolava baixinho para si mesma. Olhei feio para ela, que parou, se explicando:

— É só um tique nervoso que eu tenho.

Saltei um buraco onde o chão tinha desabado, então estendi a mão para ajudá-la a pular.

— E tem por que estar nervosa? — perguntei, abrindo um sorriso irônico. Noor aceitou minha mão e saltou também, mas não riu.

— Por favor, diga que esse lugar tem uma saída.

— Melhor que isso — interveio Hugh, olhando para trás. — É uma passagem para o Polifendador.

Antes que Noor pudesse responder, ouvimos um som tão misterioso e incomum que fiquei todo arrepiado: um acorde amargo e dissonante de música sem melodia. Dando a volta em uma pilha de colchões encharcados e amarelados, encontramos a fonte do som: um piano vertical destruído caído de costas no chão, bloqueando a única outra saída da sala, que dava para um corredor cheio de portas. As vísceras do instrumento tinham sido arrancadas e pregadas em vários pontos da entrada do corredor, as cordas pesadas se erguendo como tufos de pelos metálicos arrepiados. Para sair dali, teríamos que escalar o piano e nos espremer por entre as cordas — e alguém já tinha feito aquilo, provocando o acorde horrível que tínhamos ouvido. O que significava que alguém acabara de sair da sala... ou que havia alguém ali com a gente.

De repente, uma silhueta saiu de trás de uma incubadora de bebês caída de lado, não muito longe dali.

— Ah. São vocês.

Era uma pessoa com a cara coberta por fios tão grossos que só podia ser pelo. Ela nos encarou com um sorriso bobo.

Canino.

— Voltaram rápido, hein? — comentou, encarando meus amigos.

— É, mas não podemos ficar — respondeu Bronwyn.

— Temos que ir agora mesmo — explicou Hugh.

Canino se apoiou no piano.

— A taxa de saída é duzentos dólares.

— Você disse que a taxa também valia para a volta! — retrucou Hugh, irritado.

— Deve ter ouvido errado. Você parecia mesmo com muita pressa, quando eu estava explicando os valores...

Ouvimos um grito distante, seguido de um ruído de metal arrastando na pedra. Estavam empurrando a geladeira.

Canino inclinou a cabeça na direção do barulho.

— O que é isso? Vocês se meteram em problemas, é?

— Sim — retruquei, irritado. — Tem alguém nos perseguindo.

— Ah, não... — comentou ele, estalando a língua. — Isso vai ter um custo extra. Teremos que despistar os perseguidores, inventar uma desculpa... Ei, esses não são os capangas do Leo? Parecem bem irritados...

— Tá bom. A gente paga — interveio Bronwyn.

Nossa vontade era empurrá-lo para fora do caminho, mas sabíamos que Canino poderia nos causar uma infinidade de problemas, se quisesse.

— Quinhentos — decidiu ele.

O ruído de metal arrastando na pedra voltou, dessa vez mais longo. Estavam fazendo progresso com a geladeira.

— Só tenho quatrocentos — disse Hugh, remexendo nos bolsos.

— Que pena.

Canino se virou para ir embora.

— A gente paga amanhã! — tentou Bronwyn.

O peculiar peludo se virou de volta para nós.

— Amanhã vão ser setecentos.

Ouvimos um baque alto de algo se quebrando. Eles tinham entrado.

— Está bem! Aceitamos! — exclamou Hugh, com uma abelha agitada escapando dos lábios.

— E é bom não atrasar. Odiaria ter que mostrar essa portinha secreta para eles.

Bronwyn e Hugh deram todo o dinheiro que tinham. Canino contou as notas devagar, com uma exatidão excruciante, depois as enfiou no bolso. Ele subiu no piano e puxou uma alavanca lá dentro, então passou sem ruído pelas cordas emudecidas. Nós o seguimos, e, quando chegamos ao outro lado, Canino empurrou a alavanca de volta ao lugar.

O piano era, na verdade, um alarme.

O peculiar nos mostrou o caminho. Seguimos depressa atrás dele, cruzando um longo corredor. Depois de nos extorquir, Canino tinha acelerado o passo, mas o corredor parecia se estender infinitamente.

No meio do caminho, um grupo de peculiares saiu de uma das portas e começou a nos acompanhar. Tinham aparências bem incomuns, mesmo para os padrões dos peculiares, e Noor se sobressaltou quando os viu, quase engasgando de surpresa. Uma mulher sem pernas — ou talvez com pernas invisíveis — flutuava atrás de nós, a barra do sobretudo drapejando no ar abaixo dela.

— Ah, queridinha, não vamos machucar você... — disse a mulher, numa voz baixa e melodiosa. — Vamos ser amigas.

— *Amigas* acho que não — retrucou uma garota que devia ser meio javali, com duas presas e um focinho despontando do rosto. — Mas, se pagar bem, não seremos inimigas.

Depois apareceu outra mulher sem pernas — essa parecia incapaz de flutuar, já que avançava impulsionando o corpo com as mãos, dando grandes saltos. Com a agilidade de um gato, ela saltou para os braços robustos da garota-javali, já estendidos para recebê-la. Só então pude vê-la com clareza: não faltavam apenas as pernas, mas também o quadril, a cintura e metade do tronco. O pouco que havia do corpo — assim como a blusa de cetim preto — acabava em uma linha reta logo acima do umbigo.

— Eu sou a Meia-Hattie — apresentou-se, batendo continência. — Cadê a famosa peculiar feral?

— Não use esse termo! — ralhou um garoto adolescente com um furúnculo enorme e pulsante no pescoço. — É pejorativo.

— Está bem, quem é a famosa peculiar que ainda não foi encontrada?

— Bem, ela já foi encontrada — interveio Canino. — E essa daí teve que aprender rápido.

A garota-javali bufou, deixando escapar uma risadinha.

— Mas não aprendeu tão rápido assim, olha só a cara dela!

Noor cerrara os dentes e, pela expressão determinada, só estava conseguindo se mover por pura força de vontade.

— Essas criaturinhas curiosas são os Intocáveis — explicou Canino, virando-se para andar de costas por um tempo, como um guia turístico. — Aqueles que nenhum clã quis reivindicar.

— Peculiares demais para se passarem por normais — explicou Hattie.

— Os peculiares mais apavorantes, inefáveis e nojentos que existem! — falou o garoto do furúnculo, parecendo orgulhoso.

— *Eu* não acho vocês nojentos — comentou Bronwyn.

— Retire já o que disse! — disparou a garota-javali, ofendida.

Canino girou pelo corredor como um dançarino, saracoteando por uma porta aberta.

— E este é nosso *sanctum sanctorum*. Bem, pelo menos a entrada dele.

Seguimos o peculiar peludo porta adentro, mas Noor e eu não conseguimos evitar: paramos de repente com os olhos arregalados. Uma maca de metal ocupava o centro do cômodo, e a parede dos fundos era coberta por uma colmeia de portas de refrigeradores. Aquilo era mais que um beco sem saída: era o necrotério do asilo.

— Está tudo bem. — Bronwyn tentou tranquilizar Noor, em um tom gentil mas urgente. — Ninguém vai morrer.

— Ah, nem pensar! — retrucou Noor, recuando. — Não tem *a menor chance* de eu me esconder em uma dessas coisas.

— Ninguém vai *se esconder* nos refrigeradores — comentou Hugh. — Vamos viajar entre fendas.

— A mocinha não gostou, é? — provocou a garota-javali. — Ficou com medinho?

Os Intocáveis começaram a gargalhar da soleira da porta atrás da gente.

Noor já tinha saído do necrotério e entrado por outra porta do corredor, a única alternativa além de voltar pelo caminho de onde viéramos.

Bronwyn e Hugh fizeram menção de ir atrás dela, mas eu os impedi.

— Deixa que eu falo com ela.

Já seria difícil de convencer qualquer um, peculiar ou não, a entrar no refrigerador de um necrotério, mas era ainda pior para uma pessoa tão nova nesse mundo. Eu mesmo não estava muito empolgado com a ideia.

Atravessei o corredor depressa e juntei-me a Noor no outro cômodo. Havia um catre de metal sem colchão, iluminado apenas pela claridade que entrava por entre as frestas de uma janela coberta de tábuas. Os cantos do aposento estavam cheios de itens descartados que deviam ter pertencido às pessoas que viveram e morreram naquela instituição. Malas, sapatos...

Noor estava agitada, virando-se de um lado para o outro.

— Eu jurava que tinha visto uma porta aqui. Quando passamos correndo mais cedo...

— Não tem nenhuma outra saída — comecei a explicar, mas então vi a tal porta. E perguntei, com um aperto no peito: — Você estava falando disso aqui?

Ela se virou para olhar. Quando enfim compreendeu, pareceu prestes a cair no choro. A porta era parte de um mural, uma *trompe l'oeil* com uma porta pintada.

Ouvimos o clangor do piano uma, duas, três vezes. Os capangas de Leo tinham passado.

— Temos uma escolha — expliquei. — Ou ficamos aqui...

Mas Noor não estava ouvindo. Estava concentrada na janela bloqueada, na luz do sol que entrava pela fresta.

Tentei de novo:

— Ou ficamos aqui e esperamos até nos encontrarem, o que *com certeza* vai acontecer...

Noor passou as mãos no ar, mas só conseguiu produzir rastros finos de escuridão, que a luz logo preencheu de volta. Eu já tinha visto algo assim acontecer. As habilidades de alguns peculiares são como músculos, e podem se esgotar e se exaurir por um tempo. Outras não funcionam tão bem sob pressão.

Ela se virou para me encarar.

— Ou eu posso confiar em você.

— Sim — respondi, tentando incentivá-la a vir até mim com cada fibra do meu ser. — Em mim e nesses esquisitões.

Os capangas de Leo avançavam ruidosamente pelo corredor, vasculhando as salas, sacudindo portas trancadas.

— Isso é ridículo. — Noor balançou a cabeça. Então me encarou, e algo dentro dela se firmou. — Eu não devia confiar em você. Mas confio.

Noor já tinha aceitado tantos aspectos daquele absurdo... Que mal haveria em botar um pouquinho mais na conta, se aquilo fosse nos salvar?

Bronwyn e Hugh esperavam na porta, prestes a entrar em pânico.

— Pronta? — perguntou Hugh.

— *É* melhor estar — interveio Canino. — Aliás, vamos cobrar mil dólares se tivermos que apagar um deles.

— Ou a srta. Poubelle pode apagar a memória deles por dois mil — sugeriu o garoto com o furúnculo pulsante.

Os homens nos viram atravessando o corredor em disparada. Não olhei para trás, mas ouvi seus gritos e passos. Os Intocáveis tinham desaparecido. Com certeza não queriam lidar com os homens de Leo — muito menos virar inimigos deles —, a não ser que fosse absolutamente necessário.

No necrotério, um dos refrigeradores mais próximos do chão estava aberto, destrancado. Hugh estava ali ao lado, e, ao nos ver correndo, gesticulou para que o seguíssemos e mergulhou porta adentro.

Corremos para o refrigerador e estreitamos os olhos para a escuridão lá dentro. Não era só uma cabine para guardar um corpo: era um túnel estreito que parecia se estender para sempre. A voz de Hugh ecoou de algum lugar bem lá no fundo, se afastando depressa:

— *Uhuuuuuul!*

Esperei Noor ir na frente.

— Isso é idiota, eu sou tão idiota, isso é tão tão tão *idiota* — murmurou ela.

Até que respirou fundo e mergulhou de cabeça. Ela deslizou um pouco, mas ficou presa, então segurei seus pés e a empurrei. Em poucos segundos, o pequeno compartimento do necrotério a engoliu inteira.

Bronwyn foi logo em seguida, por insistência minha, e então chegou minha vez. Obrigar meu corpo a se lançar no túnel foi mais difícil do que deveria, considerando que eu tinha acabado de convencer Noor a ir antes. Entrar no refrigerador de um necrotério era uma ação tão absolutamente contraria à minha natureza que levei alguns segundos de muito esforço e racionalidade — eu sabia que lugares horríveis, escuros e estreitos como aquele davam ótimas entradas de fenda — para superar meus instintos, que diziam *não, não, não, você vai ser comido por zumbis, nããããããããããão.* O som dos homens raivosos se aproximando da sala foi de grande ajuda, e entrei antes que me alcançassem, me remexendo para avançar o mais rápido possível.

Senti alguém segurar meu pé, mas consegui chutar a mão para longe. Ouvi sons de luta às minhas costas, seguidos de um baque abafado, e um dos bruta-montes gritou. Olhei para trás e vi um dos capangas de Leo caindo no chão após ser acertado na cabeça pela garota-javali, que segurava um pedaço de madeira.

Dava para ouvir Noor em algum lugar à frente, grunhindo enquanto se arrastava apoiada nos cotovelos, avançando cada vez mais na escuridão. Forcei o corpo para a frente e fui deslizando sem esforço. O túnel estava besuntado de alguma coisa e era ligeiramente inclinado, então, depois de alguns metros, a velocidade foi aumentando. Imaginei que aquilo fosse um pouco como nascer, só que mais rápido e muito mais demorado. Ouvi Noor gritar. Senti que era puxado através de alguma coisa — não pela mão de alguém, mas por uma força incorpórea que afetava meu corpo inteiro, mais ou menos como a gravidade. Senti meu coração acelerar e a tão familiar fisgada no estômago.

Estávamos atravessando.

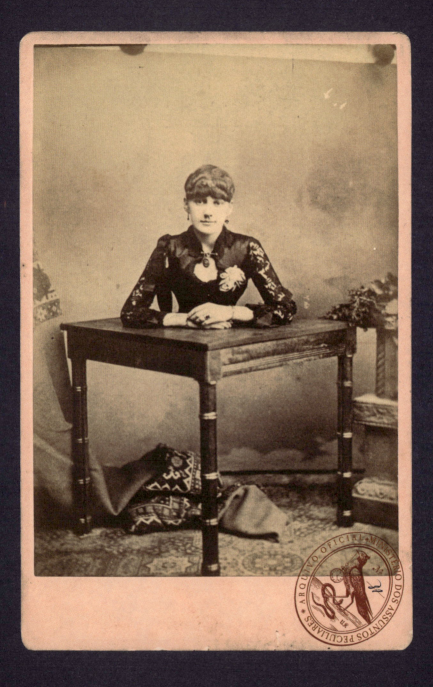

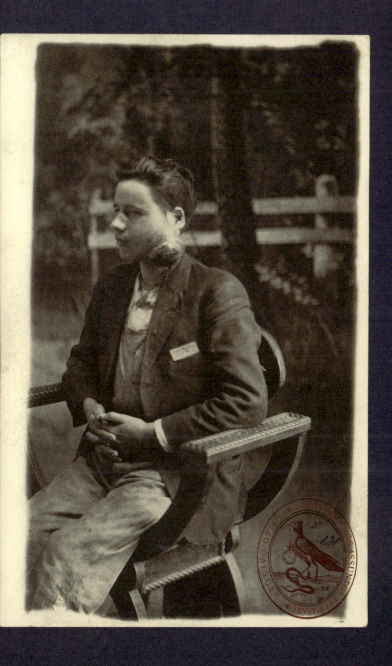

CAPÍTULO DOIS

Saímos aos trancos e barrancos de um pequeno armário, caindo no longo corredor com chão de carpete vermelho do Polifendador de Bentham. Bronwyn já estava se levantando quando Noor e eu chegamos, e Hugh nos esperava parecendo um pouco impaciente.

— Finalmente! Eu já estava começando a achar que vocês tinham desistido de vir! — comentou, enquanto Bronwyn levantava a Noor e a mim sem o menor esforço.

— Acha que vão nos seguir? — perguntei, olhando para a porta, nervoso.

— Sem chance — respondeu Bronwyn. — Os Intocáveis gostam de dinheiro.

Eu me virei para Noor e cheguei mais perto para perguntar, baixinho:

— Como você está?

— Bem. — A resposta foi rápida, como se ela estivesse um pouco constrangida. — Me desculpem pelo chilique lá atrás — falou para nós três, enquanto examinava o corredor luxuoso. — Aqui é mil vezes melhor do que o lugar de onde acabamos de sair.

Hugh já ia dizendo que precisávamos ir logo, mas Noor o interrompeu:

— E tem mais uma coisa que preciso dizer antes de irmos a qualquer outro lugar ou conhecermos qualquer outra pessoa. — Ela olhou para cada um de nós. — Obrigada por me ajudarem. De verdade.

— De nada — respondeu Hugh, em um tom talvez um pouco despreocupado demais.

Noor franziu a testa.

— Estou falando sério.

— Nós também — respondeu Bronwyn.

— Pode nos agradecer quando estivermos em casa — falou Hugh. — Agora vamos, ou os puxa-sacos do Sharon vão nos ver aqui e começar a fazer perguntas que imagino que a gente prefira não responder.

— Bem lembrado — disse Bronwyn.

Seguimos pelo corredor, andando quase colados uns aos outros. Aquela parte do Polifendador era relativamente deserta, mas, depois de algumas curvas, começou a ficar bem cheio. Peculiares com roupas de todas as eras e estilos iam e vinham das fendas temporais. Um montinho de areia se acumulava junto a uma das fendas, e um vento forte uivava e cuspia chuva de uma entrada estreita, a porta mantida aberta por um tijolo preso ao batente. Algumas pessoas faziam fila junto às paredes, esperando a inspeção de seus documentos de viagem, que receberiam o selo de alguns burocratas em pequenos guichês. O burburinho de vozes, passos e papéis remexidos fazia o lugar soar como uma estação de trem na hora do rush.

Noor encarava tudo com os olhos arregalados e inquietos, examinando cada canto. Ouvi quando Bronwyn colocou a mão em suas costas e tentou explicar em voz baixa o que havia por ali.

— Cada uma dessas portas leva a uma fenda diferente... Por isso chamamos este lugar de Polifendador. Foi inventado pelo irmão superinteligente da srta. Peregrine, Bentham... Depois foi dominado pelo outro irmão dela, Caul, que é supermaligno, além de ser o nosso maior inimigo...

— Mas este lugar acabou se provando muito útil — intrometeu-se Hugh. — Essa fenda onde moramos, o Recanto do Demônio, era uma prisão para criminosos peculiares... Depois acabou virando uma terra sem lei, onde nossos inimigos, os acólitos, estabeleceram sua sede...

— Até que Jacob nos ajudou a aniquilá-los e matou seu líder — contou Bronwyn, toda orgulhosa.

Eu tinha ficado arrepiado só de ouvir o nome de Caul.

— Ele não está exatamente *morto* — intervi.

— *Tá, tá* — retrucou Hugh. — Caul está preso em uma fenda temporal que foi destruída, um lugar de onde nunca, jamais, poderá sair. Ou seja: basicamente a mesma coisa.

— E agora todos os acólitos estão mortos ou trancafiados na cadeia — explicou Bronwyn. — E, como destruíram ou danificaram muitas de nossas fendas, vários peculiares ficaram sem ter para onde ir. Nós também, por isso fomos forçados a nos mudar para cá.

— Mas esperamos que seja uma mudança temporária — explicou Hugh. — As *ymbrynes* estão tentando reconstruir as fendas perdidas.

Noor estava começando a parecer sobrecarregada por tanta informação, então achei melhor intervir:

— Talvez a gente devesse deixar a aula de história para depois.

Estávamos passando por uma longa fileira de janelas, e Noor olhou para fora. A paisagem era o Recanto do Demônio em uma tarde muito amarelada, do tipo que só a poluição intensa é capaz de produzir. A vista dava para os prédios em ruínas do Recanto, com as águas verde-escuras, quase pretas, do Valão da Febre serpenteando pela paisagem. Era possível ver a névoa eterna da Rua da Fumaça, e, mais atrás, a antiga Londres, uma confusão de pináculos e prédios cinzentos no caldeirão de fuligem da Era Industrial.

— Meu Deus... — comentou Noor, a voz quase um sussurro.

Eu caminhava ao lado dela.

— Essa é a Londres do fim do século XIX. E você está sentindo aquele negócio de novo, não é?

— Uma sensação de *não pode ser* — concordou ela, reduzindo o passo e estendendo a mão para passar o dedo no batente de uma janela aberta. Quando aceleramos o passo para alcançar os outros, Noor ergueu a mão diante do rosto. O dedo estava preto de fuligem. — Mas é — comentou, impressionada.

— Sim.

Ela se inclinou na minha direção.

— Alguma hora isso passa? Alguma hora a gente se acostuma?

— Um pouquinho todo dia. — Comecei a me lembrar de como fora difícil aceitar aquele mundo como real, de como essa dificuldade volta e meia reaparecia. — Ainda tem momentos em que olho em volta e minha cabeça começa a girar. Como se eu estivesse no meio de um...

— Pesadelo?

— Eu ia dizer sonho.

Ela assentiu de leve, e percebi que uma fagulha de cumplicidade nascia entre nós: a compreensão mútua de uma vida de escuridão e de uma fina linha de ouro de encantamento e esperança que nos guiava pelo tecido multicolorido de uma nova realidade. *O mundo é muito maior*, dizia o fio. *O universo é muito mais do que vocês imaginavam.*

De canto de olho, vi outro tipo de escuridão espreitar, e senti um arrepio em todo o meu corpo.

— Então quer dizer que você está vivo... — comentou o sussurro sibilante em meu ouvido. — Ah, fico muito satisfeito em saber.

Eu me virei para uma muralha de robes pretos. Era Sharon, se assomando às nossas costas. Noor recuou, de costas para a janela, mas seu rosto não demonstrava nenhum sinal de medo. Hugh e Bronwyn viram o que estava acontecendo e se esgueiraram para perto de um estande informativo sobre vestimentas de fenda, tentando se misturar à paisagem e passar desapercebidos.

— Você não vai nos apresentar, Jacob? — perguntou Sharon.

— Sharon, essa é...

— Eu sou a Noor — disse ela, estendendo a mão. — E você é?

— Apenas um humilde barqueiro. É um prazer imenso.

Um sorriso enorme reluziu no túnel escuro por baixo de seu capuz, e os longos dedos brancos apertaram a mão morena de Noor. Vi que ela tentou reprimir um arrepio. Sharon soltou a mão da garota e voltou-se novamente para mim.

— Você faltou à reunião. Fiquei muito desapontado.

— Estava ocupado — expliquei. — Podemos conversar mais tarde?

— *Mas é claro* — retrucou ele, com uma subserviência exagerada. — Por favor, não quero tomar seu tempo.

Escapamos. Bronwyn e Hugh esperavam perto da escada.

— O que ele queria? — perguntou Hugh.

— Não faço ideia — menti, enquanto descíamos a escada depressa.

◆   ◆   ◆

As ruas de Recanto do Demônio encontravam-se lotadas de peculiares, e, naquela tarde, os estranhos e muitas vezes alarmantes contrastes que definiam o lugar estavam bem à vista. Passamos por uma *ymbryne* que ensinava um grupo de jovens peculiares a consertar um prédio em ruínas usando suas habilidades. Um garoto ruivo levitava tábuas de madeira com a mente, e duas meninas transformavam uma enorme pilha de destroços em pedrinhas, desgastando os pedregulhos pouco a pouco com os dentes. Também passamos pelos primos de Sharon — os construtores de forca iam cantando e balançando seus martelos enquanto lideravam uma fileira de prisioneiros acólitos infelizes, unidos por uma corrente que prendia suas pernas, seguidos de perto por uma *ymbryne* e um contingente de dez peculiares de guarda.

Noor se virou para olhar quando os homens passaram, cantando a plenos pulmões:

O carrasco chegou,
na noite antes de enforcar o ladrão.

Eu vim, disse ele, antes de sua morte,
para dar-lhe um alerta...

— Eles são...

— São — respondi.

— E *todo mundo* aqui é...

Encarei-a.

— É. Que nem a gente.

Noor balançou a cabeça, espantada. De repente, vi seus olhos se arregalarem e a cabeça se inclinar para cima. Virei para o outro lado e vi um sujeito extraordinariamente alto que vinha mancando na nossa direção pela calçada de pedra. Tinha pelo menos cinco metros de altura, e a cartola no topo da cabeça acrescentava quase cinquenta centímetros. Nem se esticasse os braços e pulasse bem alto eu conseguiria alcançar o bolso de suas calças de estampa floral.

Hugh o cumprimentou.

— Olá, Javier, como vai a produção da peça?

O homem alto parou rápido demais e teve que girar os braços e agarrar o telhado de uma casa para não cair. Então se abaixou e olhou para Hugh.

— Ora, me desculpe, não vi você aí embaixo! — bradou. — A produção, infelizmente, está passando por um hiato. Alguns membros do elenco foram chamados para tarefas de reabilitação de fenda, então teremos que apresentar outra temporada de *A fauna da montanha*. Estão ensaiando lá no campo...

Javier gesticulou com o braço — que, comparado às pernas, até que tinha um tamanho normal —, indicando uma área minúscula de gramado lamacento do outro lado da rua (o mais próximo de um parque que havia no Recanto), onde o grupo teatral da srta. Grackle saltitava em suas fantasias grotescas de bichos, praticando as falas.

Noor ficou assistindo àquilo enquanto andávamos, boquiaberta, concentrada no estranho espetáculo, até que Hugh chutou uma pedra, comentando:

— Mas que pena! Eu estava ansioso para treinar o ator que iria me interpretar.

Noor se virou para ele, abrindo um sorrisinho.

— Vão fazer uma peça sobre vocês?

Senti o calor da vergonha subir pelas bochechas.

— Hã... É, uma das *ymbryne* tem um grupo de teatro, e... Não é nada de mais... — Balancei as mãos, como se espantasse o assunto, torcendo para encontrar alguma distração e mudar o rumo da conversa.

— Ah, não seja modesto! — interveio Hugh. — É um musical sobre como Jacob ajudou a nos salvar dos acólitos e baniu Caul para um inferno interdimensional.

— É uma grande honra! — completou Bronwyn, abrindo um sorriso largo. — Jacob é muito famoso por aqui...

— Caramba, olhem aquilo! — gritei, torcendo para Noor não ter ouvido essa última parte.

Girei o corpo de repente e apontei para um pequeno grupo de pessoas perto da Praça da Igreja, onde dois peculiares pareciam envolvidos em alguma disputa.

— É um concurso de levantamento de porta! — explicou Bronwyn, interessadíssima. Eu tinha conseguido distraí-la. — Eu queria me inscrever, mas antes preciso treinar um pouco...

— Vamos logo, Bronwyn — interveio Hugh, mas a garota desacelerou o passo para assistir à disputa, e nos juntamos a ela.

Cerca de dez pessoas estavam de pé em cima de uma porta erguida sobre um par de cavaletes, e um jovem muito forte encarava uma senhora claramente desprovida de músculos, mas com um olhar ameaçador o bastante para transformar água em gelo.

— Esta é Sandina — explicou Bronwyn. — Ela é incrível!

As pessoas em volta começaram a entoar:

— *Sandina! Sandina! Sandina!*

A mulher se agachou por baixo da porta, apoiou os ombros largos na madeira e se levantou bem devagarzinho, grunhindo, enquanto as pessoas de pé na porta celebravam, tentando manter o equilíbrio. Bronwyn também comemorou, e até Noor soltou um *uau!* baixinho, surpresa e impressionada.

Impressionada. Não horrorizada ou enojada. Estava começando a achar que ela se encaixaria bem ali.

De repente percebi que não sabia para onde estávamos indo. Bronwyn e Hugh disseram alguma coisa sobre uma "casa", mas, até onde eu sabia, nossos amigos estavam ocupando os dormitórios barulhentos do andar térreo do Polifendador. Quando começamos a cruzar a frágil ponte de madeira por cima do Valão da Febre, enfim perguntei aonde estávamos indo.

— A srta. Peregrine nos tirou da casa de Bentham enquanto você estava com o remenda-ossos — explicou Hugh. — Agora estamos longe dos olhares curiosos, das pessoas que ficam querendo saber o que estamos fazendo. Ah, cuidado com essa tábua! Está solta!

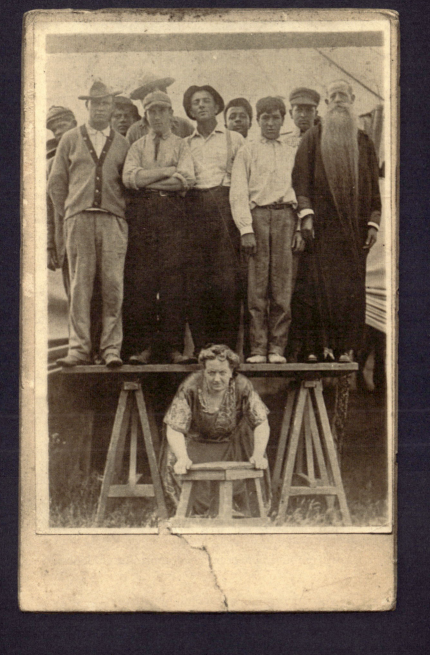

Ele pulou por cima da tábua, que caiu na água negra abaixo. Noor saltou o buraco sem dificuldade, mas eu precisei superar a vertigem para conseguir me obrigar a estender a perna e pular o vão.

Chegamos ao outro lado, então andamos junto às margens do Valão até uma casa velha e bamba. A construção parecia desafiar as leis da gravidade e da arquitetura. O primeiro nível tinha apenas metade da largura dos andares de cima, como se a casa estivesse de ponta-cabeça, e os dois andares superiores se estendiam para os lados amparados por uma floresta de apoios e palafitas de madeira que se estendiam até o chão. O primeiro nível da casa também era bem modesto, quase uma cabana, mas o segundo andar tinha grandes janelas e colunas entalhadas, além de um domo em arco ainda em construção que adornava o teto do terceiro — tudo, claro, construído em ângulos estranhos e com marcas do tempo e da negligência.

— Não é muito elegante — admitiu Bronwyn —, mas pelo menos é nossa!

Então ouvi uma voz aguda e familiar chamando meu nome. Olhei para o lado e vi Olive sair flutuando de trás de uma cúpula no telhado. Ela segurava um balde e um pano, e uma corda estava presa na sua cintura.

— Jacob! — gritou. — É o Jacob!

Ela acenou, animada, e eu acenei de volta, exultante em vê-la e aliviado por ser recebido com tamanha empolgação.

Em meio à animação, Olive acabou derrubando o balde, que caiu em uma parte do telhado que eu não via dali, e o acidente gerou outro grito de surpresa, embora eu não soubesse dizer de quem. A porta da frente se escancarou tão de repente que uma das dobradiças voou longe com um tinido metálico.

Emma saiu de lá correndo.

— Olha só quem nós encontramos! — anunciou Bronwyn.

Emma parou a alguns passos de onde eu estava e me examinou de cima a baixo. Ela usava coturnos pretos e um macacão rústico azul. As bochechas pareciam vermelhas como maçãs por baixo da camada de sujeira, e ela estava ofegante como se tivesse acabado de descer vários lances de escada em disparada. Parecia feroz, o rosto exibindo um complicado misto de emoções: raiva, alegria, dor e alívio.

— Não sei se você merece um abraço ou um soco!

Abri um sorriso enorme.

— Que tal começar pelo abraço?

— Seu idiota, você nos deixou apavorados!

Ela correu para me abraçar.

— Deixei, é? — perguntei, me fingindo de inocente.

— Você estava na cama, ferido... então, de uma hora para a outra, tinha sumido sem dizer nada! *Claro* que ficamos preocupados!

Soltei um suspiro e pedi desculpas.

— *Eu também lhe devo desculpas* — sussurrou ela, apoiando a testa no meu pescoço. Então ergueu a cabeça de repente, como se tivesse acabado de lembrar que não podia mais fazer isso.

Antes que eu pudesse perguntar o motivo do pedido de desculpa, fui surpreendido por outro corpo se chocando contra nós. Olhei para baixo e vi as mangas de uma casaca de veludo roxo me abraçando.

— Que maravilha você ter voltado para nós vivo e bem — disse Millard. — Mas talvez devêssemos continuar essa reunião lá dentro?

Ele foi nos empurrando para a casa. Depois de passar pela porta meio inclinada, olhei por cima do ombro em busca de Noor, mas vi apenas os sorrisos enormes de Bronwyn e Hugh. Fui guiado a um cômodo aconchegante de pé-direito baixo que fazia as vezes de sala, cozinha, galinheiro e estábulo (a julgar pelas galinhas que ciscavam a um canto e os montes de feno espalhados pelo chão). Meus amigos entraram correndo, um atrás do outro. De repente, fui atacado por abraços, e a sala se encheu de um burburinho animado de todos falando ao mesmo tempo.

— Jacob, você *voltou*! — gritou Olive, descendo a escada a passos pesados, os degraus rangendo enquanto ela passava por eles o mais depressa que seus sapatos de chumbo permitiam.

— E está *vivo*! — gritou Horace, pulando e sacudindo uma boina.

— Claro que estou! — respondi. — Eu não ia cair morto de uma hora para a outra.

— Você não tinha como saber! — retrucou Horace. — E nem eu, o que é muito assustador. Não tive nenhum sonho nos últimos dias.

— Ah, os Estados Unidos são um lugar horrível e perigoso — completou Millard, ao meu lado. — No que você estava pensando, saindo daquele jeito sem dizer nada?

— Ele achou que a gente não fosse se importar! — exclamou Bronwyn, com um toque de incredulidade na voz.

Emma ergueu as mãos.

— Ah, Jacob, pelo amor das aves, você age como se não conhecesse a gente!

— É que eu já tinha causado tantos problemas para vocês com as *ymbrynes*... — tentei explicar. — E teve todas aquelas coisas que a gente disse...

— Que, honestamente, eu nem lembro mais.

Pensando bem, eu também não lembrava. Só restava a memória de como tinha me sentido: ferido e irritado por todos terem ficado do lado da srta. Peregrine, em vez do meu.

— É normal dizermos todo tipo de besteiras quando estamos chateados — retrucou Hugh. — Mas isso não significa que não nos importamos com você.

— Somos uma família — acrescentou Olive, me encarando com um olhar sério, as mãos na cintura. — Você já esqueceu?

Alguma coisa naquele rostinho irritado me fez derreter por dentro.

— *Buá-buá*, meus amigos foram malvados comigo! — choramingou Enoch, descendo as escadas com um balde cheio de água. — Agora vou bancar o herói sozinho e me enfiar em tantos problemas que terei que ser resgatado! Eles *vão ver só*!

— Também estou feliz por ver você.

— Que bom que um de nós está feliz. Graças a você, estamos desentupindo esgotos e retirando esse maldito esterco há dois dias. — Ele fez questão de esbarrar em mim ao passar para jogar o conteúdo úmido e denso do balde na rua, então limpou a testa imunda com as costas da mão ainda mais suja. — Esses aí podem até estar dispostos a perdoar, mas você me deve uma, Portman.

— É justo — respondi.

Ele estendeu a mão suja para mim.

— Bem-vindo de volta.

Fingi não notar a sujeira e apertei a mão dele.

— Obrigado.

— E como foi o resgate? Deduzo que falhou completamente, considerando que a garota não está em nenhum lugar à vista...

Eu me virei para olhar em volta, alarmado, chamando:

— Noor!

— Ela estava aqui agora mesmo! — exclamou Bronwyn.

Comecei a entrar em pânico, então ouvi a voz dela:

— Estou aqui!

Eu me virei e a vi emergindo de um bolsão de escuridão que não estava lá quando chegamos, um brilho tênue descendo devagar por sua garganta.

Soltei um suspiro de alívio.

— Impressionante — comentou Millard.

— Não precisa se esconder — disse Olive. — A gente não morde.

— Eu não estava me escondendo — explicou Noor. — É que vocês pareciam querer um momento a sós.

Eu me aproximei, me sentindo culpado por ainda não tê-la apresentado a todos.

— Alguns de vocês já a conheceram, mas, para os que ainda não tiveram esse prazer... Pessoal, essa é a Noor. Noor, esse é o pessoal.

Noor acenou para todos.

— Oi, pessoal.

Meus amigos se aproximaram para cumprimentá-la, e ela manteve uma calma impressionante. Parecia uma pessoa completamente diferente da garota que quase se recusara a entrar na gaveta no necrotério dos Intocáveis.

— Bem-vinda ao Recanto do Demônio — disse Horace, com um aperto de mão firme. — Espero que não ache tudo desagradável *demais*.

— Até agora estou bem impressionada — comentou Noor.

— Você vai ficar aqui com a gente? — perguntou Hugh. — Você merece um descanso, depois de tudo pelo que passou.

— É bom finalmente conhecer você — disse Olive. — Ouvi falar *tanto* a seu respeito.

Emma se aproximou e abraçou Noor, um gesto que pareceu um tanto forçado, e acrescentou:

— Não pense que o que dissemos antes significa que não estamos felizes com sua presença. Porque estamos.

— É isso aí! — concordou Millard.

Enoch limpou a mão na calça antes de estendê-la para Noor.

— É um prazer ver você de novo. Fico feliz que Jacob não tenha ferrado com tudo... quer dizer, não tenha ferrado *tanto assim* com tudo.

— Ele foi ótimo — retrucou Noor. — Ele e aquele velho foram... — Ela fez uma careta com a lembrança.

— O que aconteceu? — perguntou Emma.

Noor me deu uma olhada rápida, então se voltou outra vez para Emma. E respondeu, com a voz séria:

— Ele morreu.

— H. resgatou Noor da fenda de Leo — expliquei. — Ele levou um tiro, mas conseguiu aguentar até chegarem ao apartamento dele. Foi lá que os encontrei.

Eu me senti um pouco insensível contando aquilo tudo tão depressa e sem rodeios, mas tinha que ser assim.

— Sinto muito — disse Millard. — Não o conheci, mas qualquer compatriota de Abe sem dúvida era uma boa pessoa.

— Meu Deus, pobre H.! — exclamou Emma.

Ela tinha sido a única ali a conhecê-lo, e me lançou um olhar triste com a clara mensagem de *vamos conversar sobre isso mais tarde*.

— Eu devo minha liberdade a ele — afirmou Noor, baixinho.

E pareceu que não havia mais nada a dizer.

Millard quebrou o breve momento de silêncio constrangedor virando-se para a recém-chegada e dizendo:

— De qualquer forma, fico muito feliz que você não esteja mais nas mãos daquele homem horrível, Leo Burnham.

— Eu também — respondeu Noor. — Aquele cara era... — Ela balançou a cabeça, incapaz de encontrar as palavras certas.

— Eles machucaram você? — perguntou Bronwyn.

— Não. Fizeram várias perguntas e disseram que eu entraria para o exército deles, depois me trancaram em um quarto por uns dias, mas não me machucaram.

— Que bom, pelo menos isso — falei.

Então uma vozinha perguntou:

— E valeu a pena, Jacob? Arriscar tanta coisa por ela?

Eu me virei e vi Claire na porta, a testa franzida. A expressão azeda era um contraste forte com as galochas e o chapéu amarelos.

— Claire, que grosseria — comentou Olive.

— Não, grosseria foi o que *Jacob* fez, desobedecendo à srta. Peregrine mesmo que suas ações pudessem ter causado a *guerra* que as *ymbrynes* vêm se esforçando tanto para tentar evitar!

— Bem, e aí? — perguntei.

— E aí o quê? — retrucou ela.

— Eu comecei uma guerra?

Claire cerrou os punhos, fazendo a expressão mais irritada de que foi capaz.

— A questão *não* é essa.

— De fato, suas atitudes e as de H. não causaram uma guerra. — A srta. Peregrine, com um vestido preto assimétrico elegante e o cabelo preto em um coque alto, tinha aparecido no topo da escadaria. — Pelo menos não ainda. Embora tenha nos deixado à beira de uma.

A diretora desceu a escadaria e parou de frente para Noor.

— Então você é a famosa srta. Pradesh — comentou, a voz neutra, apertando a mão de Noor em um cumprimento rápido. — Sou Alma Peregrine, diretora dessas crianças que *às vezes* são intratáveis.

Noor abriu um sorriso torto, como se achasse a srta. Peregrine um pouco engraçada.

— Prazer em conhecê-la. Jacob não mencionou nada sobre uma guerra.

— Não... — A srta. Peregrine se virou para mim. — Imagino que não tenha mencionado.

Senti o rosto esquentar.

— Sei que você deve estar irritada, srta. Peregrine, mas eu precisava ajudar Noor.

Senti a atenção de Noor e de todos os outros em mim, mas não desviei os olhos da *ymbryne*. A srta. Peregrine sustentou meu olhar por mais um momento, então se virou de repente, foi até uma porta e a abriu, revelando uma saleta.

— Sr. Portman, nós dois temos algumas coisas para discutir. Srta. Pradesh, esses últimos dias devem ter sido bastante cansativos. Tenho certeza de que gostaria de um momento para descansar e tomar um banho relaxante. Bronwyn, Emma, por favor, ajudem nossa hóspede a se acomodar.

Noor me encarou com um olhar de dúvida, como se perguntasse *o que diabo está acontecendo?*, e eu assenti de leve, esperando que ela entendesse o gesto como um sinal de que *está tudo bem*. Então a srta. Peregrine me empurrou para a saleta e fechou a porta.

O cômodo estava coberto de grossos tapetes de pelo, e a única mobília era uma pilha de almofadas no chão. A srta. Peregrine foi até uma janela embaçada e ficou olhando para fora pelo que pareceu um longo tempo.

— Eu devia ter imaginado que você faria uma coisa dessas — começou. — Na verdade, a culpa é minha por deixar você sozinho e sem vigia. — Ela balançou a cabeça. — É exatamente o que seu avô teria feito.

— Sinto muito pelos problemas que causei — disse. — Mas não vou pedir desculpas por...

— Problemas têm solução — interrompeu ela. — Mas não teríamos como solucionar a falta que você faria.

Eu já estava pronto para discutir, para defender minha causa com argumentos apaixonados sobre por que era necessário ajudar H. a resgatar Noor de Leo Burnham, mas aquilo me pegou desprevenido.

— Então você não está... brava?

— Ah, eu *estou* brava. Mas já faz muito tempo que aprendi a controlar minhas emoções. — Ela se virou para me encarar, e vi que seus olhos estavam marejados. — É bom ter você de volta, sr. Portman. Nunca mais faça uma coisa dessas.

Assenti, tentando conter minhas próprias lágrimas.

Ela pigarreou, endireitou os ombros e retomou a expressão firme.

— Mas agora vamos ao que interessa. Você vai me contar tudo. Acho que mais cedo estava dizendo algo sobre como *precisava* fazer isso.

Ouvimos uma batida firme à porta, que foi aberta sem esperar resposta. Noor entrou.

A srta. Peregrine franziu a testa.

— Sinto muito, srta. Pradesh. Estamos tendo uma conversa particular. Jacob e eu temos diversos assuntos para discutir.

— Também tenho um assunto para discutir com Jacob. — Noor fixou o olhar em mim. — Essa tal profecia. Do jeito que você falou, parecia urgente.

— Que profecia? — perguntou a srta. Peregrine, ríspida.

— Ao que parece, tem a ver comigo — explicou Noor. — Então sinto muito, mas não posso deixar outra pessoa ouvir antes de mim.

A srta. Peregrine pareceu ao mesmo tempo surpresa e impressionada.

— Entendo perfeitamente. Acredito que seja melhor você entrar.

Ela gesticulou para uma almofada no chão.

◆　　◆　　◆

Nós nos acomodamos nas almofadas. A srta. Peregrine mantinha a compostura até sentada no chão, com as costas eretas e as mãos escondidas nas dobras do vestido preto. Contei a ela e a Noor sobre a profecia — ou pelo menos a parte que eu tinha ouvido — e o que acontecera logo antes. Atualizei a srta. Peregrine em alguns detalhes que ela ainda não sabia, como, por exemplo, como consegui sair escondido do Polifendador para encontrar H. em Nova York e com o que me deparei quando cheguei ao apartamento dele: Noor dormindo — por causa do pó de sono — no sofá de H. e ele mortalmente ferido no chão.

Então contei o que H. me dissera logo antes de morrer.

Desejei ter escrito as palavras exatas que ele proferira enquanto ainda estavam frescas na memória. Tanto tinha acontecido desde que as ouvira que as coisas estavam começando a se misturar em minha mente.

— H. disse que havia uma profecia que previa o seu nascimento — expliquei, olhando para Noor. — Você é "uma dos sete" que serão os "emancipadores dos peculiares".

Noor me encarou como se eu tivesse acabado de falar grego.

— E o que *isso* significa?

— Não faço ideia — falei, lançando um olhar esperançoso para a srta. Peregrine.

Ela manteve a expressão neutra.

— Tem mais alguma coisa?

Assenti.

— Ele disse que uma nova era está chegando, "uma era perigosa", e acho que era disso que os sete deveriam nos "emancipar". E falou que aqueles homens estavam atrás de Noor por causa da profecia.

— Você está se referindo aos esquisitões que me perseguiram na escola?

— Isso. E os que vieram de helicóptero atrás de nós naquele prédio. Que atiraram um dardo tranquilizante na Bronwyn.

— Hum... — A srta. Peregrine parecia em dúvida.

— E então? — perguntei a Noor. — O que acha?

— É só isso? — Noor ergueu uma sobrancelha. — Não tem mais nada?

— Pouco provável — interveio a srta. Peregrine. — Parece que H. estava parafraseando alguém. Tentando passar o *básico* antes de morrer.

— Mas o que isso *significa*? — perguntou Noor para a srta. Peregrine. — Bronwyn disse que você é boa em saber das coisas.

— E ela tem razão. Mas profecias obscuras não são bem a minha área.

No entanto, era uma das áreas de Horace. Então, com a permissão de Noor, nós o chamamos para a saleta e contamos tudo o que sabíamos.

Ele ouviu com atenção e fascínio.

— Os sete emancipadores dos peculiares — repetiu, com a mão no queixo liso. — Parece familiar, mas preciso de mais informações. Ele disse quem era o profeta? Ou de que profecia veio esse trecho?

Fiz um esforço para lembrar.

— Ele disse algo sobre um... — A palavra estava escapando. — Apócrata? Não, acho que era apócrifo.

— Muito interessante... — comentou Horace, assentindo. — Parece mesmo algum tipo de texto. Nada de que eu tenha ouvido falar, mas já é uma pista.

— E isso foi tudo? — perguntou a srta. Peregrine. — H. parafraseou alguns trechos de uma profecia e deu seu último suspiro?

Balancei a cabeça.

— Não. A última coisa que ele disse foi que eu devia levar Noor até uma mulher chamada V.

— *O quê?*

Nós nos viramos e vimos Emma enfiando a cabeça porta adentro. Ela cobriu a boca com a mão, constrangida por ter se exaltado, então decidiu simplesmente aceitar o que acontecera e entrou na sala.

— Me desculpem. É que todos estávamos ouvindo.

A porta se abriu mais um pouco, e vi meus amigos do outro lado.

A srta. Peregrine soltou um suspiro irritado.

— Ora, então entrem logo — falou. — Sinto muito, Noor. Realmente não existem segredos entre nós, e tenho a sensação de que essa questão talvez diga respeito a todos.

Noor deu de ombros.

— Eu anunciaria até em um outdoor se soubesse que alguém poderia me dizer o que isso tudo significa.

— Uma emancipadora dos peculiares, é? — repetiu Enoch. — Parece um título bem pomposo.

Dei uma cotovelada nas costelas dele quando o garoto se sentou ao meu lado.

— Não começa, deixa ela em paz — murmurei.

— Não foi o que eu pensei — retrucou Noor para Enoch. — Achei tudo isso uma grande *maluquice*.

— Mas H. devia acreditar — comentou Millard, a casaca roxa indo de um lado para o outro do aposento. — Ou não teria arriscado a vida para salvar a sua. Nem trazido Jacob e nosso grupo para ajudá-lo a encontrar você.

— E Jacob estava falando sobre aquela... mulher — interveio Emma.

— Isso, a V. Ela é a última matadora de etéreos viva, segundo H. Foi aprendiz do meu avô na década de 1960. Vi referências sobre ela em todos os arquivos das missões dele.

— Os sensitivos se lembram de ter encontrado com ela em mais de uma ocasião — comentou Bronwyn. — Pareciam bem impressionados.

Emma se remexeu, incapaz de esconder o desconforto.

A srta. Peregrine pegou um pequeno cachimbo do bolso e pediu a Emma que o acendesse, então deu uma longa tragada e soltou uma baforada de fumaça verde.

— Acho muito curioso — comentou, para mim — que H. o tenha aconselhado a buscar ajuda de outra matadora de etéreos, em vez da de uma *ymbryne*.

Em vez da minha.

— *Muito* curioso — concordou Claire.

— Ele parecia pensar que V. era a única pessoa além dele que poderia nos ajudar — falei. — Mas não me contou por quê.

A srta. Peregrine assentiu e soltou outra baforada verde.

— Abe Portman e eu tínhamos imenso respeito um pelo outro, mas sua organização e a minha discordavam em diversos pontos. É possível que H. simplesmente se sentisse mais confortável colocando você sob a proteção de um de seus colegas, em vez da minha.

— Ou talvez acreditasse que havia coisas que a senhorita não sabia sobre a situação — sugeriu Millard.

— Ou sobre a profecia — falou Horace, e a srta. Peregrine pareceu um pouco incomodada com esse lembrete.

Eu sabia, é claro, que H. não confiava nas *ymbrynes*, mas ele não me explicou por quê, e não era algo que eu estava preparado para mencionar na frente de todos.

— Ele nos deixou um mapa — contou Noor. — Para encontrarmos V.

— Um mapa? — perguntou Millard, virando-se para encará-la. — Conte mais.

— Pouco antes de morrer, H. ordenou que seu etéreo, Horatio, nos desse um mapa que estava dentro de um cofre — expliquei. — Então deixou que Horatio comesse seus olhos. — Aquilo fez vários dos meus amigos soltarem um gemido de nojo. — Isso pareceu permitir que o etéreo consumisse sua alma peculiar. Alguns minutos depois, Horatio começou a se transformar em um... Não sei, acho que em um acólito. Ou algo que viria a ser um acólito.

— E foi aí que acordei — disse Noor. — Horatio nos disse algumas coisas que pareciam pistas.

— E então pulou pela janela — concluí.

— Posso ver esse mapa? — pediu a srta. Peregrine.

Entreguei o mapa a ela. A casaca de Millard se inclinou sobre o ombro da srta. Peregrine, que alisava o papel contra a perna, e o cômodo caiu em silêncio.

— Esse mapa não nos diz muito — comentou Millard, depois de apenas alguns segundos de análise. — Ele faz parte de um documento maior e majoritariamente topográfico.

— A pista de Horatio parecia conter coordenadas — comentei.

— O que ajudaria se tivéssemos o mapa inteiro — retrucou Millard. — Ou se esse mapa mostrasse o nome de algum lugar. Como uma cidade, uma estrada ou um lago.

— Na verdade, parece que os nomes foram apagados — comentou a srta. Peregrine, aproximando mais o rosto e examinando o documento através de um monóculo de lente de aumento.

— O enigma está ficando cada vez melhor — comentou Millard. — Você disse que o ex-etéreo murmurou alguma coisa... O que foi?

— Ele disse que poderíamos encontrá-la em uma fenda — contei. — H. chamou o lugar de "vendaval", e Horatio disse que era "no coração da tempestade".

— Isso significa alguma coisa para vocês? — perguntou Noor.

— Parece uma fenda com um furacão ou ciclone — sugeriu Hugh.

— Isso é óbvio — retrucou Millard.

— Que tipo de *ymbryne* faria uma fenda dessas? — questionou Olive.

— Uma que realmente não queira receber visitas — sugeriu Emma, e a srta. Peregrine assentiu.

— A senhorita conhece um lugar como esse? — perguntou Emma.

A diretora franziu a testa.

— Infelizmente, não. Deve estar escondida em algum lugar dos Estados Unidos. O que, mais uma vez, não é bem a minha área.

— Mas é a de alguém — retrucou Millard. — Não se desespere, srta. Pradesh. Vamos desvendar esse enigma. Posso ficar com isto?

O mapa pareceu flutuar quando ele o pegou.

Olhei para Noor, que assentiu.

— Pode — falei.

— Se eu não conseguir desvendar o mistério, aposto que alguém aqui do Recanto vai conseguir.

— Espero que sim — falou Noor. — Mas gostaria de ir junto quando você for perguntar por aí.

— É claro — respondeu Millard, parecendo gostar da ideia.

— E eu posso ajudar a descobrir mais sobre a profecia — lembrou Horace.

— Seria bom você ter uma conversa com a srta. Avocet — sugeriu a srta. Peregrine. — Fui pupila dela há muito tempo e lembro que ela tinha um interesse especial em adivinhação, escrita automática e outros misticismos. Talvez ela também saiba algo sobre textos proféticos.

— Que ideia fantástica! — respondeu Horace, os olhos brilhando de empolgação. Ele inclinou a cabeça para a srta. Peregrine. — Mas ajudaria se eu pudesse ser dispensado das obrigações de limpeza por alguns dias…

— Muito bem. — A diretora suspirou. — Nesse caso, você também está dispensado do trabalho, Millard.

— Isso não é justo! — resmungou Claire.

— Ah, *eu* com certeza poderia ajudar — comentou Enoch, abrindo um sorriso. — Talvez a gente devesse entrevistar o recém-falecido H.?

Eu me lembrei do homem morto conservado em gelo que Enoch nos ajudara a interrogar, lá em Cairnholm, e estremeci.

— Não, obrigado, Enoch — respondi. — Eu jamais faria aquilo com ele.

Enoch deu de ombros.

— Vou pensar em alguma coisa.

Estavam todos conversando em voz baixa, até que Noor se levantou e pigarreou.

— Eu só queria agradecer. Acabei de chegar, então não sei se esse tipo de coisa é normal… essas histórias de profecias, sequestros e mapas misteriosos…

— Não acontece com *tanta* frequência — retrucou Bronwyn. — Passamos sessenta anos sem que quase nada acontecesse, na verdade.

— Então… obrigada — disse Noor, meio sem jeito.

Estava corando quando se sentou.

— Qualquer amigo de Jacob é nosso amigo — declarou Hugh. — E é assim que tratamos nossos amigos.

Todos na saleta concordaram. E eu, de repente, me senti muito feliz e muito grato por ter amigos como aqueles.

CAPÍTULO TRÊS

Depois de um tempo, a srta. Peregrine anunciou que era hora do jantar e que aquela seria nossa chance de redenção com a nova hóspede, que até então não tínhamos recebido muito bem. Subimos as escadas frágeis até uma sala de jantar, onde uma mesa comprida feita de tábuas de madeira estava posta com copos e pratos descombinados, diante de janelas com vista para o rio poluído e os prédios em ruínas na margem oposta. Uma cena quase bonita sob o brilho âmbar do pôr do sol.

Noor e eu finalmente tivemos uma chance de nos lavarmos. No cômodo ao lado, havia uma bacia e um grande jarro de água sob um espelho embaçado, e conseguimos lavar o rosto e nos limpar um pouco.

Mas só um pouco.

Quando voltamos, Noor se sentou ao meu lado, enquanto Emma acendia as velas com a ponta dos dedos e Horace supervisionava a distribuição de comida, servindo tigelas com o conteúdo de um enorme caldeirão pendurado na lareira.

— Espero que goste de guisado — comentou, colocando uma tigela fumegante diante de Noor. — A comida aqui no Recanto do Demônio é ótima para quem gosta de guisado em todas as refeições.

— Eu comeria até pedra agora — comentou ela. — Estou morrendo de fome.

— Esse é o espírito!

Logo estávamos entretidos em uma conversa agradável, e a sala foi preenchida pelo burburinho de vozes e pelo ruído das colheres. Era extremamente confortável e agradável, considerando o lugar onde estávamos. Transformar locais inabitáveis em lares confortáveis era um dos muitos talentos da srta. Peregrine.

— O que você fazia na sua vida normal? — perguntou Olive, de boca cheia.

— Ia à escola — respondeu Noor. — Aliás, muito interessante essa pergunta estar no passado...

— É que tudo vai mudar para você — explicou a srta. Peregrine.

— Já mudou — respondeu Noor. — Não dá nem para comparar o que estou vivendo com a minha vida da semana passada. Não que eu queira voltar.

— Esse é justamente o ponto — argumentou Millard, apontando para ela com o garfo cheio. — É muito difícil tolerar uma vida normal depois de viver um tempo com peculiares.

— Eu tentei, pode acreditar — confirmei.

Noor olhou para mim.

— Você sente falta da sua vida normal?

— Nem um pouco — respondi.

E era quase verdade.

— Você tem uma mãe ou um pai que vão sentir saudade? — perguntou Olive.

Ela sempre perguntava sobre pais e mães. Acho que era a que mais sentia falta da família, mesmo que seus pais já tivessem falecido havia muito tempo.

— Eu moro com uma família adotiva — explicou Noor. — Nunca conheci meus pais biológicos. Mas tenho certeza de que a Teena e o Cara de Meleca não vão chorar muito se eu não voltar para casa.

O apelido suscitou olhares curiosos, mas todos devem ter presumido que "Cara de Meleca" fosse um nome comum — ainda que estranho — para as pessoas do presente, porque ninguém disse nada.

— E o que está achando de ser peculiar? — perguntou Bronwyn.

Noor mal conseguira comer uma garfada, mas não pareceu se importar.

— Era meio assustador antes de eu saber o que estava acontecendo, mas estou começando a me acostumar.

— Já? — perguntou Hugh. — Lá na fenda dos Intocáveis...

— Eu não lido muito bem com espaços fechados — explicou ela. — Aquela... hã... porta... — Ela balançou a cabeça, incomodada. — Me fez congelar na hora.

— Você congelou na hora, mas agora está congelada no tempo! — gritou Bronwyn, rindo alto e batendo palmas.

Enoch gemeu.

— Nada de trocadilhos com viagens temporais, por favor. Intencionais ou não.

— Foi mal — murmurou Noor, aproveitando a interrupção para finalmente começar a comer.

Horace se levantou e anunciou que era hora da sobremesa, então saracoteou para a cozinha e voltou com um bolo enorme.

— De onde saiu isso? — perguntou Bronwyn. — Você escondeu esse bolo da gente!

— Eu estava guardando para um momento especial — explicou. — E esse momento é mais do que apropriado!

Horace serviu a primeira fatia para Noor. Então, antes que ela pudesse comer um pedaço, perguntou:

— Quando você percebeu que era diferente?

— Eu sempre soube que era — respondeu Noor, com um sorrisinho. — Mas só faz alguns meses que descobri que podia fazer *isso*.

Ela passou a mão por cima de uma vela, pegou a luz entre o polegar e o indicador e enfiou os dedos na boca. Então soprou a luz de volta na forma de uma longa trilha de fumaça reluzente, que se assentou devagar na vela como partículas de poeira.

— Que lindo! — exclamou Olive, enquanto todos aplaudiam e murmuravam *uaus* impressionados.

— Você tem algum amigo normal? — perguntou Horace.

— Só uma amiga. Mas acho que gosto dela justamente porque ela não é muito normal.

— E a Lilly? Ela está bem? — perguntou Millard, deixando escapar um pequeno suspiro de saudade.

— Não a vejo desde a última vez que você a viu.

— Ah — respondeu ele, constrangido. — É verdade. Espero que esteja tudo bem com ela.

Emma, que estava estranhamente quieta, de repente perguntou:

— Você tem namorado?

— Emma! — repreendeu Millard. — Não seja inconveniente!

Emma ficou vermelha e encarou o bolo.

— Não tem problema — respondeu Noor, rindo. — Não, não tenho.

— Gente, acho que deveríamos deixar a Noor comer um pouco — sugeri, estranhamente constrangido com a pergunta de Emma.

A srta. Peregrine, que passara os últimos minutos quieta e pensativa, deu batidinhas com a colher em um copo, pedindo a atenção de todos.

— Amanhã tenho que voltar para as negociações de paz — anunciou. — As *ymbrynes* estão no meio de negociações muito delicadas com os líderes de três clãs norte-americanos — explicou para Noor, muito séria —, e a ameaça de uma guerra entre eles cresce a cada dia. Tenho certeza de que seu resgate, que H. conduziu de forma muito precipitada, e seu subsequente desaparecimento só complicaram ainda mais as coisas.

— Ops... — murmurou Noor.

— É claro que a culpa não é sua. Mas há danos para conter e egos para amaciar. Isso se conseguirmos fazer com que todos voltem para a mesa de negociação.

— Estão chamando as negociações de paz de Convenção das Aves — revelou Bronwyn para Noor num falso sussurro.

Noor a encarou sem entender.

— Ah, é? Por quê?

Bronwyn ergueu as sobrancelhas.

— Porque as *ymbrynes* podem virar pássaros.

— Sério? — perguntou Noor, olhando surpresa para a srta. Peregrine.

— Ainda não consigo entender por que toda essa comoção — comentou Enoch. — Faria tanta diferença assim se os americanos entrassem em guerra uns com os outros? Por que isso nos diz respeito?

A srta. Peregrine se enrijeceu, então baixou a colher.

— Detesto ter que me repetir, mas, como já disse antes, a guerra é como um...

— Vírus — completou Hugh.

— Ela não "respeita fronteiras" — disse Emma, como se tivesse decorado um texto.

A srta. Peregrine se levantou, soturna, e foi até a janela. Já podíamos sentir a lição de moral chegando.

— Claro que os americanos não são nossa prioridade — explicou. — Nós, *ymbrynes*, estamos mais preocupadas em reconstruir nossa sociedade, nossas fendas, nosso estilo de vida. Mas o caos de uma guerra tornaria isso impossível. Porque a guerra é um vírus. E vejo que vocês não entendem o significado disso. Não é culpa sua, nenhum de vocês jamais testemunhou uma guerra entre facções peculiares. Mas muitas *ymbrynes* já testemunharam.

Ela se virou e olhou pela janela, para o Recanto, a fumaça perpétua no céu agora manchada de um tom violeta intenso.

— As mais velhas de nós se lembram da desastrosa guerra na Itália em 1325. Duas facções peculiares se voltaram uma contra a outra, e a batalha não foi travada apenas nas fronteiras físicas, mas também nas fendas temporais. Os peculiares lutavam em fendas, e as lutas, ferozes como eram, inevitavelmente afetaram o presente. Inúmeros peculiares morreram, além de *milhares* de normais. Uma cidade inteira foi dizimada, destruída por completo! — Ela se virou para nos encarar, passando a mão espalmada no ar, como se tentasse explicar a destruição. — Tantos normais nos viram lutando que não havia como esconder a verdade. Isso provocou um massacre contra nossa espécie, um genocídio que matou muitos de nós e fez os peculiares abandonarem o norte da Itália por um século. Foi necessário um esforço enorme para nos recuperarmos. Tivemos que apagar a memória de cidades inteiras. Reconstruir. Até pedimos a ajuda de acadêmicos peculiares, como Perplexus Anomalous, por exemplo, para revisar os livros de história normais e fazer com que a carnificina fosse lembrada como algo diferente. Durante gerações, o evento ficou conhecido como Guerra das Aberrações. No fim, os acadêmicos de Perplexus conseguiram renomeá-lo para Guerra do Balde de Carvalho. E até hoje os normais acreditam que milhares morreram devido ao roubo de um balde de madeira.

— Normais são tão estúpidos — comentou Enoch.

— Não tão estúpidos quanto costumavam ser — retrucou a srta. Peregrine. — Essa guerra foi há setecentos anos. Hoje em dia, se uma guerra peculiar começasse de verdade, seria quase impossível escondê-la. O conflito acabaria vazando para o presente, onde seria filmado e compartilhado mundo afora, e seríamos expostos, arruinados e vilanizados. Imagine só o terror dos normais diante de uma batalha entre peculiares poderosos. Eles pensariam que se trata do fim dos tempos.

— Uma nova era, uma era muito perigosa — comentou Horace, sombrio.

— Mas os americanos não sabem disso? — perguntou Emma. — Eles não entendem o que poderia acontecer?

— Eles alegam que entendem — respondeu a srta. Peregrine. — E juram de pés juntos que vão aderir a todas as leis de guerra que ditam que os campos de batalha peculiares devem ser sempre no passado ou em uma fenda. Mas guerras são difíceis de controlar, e eles não parecem tão preocupados com as consequências quanto deveriam.

— Como os russos e os americanos durante a Guerra Fria — lembrou Millard. — Cegos pela desconfiança mútua. A exposição constante ao perigo os deixou insensíveis ao medo.

— Juro que as conversas do jantar não são sempre tão deprimentes — sussurrou Olive para Noor, do outro lado da mesa.

— E se essa for a "era muito perigosa" que a profecia menciona? — perguntei. — Poderia estar prevendo uma guerra entre peculiares?

— É possível, com certeza — respondeu Horace.

— Então talvez a guerra seja inevitável — sugeriu Hugh.

— Não — disse a srta. Peregrine. — Eu me recuso a aceitar isso.

— Profecias não necessariamente ditam o destino — explicou Horace. — Às vezes elas são apenas avisos sobre eventos que podem vir a acontecer ou que talvez vão acontecer se não tomarmos alguma atitude para mudar o curso das coisas.

— Tomara que essa profecia não seja *nada* — comentou Olive, infeliz. — Parece tudo meio apavorante.

— Sim, prefiro não precisar de emancipação, muito obrigada — disse Claire.

— E eu prefiro não emancipar ninguém — retrucou Noor. — Se bem que diz que sou uma de sete, então acho que eu não teria que fazer isso sozinha... Mas quem são os outros seis?

Horace abriu bem os braços e disse:

— Outro mistério. Que novidade.

Olive deixou a cabeça cair entre as mãos.

— Podemos, *por favor*, falar de alguma coisa legal, para variar?

Emma bagunçou o cabelo dela.

— Desculpa, querida. Mas tem mais uma coisa me incomodando. Essa suposta sociedade secreta tentando botar as mãos em Noor. *Quem* são eles?

— Eu adoraria saber — respondeu Noor.

— Não é óbvio? — perguntou Millard.

Eu me virei para ele, surpreso.

— Não. Deveria ser?

Millard estalou os dedos invisíveis.

— São *acólitos*.

— Mas H. fez questão de dizer que eram normais — respondi.

— E a srta. Annie, da fenda dos sensitivos, falou alguma coisa sobre uma sociedade secreta de normais americanos — acrescentou Bronwyn. — Remanescentes dos tempos do tráfico de escravos.

Às vezes eu subestimo o quanto Bronwyn presta atenção às coisas.

— Sim, eu também ouvi — concordou Millard. — E não duvido que de fato existiu uma sociedade dessas, no passado. Mas duvido seriamente que qualquer normal teria como representar tamanho perigo para nós hoje em dia. Estamos escondidos nas fendas há tempo demais.

— Concordo — anunciou a srta. Peregrine.

— Da última vez que conversamos sobre isso você sugeriu que parecia coisa de algum outro clã — comentei. — Não de acólitos.

— As coisas mudaram — retrucou ela. — Um aumento dramático na atividade dos acólitos foi percebido. Só nos últimos dias houve várias ocorrências.

— Ataques? — perguntou Horace, empalidecendo.

— Ainda nenhum, mas há relatos de movimentação. Por todo o país.

— Mas eu achei que apenas um pequeno grupo deles tinha conseguido escapar depois do desabamento da Biblioteca das Almas — comentou Emma.

A srta. Peregrine estava circulando a mesa devagar, as sombras das dezenas de velas tremulando em seu rosto.

— Isso é verdade. Mas um pequeno grupo de acólitos já pode causar bastante problema. E eles talvez tivessem alguns agentes americanos adormecidos, só esperando para serem chamados. Não sabemos ao certo.

— De quantos estamos falando? — perguntou Noor. — Contando as pessoas que estavam na minha escola e os do ataque de helicóptero, eram muitos...

— Talvez não sejam *todos* acólitos — sugeriu Bronwyn. — Eles podem ter contratado mercenários normais para ajudá-los. Ou podem ter controlado a mente deles de alguma forma.

— Seria a cara dos acólitos tentar um sequestro ousado desses, em plena luz do dia — comentou Millard. — E depois tentar fazer parecer como se a culpa fosse de outro grupo, como os normais ou outro clã americano.

— Eles são mestres da malícia e do disfarce, afinal — concordou a srta. Peregrine. — Foi o próprio Percival Murnau que fundou o Departamento de Ofuscação.

Ela disse o nome como se eu já devesse conhecê-lo.

— Quem foi esse? — perguntei.

A srta. Peregrine parou junto da minha cadeira e me encarou.

— Murnau é... ou melhor, *era* o principal tenente de Caul. Era ele quem arquitetava as invasões que destruíram tantas de nossas fendas e mataram tantos de nosso povo. Nós o prendemos no dia em que a Biblioteca de Almas desabou, por pura sorte, e ele está trancafiado na cadeia, aguardando julgamento.

— É um homem horrível — comentou Bronwyn, com um tremor de repulsa na voz. — Um dos meus trabalhos era vigiar a cela dele. O maldito come qualquer coisa que apareça: ratos, insetos... Nem os outros acólitos gostam de ficar perto dele.

Horace largou o garfo.

— Bem, lá se foi meu apetite.

— Então, se aqueles eram os acólitos, o que eles querem comigo? — perguntou Noor.

— Eles também devem saber da profecia — sugeriu Horace. — Pode apostar, ou não teriam se dado a todo esse trabalho para encontrar você.

— Eles já a encontraram há meses — retrucou Millard. — E podiam ter sequestrado Noor a qualquer momento. Eles estavam *esperando*.

— Pelo quê? — perguntei.

— Que alguém viesse atrás dela, óbvio.

— Acha que estavam me usando como isca? — indagou Noor, arregalando os olhos de leve.

— Não *só* como isca — respondeu Millard. — Eles *queriam* você. Mas também queriam outra pessoa, e estavam dispostos a esperar pacientemente para conseguir os dois.

— Quem? — perguntei. — O H.?

— Talvez. Ou a V.

— Ou *você*, sr. Portman — disse a diretora. A srta. Peregrine permitiu que pensássemos um pouco enquanto eu engolia o resto do meu bolo. — Acho que você e a srta. Pradesh precisam tomar muito cuidado. Alguém pode estar tentando botar as mãos nos dois.

◆   ◆   ◆

Após o jantar, todos fomos para nossas camas. O terceiro andar era um labirinto de quartos pequenos conectados por corredores em zigue-zague, metade reservada para os garotos, e a outra metade, para as garotas.

Noor estava exausta, os olhos já vermelhos de sono, e tenho certeza de que eu parecia igualmente cansado. Mal tínhamos forças para nos mantermos de pé.

— Você vai dividir o quarto comigo e com Horace — anunciou Hugh.

— E você pode ficar com minha cama, Noor — ofereceu Olive.

— De jeito nenhum. Eu durmo no chão.

— Não tem problema — retrucou a garota. — Eu costumo dormir no teto.

— Os banheiros são bem básicos, no sentido de que não existem — explicou Hugh. Ele apontou para um balde no fim do corredor. — O banheiro fica ali. — Então se virou para outro balde, do outro lado do corredor. — E aquele ali tem água limpa e fervida para beber. Cuidado para não confundir os dois.

A srta. Peregrine apareceu carregando uma lamparina acesa, e todos saíram, menos eu e Noor. A diretora tinha trocado de roupa e agora usava uma camisola de manga comprida, e o cabelo estava solto, caindo pelas costas.

— Não verei vocês pela manhã — comentou, parecendo chateada. — Mas estou a apenas uma porta de Polifendador de distância. Podem mandar mensagens para a fenda da convenção, se precisarem falar comigo.

— Queria que você não tivesse que ir — falei. — Sua ajuda seria bem-vinda.

— Se fosse qualquer coisa menos importante, eu nem cogitaria em ir para longe. Mas, no momento, tenho responsabilidades maiores. Vou partir ao nascer do sol. — Ela se virou para Noor e sorriu. — Fico muito feliz que você tenha vindo, srta. Pradesh. Espero que se sinta acolhida. As circunstâncias da sua chegada podem não ter sido as melhores, mas isso não quer dizer que eu tenha ficado menos feliz com sua presença.

— Obrigada — respondeu Noor. — Fico contente de estar aqui.

A srta. Peregrine se inclinou para a frente e deu um beijo nas bochechas de Noor, algo que eu só a vira fazer com outras *ymbrynes* ou com convidados de honra.

— Que as aves lhe protejam — falou, então sumiu pelo corredor.

— Amanhã vamos investigar melhor essa história toda — prometi. — Se alguém souber mais alguma coisa sobre a profecia, vamos descobrir. E Millard vai nos ajudar a decodificar o mapa. — Sustentei o olhar de Noor por um segundo a mais. — Isso é muito importante para todo mundo.

Ela assentiu e agradeceu. Então soltou um suspiro exausto. Senti uma pontada de empatia; sabia como ela devia estar se sentindo.

— Como você está? — perguntei. — Ainda acha que está ficando louca?

— Acho que foi melhor eu não ter tido muito tempo para pensar nisso tudo. Por enquanto, estou fingindo que nada está acontecendo. Você sabe que pensamento me vem, quando tenho um momento de sossego?

— Qual?

— O teste de matemática que tenho daqui a dois dias. Eu deveria estar estudando.

Nós dois rimos.

— Acho que suas notas vão cair um pouco enquanto estiver aqui. Sinto muito.

— Tudo bem. É tudo tão bizarro e confuso, e tantos aspectos deste mundo são tão assustadores ou estranhos... Mas, apesar de tudo que está obviamente errado nesse momento, a verdade é que eu me sinto *bem*.

— Sério?

Ela baixou a voz até quase um sussurro.

— É como se, pela primeira vez em muito tempo, eu não estivesse mais... sozinha.

Nossos olhares se encontraram. Segurei a mão dela.

— Você não está sozinha — falei. — Você tem amigos.

Ela abriu um sorriso agradecido, então me abraçou. Senti algo pequeno, mas poderoso, se revirar em meu peito.

Baixei a cabeça e deixei que meus lábios descansassem no topo da cabeça dela. Quase um beijo.

Então nos despedimos e fomos para nossos quartos.

* * *

Tive aquele sonho outra vez. O mesmo que tive tantas vezes desde que meu avô foi assassinado. É a noite em que ele morreu, e estou correndo pela floresta de pinheiros atrás da casa dele, gritando seu nome. Como sempre, chego tarde demais. Ele está deitado no chão, sangrando, com um buraco no peito. Um dos olhos foi arrancado. Vou até ele. Meu avô tenta falar comigo. Em geral, nesses sonhos, ele consegue, e diz todas as coisas que disse aquela noite: *Encontre a ave, na fenda.* Mas, dessa vez, ele apenas murmura alguma coisa em polonês, que não consigo entender.

Então ouço outro galho se quebrando e ergo os olhos, ainda ajoelhado. Dou de cara com o monstro coberto com o sangue do meu avô, as línguas grossas ricocheteando no ar.

Ele tem o rosto de Horatio. E diz, em um rosnado gutural de etéreo, que consigo entender perfeitamente:

Ele está vindo.

* * *

Acordei de repente com o som de uma explosão.

Eu me sentei de supetão na cama; Hugh e Horace já estavam de pé, grudados na janela, tentando ver o que estava acontecendo.

— O que houve?! — gritei, cambaleando para fora das cobertas.

— Nada de bom — respondeu Hugh.

Juntei-me aos dois na janela. O sol estava nascendo. Sirenes soavam ao longe, e gritos apavorados ecoavam por todo o Recanto. As pessoas nas outras casas abriam as janelas e espiavam a rua, tentando descobrir o que estava acontecendo.

Bronwyn irrompeu com tudo no quarto, o cabelo amassado do travesseiro.

— O que aconteceu? — perguntou. — Cadê a srta. Peregrine?

Emma a empurrou para entrar também.

— Vamos todos para a sala! — gritou. — Precisamos fazer uma contagem, agora mesmo!

Um minuto depois, estávamos todos juntos, presentes e contabilizados; só faltava a srta. Peregrine, que partira para a convenção logo antes do amanhecer. Algo acontecera em algum outro lugar do Recanto — um ataque, uma explosão, *alguma coisa* —, só não sabíamos o quê.

Pela janela, ouvíamos alguém gritar:

— Fiquem dentro de suas casas! Não saiam até serem liberados!

— E a srta. Peregrine? — perguntou Olive. — E se alguma coisa tiver acontecido com ela?

— Posso tentar descobrir — sugeriu Millard. — Eu sou invisível.

— Eu também posso ser invisível — anunciou Noor, recolhendo um pouco de luz do ar à sua frente antes de entrar no bolsão de escuridão. — Posso ajudar.

— Agradeço a oferta, mas trabalho melhor sozinho.

— É muito arriscado — declarou Emma. — A srta. Peregrine sabe se cuidar.

— Eu também sei — retrucou Millard. — Pode apostar que ninguém vai nos dizer toda a verdade, não importa o que esteja acontecendo. Se quisermos saber qualquer coisa de útil, teremos que descobrir por nós mesmos.

Ele tirou o pijama e o jogou no chão.

Emma tentou segurá-lo.

— Millard, volte já aqui!

Mas ele já estava longe.

Andamos de um lado para o outro pela sala, conversando, nervosos, enquanto esperávamos. Noor cantarolava baixinho, apertando bem os braços. Olive prendera uma corda à cintura e fora flutuar o mais alto que podia para fora de uma janela do terceiro andar, torcendo para conseguir ver melhor o que quer que estivesse acontecendo.

— Vi fumaça subindo da Rua da Fumaça — anunciara, quando a puxamos de volta, alguns minutos depois.

— Sempre tem fumaça na Rua da Fumaça — retrucou Enoch. — É por isso que tem esse nome.

— Está bem, eu vi uma quantidade bastante *incomum* de fumaça na Rua da Fumaça — esclareceu Olive, calçando de volta os sapatos de chumbo. — Fumaça escura e densa.

— É lá que fica o que resta do complexo dos acólitos — comentou Bronwyn, nervosa. — E a prisão onde estávamos mantendo os que conseguimos capturar.

Noor veio mais para perto de mim.

— Então isso é ruim, não é?

— Acho que sim — respondi.

— Típico. Basta eu chegar que tudo dá errado. — Ela cerrou os lábios e desviou o olhar para a janela. — Às vezes, eu me pergunto se não trago azar.

Eu já ia dizer que aquilo era ridículo quando Millard voltou, os pés descalços ecoando pelas escadas enquanto corria até a sala.

Nós nos aglomeramos perto dele.

— Quais são as novidades? — perguntou Emma, mas Millard teve que recuperar o fôlego antes de conseguir falar, e acho até que se deitou no chão.

Ele enfim conseguiu dizer, entre um arquejo e outro:

— Foram... os... acólitos.

— Ah, não — murmurou Bronwyn, como se aquela informação apenas confirmasse seus piores medos.

— O que tem eles? — perguntou Enoch, estranhamente amedrontado.

— Eles... explodiram... a prisão... e escaparam.

— *Todos* eles? — perguntei.

— Quatro.

Millard se sentou e secou a testa com o tecido mais próximo que encontrou, que por acaso era uma meia perdida.

Horace trouxe um copo de água, que Millard bebeu de uma vez só, então contou a história em frases atropeladas, explicando que tinham matado o peculiar que estava de vigia.

— Graças às aves você não estava trabalhando — falou ele, para Bronwyn.

Millard continuou contando como os acólitos abriram um buraco grande o bastante para escapar rastejando sem chamar muita atenção, se esgueiraram até o Polifendador e fugiram.

A explosão que tínhamos ouvido havia sido da bomba que eles detonaram no corredor do Polifendador.

— E a srta. Peregrine? — perguntei.

— Ela viajou até a fenda da convenção pelo Polifendador pouco antes de isso tudo acontecer — explicou Millard. — Um dos puxa-sacos de Sharon me confirmou.

— Graças a Deus — comentou Olive.

— É melhor alguém ir atrás dela — sugeriu Emma. — Ela precisa saber o que está acontecendo.

— Isso vai ser um problema — retrucou Millard.

— Por quê?

— Porque os acólitos levaram o etéreo que alimentava o Polifendador. E agora o aparato inteiro parou de funcionar.

O ar pareceu escapar da sala. Todos estavam atônitos.

— O quê? — perguntei. — *Como?*

— Bem, acólitos e etéreos são aliados naturais...

— Não, quero saber como foi que eles usaram o Polifendador se roubaram o etéreo que o fazia funcionar.

— Deve ter restado um resquício de energia. Apenas o suficiente para eles escaparem.

Senti uma queimação no estômago.

— O que isso quer dizer? — perguntou Noor.

— Quer dizer que não podemos segui-los, seja lá para onde tenham ido — explicou Emma, balançando a cabeça.

— E quer dizer que vamos ficar presos aqui por um tempo — disse Millard.

— E que a srta. Peregrine está presa na Convenção das Aves — completou Claire, infeliz. — Com várias outras *ymbrynes*.

Naquele exato instante, ouvimos batidas rápidas na janela — o que era estranho, já que estávamos no terceiro andar.

Emma correu para abrir.

— Pois não? — perguntou ela. Um momento depois, voltou com a testa franzida, dizendo: — Jacob, querem falar com você.

Fui até lá e vi um jovem muito sério de pé no telhado do segundo andar.

— Jacob Portman? — perguntou ele.

— Quem é você?

— Sou Ulysses Critchley. Trabalho para a srta. Blackbird no Ministério dos Assuntos Temporais. Ela quer vê-lo agora mesmo.

— Do que se trata? — perguntei.

Ulysses gesticulou para a fumaça que subia do outro lado do Recanto, agora bastante visível.

— Dessa balbúrdia.

Ele se virou, andou tranquilamente até a beira do telhado e pulou, caindo à metade da velocidade normal.

— É melhor você ir — insistiu Emma. — Mas eu vou junto.

— Eu também — disseram Enoch e Millard, ao mesmo tempo.

Então Millard se virou para Bronwyn.

— Você se importa de me carregar? Estou exausto.

Bronwyn insistiu para que ele se vestisse antes de pegá-lo no colo.

Então me lembrei de Noor, da profecia e de tudo que deveríamos fazer hoje.

— Peço mil desculpas — falei para Noor. — Hoje deveríamos procurar...

Ela me interrompeu, balançando a mão.

— Tudo bem. É claro que esse assunto é sério. E, por falar nisso, eu também vou.

Abri um sorriso.

— Se você insiste. — Então me virei e gritei pela janela, para Ulysses: — Vamos descer pela escada!

Os outros nos desejaram sorte, e saímos.

CAPÍTULO QUATRO

A peculiaridade de Ulysses Critchley desafiava as leis da gravidade, mais ou menos como a de Olive, só que não tão extrema a ponto de ele correr o risco de sair flutuando rumo ao espaço. Mas vê-lo caminhar era como assistir a uma versão acelerada de um astronauta andando na Lua, e cada pulinho seu cobria três ou quatro de nossos passos.

Nós o seguimos pelo Recanto. Grupos de peculiares consternados se reuniam aqui e ali pelas ruas, lançando olhares sombrios para a coluna de fumaça que se elevava no céu. Volta e meia eu ouvia alguma conversa murmurada sobre *acólitos*. Mesmo que ninguém soubesse exatamente o que tinha acontecido, todos sabiam que fora algo ruim. Nossas defesas tinham ido por água abaixo. Nossos inimigos não estavam tão derrotados quanto imaginávamos.

Cruzamos a Rua da Fumaça e vimos Rafael, o remenda-ossos, com seu assistente e mais dois outros sujeitos que carregavam uma maca, todos muito sérios. Paramos a uma distância respeitosa e ficamos esperando que eles passassem.

— Quem será que era? — sussurrou Enoch. — Espero que não tenha sido ninguém legal.

— Ouvi os guardas conversando — comentou Millard, baixinho. — Acho que era Melina Manon, a telecinética.

— Ah, que pena — respondeu Enoch. — Melina era meio doida, mas eu gostava dela.

— Ora, Enoch, mais respeito! — ralhou Emma.

— Ela é uma heroína — comentou Bronwyn, enxugando algumas lágrimas.

Um jato de fumaça subiu de repente de uma rachadura na rua, fazendo o cortejo triste sumir de vista, e seguimos em frente. Eu não sabia aonde Ulysses estava nos levando até ver a casa de Bentham.

Claro que nos dirigíamos ao Polifendador.

Notei marcas da explosão em algumas das janelas do andar de cima. Uma pequena multidão se reunia junto a uma fita de marcação para limitar o acesso.

Parecia que a casa tinha sido evacuada. Farish Obwelo, o jornalista, entrevistava pessoas enquanto escrevia sem parar em um caderninho.

Ulysses parou na entrada, erguendo os olhos para a lateral da casa, como se desejasse poder simplesmente subir sozinho, então olhou para nosso grupo e suspirou.

— Vamos lá, terráqueos — chamou, liderando o grupo casa adentro.

Fomos para a escada, mas, antes de chegarmos, vi Sharon vindo na nossa direção, estendendo os longos braços.

— Ah, o jovem Portman e seus amigos! — bradou, bloqueando a escada com sua silhueta robusta. — Bem na hora!

— Estou levando o grupo para a srta. Blackbird — anunciou Ulysses, parecendo irritado.

— Ela pode esperar.

Sharon empurrou o garoto para o lado com um movimento displicente e nos guiou por um corredor secundário.

— Olhe aqui — avisou Millard —, Jacob tem assuntos importantes para tratar com a senhorita...

— Os assuntos são os mesmos! — interrompeu Sharon, falando tão alto que Millard não conseguiu continuar.

Descemos para o porão com Ulysses logo atrás, de cara feia, e passamos por salas cheias de maquinário — da última vez que eu tinha passado por ali, estavam todas roncando, enchendo o ar de barulho, mas agora estavam em completo silêncio.

Fomos conduzidos às pressas para uma sala onde eu nunca estivera, cheia do que pareciam ser rádios e telégrafos. Havia várias pessoas sentadas, muito concentradas com seus fones de ouvido, e, no canto, vi um sujeito de pernas tortas. O homem usava um fraque coberto de fios de rádio, com uma antena despontando do topo da cartola. Uma caixa eletrônica pendurada em seu pescoço emitia um gemido baixo e ritmado — ou será que o som vinha do próprio homem?

— É aqui que monitoramos os canais secretos em busca de sinais de comunicação entre os acólitos — explicou Sharon.

Ulysses pigarreou, nervoso, e bradou:

— Não é nada disso! Ignorem tudo! Vocês não viram nada!

Ele nos tirou depressa da sala, resmungando baixinho.

Por fim, chegamos ao coração da máquina de Bentham, uma sala dominada por engrenagens, válvulas e tubos enormes que lembravam um intestino, se enrolando e subindo pelas paredes e pelo teto até convergir no topo de uma caixa em um dos cantos. Parecia uma cabine telefônica, só que sem janelas, lacrada e feita de ferro.

— Eu queria que vissem em primeira mão o que aconteceu — disse Sharon, apontando para a caixa.

Era, obviamente, a câmara de bateria. A enorme fechadura que prendia a porta estava quebrada no chão.

Sharon a abriu. O interior estava vazio. As tiras de couro que prendiam o etéreo estavam distendidas e gastas de tanto ele se debater, tentando se soltar, e as paredes internas estavam manchadas e salpicadas de preto, com um resíduo que só eu podia ver: lágrimas.

— Seu amiguinho fugiu — apontou Sharon.

— Ele não era *meu amiguinho* — retruquei.

Fiquei surpreso com a súbita onda de culpa. Etéreos podem ser monstros, mas também sentem dor e medo, e me lembro vividamente dos uivos da criatura depois que foi amarrada e que a porta da câmara foi fechada.

— Não importa, ele sumiu — respondeu Sharon. — E não temos como substituí-lo. É impossível viajar, estamos com todas as operações paralisadas.

— E...? O que quer que eu faça?

Uma voz aguda soou atrás de nós.

— Bem, por acaso o senhor não poderia arranjar outro para nós?

Nós nos viramos para a porta e demos de cara com uma mulher muito soturna parada na soleira, toda de preto. Tinha uma verruga enorme e esquisita entre os olhos.

— Srta. Blackbird — anunciou Ulysses, curvando-se em uma mesura.

Eu não conseguia acreditar no que estava ouvindo.

— Você quer que eu... arranje *outro*?

Ela tentou transformar a expressão austera em um sorriso.

— Se não for muito incômodo?

— Sinto muito — respondi, tentando encontrar as palavras. — Não sei nem onde encontraria outro...

— Ah. — O sorriso se desmanchou. — Que pena.

Emma deu um passo à frente.

— Srta. Blackbird, com todo o respeito, Jacob quase perdeu a vida para conseguir o etéreo que vocês usavam aqui. Não é justo pedir a ele...

A mulher balançou a mão.

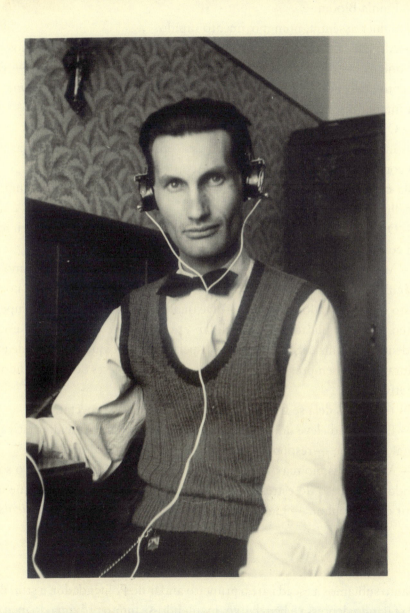

— Não, não mesmo. É a mais pura verdade. Não é justo. Agora... — Ela encarou Emma com um olhar afiado. — Quem é a senhorita?

Minha amiga endireitou as costas.

— Emma Bloom.

A mulher assentiu, num movimento rápido.

— Ah, mas é claro. Cria de Alma Peregrine. — Ela passou os olhos pelos meus amigos. — Ouvi dizer que vocês são um grupo bem genioso. — Então acrescentou, virando-se para Noor: — E esta senhorita deve ser *la Lumière*.

A mulher piscou, como se não conseguisse enxergá-la muito bem.

— Os olhos estão incomodando, senhorita? — perguntou Ulysses.

— Infelizmente, sim. Faz dias que estão praticamente inúteis. Mas ainda posso contar com meu Número Três... Acorde, seu preguiçoso!

Ela cutucou a verruga enorme na testa, que se abriu, revelando um olho avermelhado.

— O que é *isso*? — Bronwyn, que não conseguira se conter, pareceu mortificada com a própria falta de educação.

— Meu terceiro olho. Que, para minha sorte, ainda é afiado como o de uma águia. — Os dois olhos baços encaravam Noor, mas o grandão no meio do rosto estava voltado para mim. — De qualquer forma, não se preocupe com o etéreo. São complicadíssimos de lidar, e a limpeza é pavorosa. Já estamos providenciando uma segunda opção. Suspeitávamos de que a bateria de etéreo não duraria para sempre, então passamos os últimos meses desenvolvendo uma alternativa.

Os três olhos dela se fixaram em Sharon, cheios de expectativa.

— Talvez ainda leve um tempo para conseguirmos tornar a alternativa operacional, madame — respondeu Sharon. — Ainda não está finalizada.

— Alguns dias, no máximo — retrucou a srta. Blackbird, a voz e o sorriso falhando sob o peso do estresse. — Vamos, Portman, há algo mais que quero discutir com o senhor. — Ela olhou para os meus amigos. — *Em particular.*

◆　◆　◆

Enquanto subíamos a escada até o primeiro andar do Polifendador, a srta. Blackbird ia falando depressa e bem baixo, mantendo-se muito próxima do meu ouvido, tagarelando com um sotaque escocês que muitas vezes era difícil de decifrar. Ela fez um breve resumo do que acontecera — Millard já contara quase tudo —, segurando meu braço com força, como se estivesse com medo de que eu fosse fugir.

Quando chegamos ao segundo andar, fui atingido pelo fedor amargo de carpete queimado. No meio do corredor, dava para ver o ponto exato em que a bomba explodira: as paredes e o chão estavam enegrecidos, e quase cinco portas tinham sido destruídas e arrancadas das dobradiças. Outra *ymbryne* confabulava com uma garota de terno e avental pretos — o mesmo traje de Ulysses, provavelmente o uniforme do pessoal do Ministério dos Assuntos Temporais —, e vários adultos andavam pela zona da explosão ainda enfumaçada, ocupados em coletar amostras dos destroços em sacolas e tirar medidas dos lugares afetados. Era uma cena de crime, afinal.

— Eu não esperava que o senhor fosse realmente sair por aí caçando outro etéreo, sr. Portman, foi apenas uma piada, entende? — Ela abriu um sorriso culpado, como se implorasse para que eu não compartilhasse o pedido bizarro com a srta. Peregrine.

— Claro — respondi, sorrindo de volta. *Não vou contar.*

Ela pediu um momento e foi falar com a outra *ymbryne*, uma mulher negra e alta usando blazer de colarinho largo e gravata de crochê. Fingi não notar os olhares das duas em minha direção enquanto conversavam. Em vez disso, me virei para analisar a porta de fenda ao meu lado, que pendia do batente, meio torta. A placa de latão estava arranhada, mas ainda era possível ler: VULCÃO YASUR, ILHA DE TANNA, NOVAS HÉBRIDAS, JANEIRO DE 1799.

Curioso, empurrei a porta com o pé. Ela se abriu, revelando o quarto que servia de cenário para todos os portais do Polifendador: três paredes, um chão, um teto… mas a parede mais importante não cumpria a promessa da placa, não dava vista para o vulcão de alguma ilha tropical. Estava vazia.

— Desculpe a demora. — A srta. Blackbird tinha voltado, junto da outra *ymbryne*. — Esta é a srta. Babax, que divide comigo a diretoria do Ministério dos Assuntos Temporais.

O rosto da srta. Babax se alargou em um sorriso delicado, e ela estendeu a mão para me cumprimentar.

— É um prazer conhecê-lo, Jacob — disse, em um sotaque inglês suave. — Solicitamos que o chamassem esta manhã porque o senhor talvez seja nossa maior esperança.

O olhar dela era intenso e inabalável. Senti um aperto crescendo no peito, o que acontecia sempre que alguém tinha grandes expectativas sobre mim.

— Não sabemos quais são as pretensões desses acólitos — explicou a srta. Blackbird, o terceiro olho piscando sem parar. — Mas precisamos recapturá-los antes que machuquem mais alguém.

— Já perdemos uma criança peculiar — continuou a srta. Babax. — E queremos que isso acabe aqui.

— Concordo. Mas como posso ajudar?

— Sabemos que os acólitos estão acompanhados de um etéreo — disse a srta. Blackbird. — O que os torna ainda mais perigosos. Mas também...

Ela inclinou a cabeça para o lado e ergueu as grossas sobrancelhas.

— Mas também significa que podem ser rastreados — completei. — Que *eu* posso rastreá-los.

— Exatamente — disse ela, sorrindo.

— Seus talentos seriam muito valiosos nessa missão — acrescentou a srta. Babax.

— Ficarei feliz em ajudar como for possível.

— Não seja tão precipitado — disparou a srta. Babax, erguendo um dedo. — Quero que entenda no que está se metendo. — A srta. Blackbird franziu a testa, mas Babax continuou: — Estes não são acólitos normais. São os piores de que já tivemos notícia. Perigosos, malignos e depravados. Já ouviu falar de Percival Murnau?

— O tenente de Caul?

— Ele mesmo — respondeu a srta. Babax. — Murnau e seus três açougueiros, juntos, foram responsáveis por pelo menos metade da destruição e do caos que os acólitos causaram na nossa comunidade nos últimos anos.

— Se parássemos para ler uma lista de crimes, o senhor ficaria de cabelo em pé — informou a srta. Blackbird.

— Tenho certeza de que são mesmo horríveis — concordei. — Mas já enfrentei coisa pior.

E aquele aperto no meu peito começou a se dissipar. Às vezes, eu perdia a noção de quem era, do que já tinha feito.

— Sim, você enfrentou o próprio Caul e um exército de acólitos — concordou a srta. Blackbird, com um toque de admiração. E deu uma piscadela. — E foi por isso que perguntei sobre você-sabe-o-quê.

— Mas, na ocasião, o sr. Portman tinha um exército de etéreos sob seu comando para ajudar na luta — argumentou a srta. Babax. — De repente, os etéreos viraram uma espécie à beira da extinção.

— Acho que consigo dar conta. Sem falar que conheço muito bem o etéreo que eles levaram, e isso pode ajudar.

A srta. Babax assentiu, séria.

— Era o que eu esperava que o senhor dissesse.

— E a missão terá início assim que conseguirmos fazer esse maldito maquinário do Polifendador voltar a funcionar — interveio a srta. Blackbird. — Vamos chamar o senhor quando for a hora.

◆ ◆ ◆

A srta. Blackbird me guiou até a saída, a mão apertando meu braço com força — e só então entendi que era mais para ela se tranquilizar do que para me ajudar. Eu tinha me tornado sua última esperança, e a *ymbryne* estava apenas se assegurando de que eu era real.

Tinha deixado meus amigos lá embaixo, no interior do Polifendador, e não sabia mais onde estariam. Perguntei à srta. Blackbird, e ela gesticulou mais ou menos na direção do saguão de entrada, para onde me guiava às pressas, até a porta enorme flanqueada por dois guardas.

— *Que os antigos me ajudem* — murmurou ela. — *Estão todos aqui.*

Lá fora, a multidão estava enorme. Peculiares de todo o Recanto tinham se dirigido ao Polifendador em busca de respostas. No instante em que a srta. Blackbird e eu aparecemos na porta, a gritaria começou.

Bem à frente do tumulto estavam Farish Obwelo e outro jornalista. O grande olho no meio da testa de Farish encarava fixamente o olho no centro da testa da srta. Blackbird, e o outro jornalista desenhava a cena de mim e da *ymbryne* parados à porta tão depressa que sua mão mais parecia um borrão.

— Madame, pode nos dizer exatamente como os acólitos conseguiram escapar? — gritou Farish.

— Ainda estamos conduzindo investigações — respondeu a srta. Blackbird.

O outro repórter pulou para a frente.

— A prisão que temos é segura? Pode acontecer outra fuga?

— Muito segura, e estamos dobrando o número de guardas e reforçando as rondas. Fiquem tranquilos: os outros acólitos não vão a lugar algum!

— Acha que eles tiveram ajuda? — indagou Farish.

— *Ajuda?* — Ela o encarou com um olhar mortal.

Farish tentou outra pergunta:

— O que Jacob Portman tem a ver com isso tudo?

Senti o rosto esquentar.

— Sem comentários! — gritou a srta. Blackbird.

— A senhora não acha que as *ymbrynes* se distraíram demais com a situação nos Estados Unidos e deixaram as coisas aqui de lado?

A srta. Blackbird ficou boquiaberta com a audácia daquele questionamento. Sharon surgiu nas sombras às nossas costas — pude sentir sua aura gélida — e trovejou, com sua voz grave e intensa:

— SILÊNCIO!

O barulho da multidão se reduziu a um murmúrio.

— As *ymbrynes* vão se pronunciar sobre essa crise em breve! Vocês serão informados de todos os fatos! Mas, neste momento, precisamos LIBERAR A ÁREA!

A intensidade da voz dele já teria sido o suficiente para dar conta do recado, mas seus primos que trabalhavam construindo forcas surgiram na lateral do prédio, o que foi a cereja do bolo. A multidão começou a se dispersar.

— Fique longe desses abutres — aconselhou a srta. Blackbird, dando um último apertão em meu braço antes de sumir outra vez no interior do Polifendador.

Vi Noor sentada nos ombros de Bronwyn, acenando para mim no meio da multidão, que já se dispersava. Abri caminho até as duas, que estavam com Emma, Enoch e Horace, que aparentemente se aventurara pelo Recanto para se juntar a nós.

— E então? O que aquela velha doida queria? — perguntou Enoch.

— A audácia daquela mulher, pedindo para você pegar outro etéreo! — Emma fumegava de raiva. — Como se você fosse só mais um menino de recados dela!

Vi Farish me encarando com interesse.

— Jacob! Pode responder a umas perguntinhas?

— Vamos conversar em outro lugar — murmurei para meus amigos, guiando-os para longe dali. A última coisa de que eu precisava era acabar no *Investigador Vespertino*.

— Você não contou que era famoso — comentou Noor, me encarando com uma expressão de deboche.

— Ele é uma celebridade local — respondeu Emma, orgulhosa.

— É só o assunto da semana — grunhiu Enoch.

Bronwyn deu um sorrisinho.

— Foi isso que você falou *na semana passada*.

Descemos a Rua do Lodo, passando pelo abatedouro, que tinha virado a B&B, e por um bar chamado Cabeça Encolhida, e, quando pareceu que já estávamos longe o bastante de qualquer ouvido curioso, contei a eles o que as *ymbrynes* tinham me pedido.

— E você vai fazer isso? — perguntou Horace.

— Claro — respondi. — Se os acólitos estão tramando alguma coisa, temos que descobrir o que é.

— Eles com certeza já estão planejando o que quer que seja faz tempo — comentou Emma. — Agora só estão colocando o plano em ação.

— Eles só queriam fugir da cadeia, como todo prisioneiro — retrucou Enoch. — Não quer dizer que tenham planos malignos.

— Os acólitos sempre têm planos malignos — argumentou Millard, que tinha tirado as roupas em algum momento, e eu quase me esquecera de sua presença.

Enoch bufou e perguntou, sem se virar para Noor:

— E ela?

— O que tem? — perguntei.

Noor olhou feio para ele.

— É, o que tem eu?

— Achei que fosse ajudar a garota, Portman.

— E vou.

— E como vai fazer isso enquanto persegue os acólitos fugitivos?

— Vou fazer as duas coisas...

— Eu consigo me virar sozinha — interveio Noor. — Vou ficar bem.

— Vai, é? — retrucou Enoch. — E o que vai fazer se for atacada por um urxinim?

— Por um o quê?

Enoch deu uma piscadela para mim, respondendo:

— Exatamente.

Noor ficou impassível.

— Um urxinim nunca atacaria uma criança peculiar — explicou Bronwyn. — Eles só vão atrás de...

— A gente sabe, Bronwyn, obrigada — respondi. — E cale a boca, Enoch.

Noor ficara meio constrangida pelo questionamento de Enoch, e eu temia que só tivesse piorado as coisas.

— Então, você acha que os acólitos podem ter tido ajuda? — perguntou Millard, sem reparar na dinâmica da conversa, como de costume.

— Devem ter tido — argumentou Bronwyn. — Aquela prisão é tão impenetrável quanto uma montanha. E sei bem disso, já que ajudei na construção dele com minhas próprias mãos. Só teriam conseguido abrir aquele buraco na parede e arranjar explosivos com a ajuda de alguém do Recanto... Mas quem?

— Você está de brincadeira? — retrucou Emma. — A lista de suspeitos é enorme. Pode ter sido algum dos antigos piratas, os mercenários ou os viciados em ambrósia que ocupavam o Recanto...

— Eu achava que a maioria tinha sido expulsa — comentou Enoch.

— A *maioria* — retrucou Emma. — Acho que alguns estão escondendo o passado de crimes e só fingindo estar ao lado das *ymbrynes*.

— Alguns nem estão mais fingindo — concordou Millard. — Olha só.

Tínhamos parado em frente a um carrinho que vendia jornais. Quase todos eram do presente, trazidos semanalmente de fora da fenda para nos manter (mais ou menos) atualizados sobre os acontecimentos do mundo lá fora, mas também havia alguns jornais peculiares. Um deles era o *Investigador Vespertino*, e a manchete dizia:

YMBRYNES FALHAM NA SEGURANÇA DA FENDA; ACÓLITOS ESCAPAM.

Peguei uma cópia na pilha.

— Como foi que já imprimiram a notícia? — perguntei, impressionado. — Acabou de acontecer!

— Edição especial — revelou o garoto do carrinho.

— Um velho conhecido meu trabalha no jornal — comentou Horace, com ar de mistério. — De vez em quando, ele recebe as notícias mais cedo.

Continuei a leitura. Uma coluna de opinião logo abaixo, ainda na primeira página, trazia o título: SERÁ QUE AS *YMBRYNES* ESTÃO OCUPADAS DEMAIS COM OS PROBLEMAS NOS ESTADOS UNIDOS PARA CUIDAR DE NÓS?

Fiquei irritado demais para continuar lendo.

— Olhem isso — pediu Emma, chamando minha atenção para um outdoor com as fotos que os acólitos fugitivos tinham tirado ao serem admitidos na prisão. Logo acima, havia o anúncio: PROCURADOS POR ASSASSINATO. E, abaixo, uma longa lista de crimes e pseudônimos.

— Eles parecem mesmo violentos — comentou Horace. — Eu não ia querer encontrar esse pessoal em um beco escuro.

— Eles não me assustam — declarou Enoch. — Esses dois são mais sem sal que comida de hospital. Parecem bancários.

Olhei para os acólitos de que ele estava falando. Um usava óculos redondos de armação fina e tinha um nariz comprido, e o outro parecia um professor. Os outros dois pareciam lutadores, especialmente o de cima, com nariz largo e cabelo espetado, o único com pupilas falsas. Estavam viradas para a esquerda e para cima, o que dava a ele uma expressão desconcertante de tranquilidade, como se estivesse sonhando acordado, planejando as férias — ou pensando em como estrangularia o fotógrafo na calada da noite.

Impresso logo abaixo da foto estava seu nome: P. MURNAU.

Ouvimos um anúncio nos alto-falantes avisando que tudo corria de acordo com a normalidade e que todos os peculiares deveriam comparecer às aulas e aos respectivos trabalhos.

Claro que não faríamos isso. Tínhamos outras preocupações no momento.

— Acho que podemos visitar a srta. Avocet hoje mesmo — comentou Horace, virando-se para Noor. — Mas vamos ter que marcar horário. Ela é extremamente ocupada. Eu *talvez* consiga uma reunião à tarde, se implorar.

— Por favor, Horace, implore bastante — pediu Bronwyn.

— E, se isso não funcionar, ameace — sugeriu Millard. — Se os outros puderem me emprestar as mãos e os olhos, ajudaria bastante. Tenho algumas centenas de mapas de fenda para analisar nos arquivos peculiares, e, a essa altura, precisamos da ajuda de todos.

— Claro — concordou Emma.

— Sou toda sua — respondeu Bronwyn. — Vou buscar Olive e Claire. Elas com certeza vão querer ajudar.

— Nós também vamos ajudar, óbvio — acrescentei, olhando para Noor.

Emma estreitou os olhos. Ela quase apontou para mim com o dedo em riste quando retrucou:

— A não ser que as *ymbrynes* precisem de você. Não é mesmo, Jacob?

Respondi que sim, tentando manter a voz tranquila. Emma estava agindo de forma estranha desde a chegada de Noor, mas decidi não pensar naquilo no momento.

Por sorte, Noor pareceu não notar. Ou talvez não se importasse. Ela se virou para o fantasma meio vestido de Millard e perguntou:

— Você tem alguma ideia específica? Ou é uma busca às cegas?

— Não é bem uma busca às cegas — respondeu Millard. — Escapei ontem à meia-noite para ter uma conversinha com um amigo. Vocês se lembram de Perplexus Anomalous?

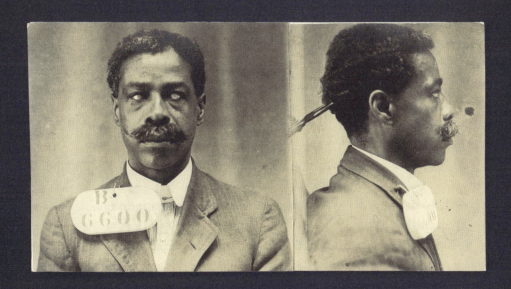

— Você foi incomodar o cara à meia-noite? — perguntou Enoch, incrédulo.

— Pessoas velhas como Perplexus quase nunca dormem — explicou. — E desde que o salvamos de envelhecer no presente, ele me trata muito bem. — Millard soava bastante orgulhoso de si mesmo, e eu entendia o motivo: estava fazendo amizade com seus ídolos. — De qualquer forma, contei a ele sobre o enigma, o mapa e as dicas murmuradas pelo ex-etéreo. Perplexus apontou que, se a fenda de V. é nos Estados Unidos, e tudo indica que é, e se é afetada por grandes tempestades, o que podemos inferir pela frase "no vendaval, o coração da tempestade", faria sentido que ela estivesse no Meio-Oeste do país. Há uma larga faixa de território por lá informalmente conhecida como "corredor dos tornados".

— Mas é claro — concordou Noor, assentindo. — Nebraska, Oklahoma, Kansas... os estados de *O Mágico de Oz*.

— E você, o que acha? — perguntou Bronwyn, encarando Enoch.

Ele franziu a testa.

— Para ser sincero, estava imaginando como seria passar uma manhã tranquila e relaxante. Mas acredito que isso esteja fora de questão.

— Não é como se desse para relaxar muito por aqui, não é? — comentei.

— Ah, o Recanto tem seus prazeres. A gente sempre pode ir assistir a algum enforcamento... ou tomar um banho de lama no Valão da Febre...

Ele apontou para o riacho lamacento ao lado. E, com esse comentário deprimente, o grupo começou a se dispersar.

— Ei, Enoch estava brincando, né? — sussurrou Noor, para mim.

— Acho que sim?

Foi quando algo me atingiu nas costas com um *SPLAT*.

— Lá está ele! — gritou alguém, quando me virei, e uma bola de lama me acertou em cheio no peito. — Vá embora e não volte mais, babaca!

Era Comichão, metade peixe, metade homem, uma criatura cheia de mágoas contra mim. Ele estava mergulhado no valão até a cintura, lançando bolas de lama na minha direção.

— Pare com isso! — gritou Bronwyn.

Ela olhou em volta, buscando alguma coisa para tacar nele, mas não foi rápida o bastante. Uma mulher escolheu aquele exato momento para se erguer do lamaçal e jogar a própria bola de lama na gente.

— Liberdade das fendas! — gritou a mulher.

A bola de lama acertou a mim e a Noor, que estava parada ao meu lado.

Meus amigos tinham começado a gritar com os dois, e Emma acendera uma bola de fogo em uma das mãos, balançando-a de modo ameaçador, mas não havia muito o que pudéssemos fazer além de correr para longe... e foi o que fizemos. Eu estava encharcado. Noor tinha sido menos afetada, mas também fora acertada por um pouco de lama.

— Qual é o problema deles? — indagou Noor, limpando um pouco de lama da blusa.

— Só estão amargurados e irritados porque nenhum de nós tem que se preocupar com envelhecer no presente — explicou Bronwyn.

— Vocês dois precisam ir lavar essa sujeirada toda. E limpem com capricho — comentou Enoch, fazendo careta. — É lama tóxica.

— Um banho cairia bem — comentei, examinando meu corpo.

— E sinto dizer que você precisa mesmo de um — retrucou Millard. — Essa parte do Valão da Febre está infestada de bactérias comedoras de carne.

— Comedoras de carne? — perguntei, horrorizado.

— Não se preocupe, elas são lentas — respondeu Enoch. — Acho que levaria uma semana para consumir seu corpo inteiro.

— Tá, realmente, um banho cairia bem — respondeu Noor, parecendo meio assustada.

Reparei que Bronwyn estava se mantendo meio afastada.

— Você precisa de água quente e sabão — disse Enoch. — Mas o único lugar que tem isso é...

Emma e Enoch se entreolharam.

— Só tem *um* lugar — disse Emma, parecendo preocupada, mordendo o lábio. — Mas o caminho é um tanto complexo e arriscado.

— Mas não temos escolha, não é mesmo? — retruquei, lançando um olhar culpado para Noor. — Tenho certeza de que precisaremos de toda a nossa pele para o que quer que a gente precise fazer.

Enoch deu de ombros.

Noor pareceu muito infeliz.

Enquanto o grupo se afastava, Emma gritava orientações que nos levariam a um esconderijo do outro lado das fronteiras da fenda do Recanto do Demônio, na Londres atual. Tinha banheiros modernos, água quente, essas coisas.

— Estaremos no Departamento de Mapeamento, no edifício do ministério — anunciou Millard. — Nos encontrem lá quando estiverem limpos. Só tomem cuidado para tirar toda a lama da pele.

— É — concordou Enoch. — Porque eu, pelo menos, quero manter minha pele intacta.

$\bullet \quad \bullet \quad \bullet$

Noor e eu fomos até as docas do Valão da Febre, tentando não pensar muito nas criaturas microscópicas que devoravam nossa pele aos poucos, e, em troca de uma moeda de prata que Horace me dera, um velho barqueiro grisalho nos levou rio abaixo, pelas águas escuras, em um barco que não era muito mais que uma canoa. Sem querer conversar na presença daquele estranho, ficamos em silêncio. Noor passou grande parte do percurso prendendo a respiração e erguendo os olhos para os edifícios em ruínas pelo caminho, onde lavadeiras penduravam as roupas limpas nas janelas e crianças maltrapilhas gritavam pelos becos.

— Eles são normais — contei. — São parte da fenda.

Noor pareceu fascinada.

— Quer dizer que eles fazem a mesma coisa todos os dias?

— Todo segundo de todos os dias — anunciou o barqueiro, a voz rouca. — Estou aqui há 72 anos, já sei de tudo.

Ele deu uma guinada com o remo, e o barco fez uma curva aguda para a esquerda. Um momento depois, um garoto que atravessava correndo uma ponte tropeçou e caiu na água alguns centímetros à nossa direita, exatamente onde o barco estaria se não tivéssemos feito o desvio.

— E agora ele vai chamar aquele outro garoto de fígado de pombo rejeitado pelos ratos — murmurou o barqueiro.

O garoto emergiu.

— Seu fígado de pombo rejeitado pelos ratos! — gritou para alguém na ponte acima.

Noor balançou a cabeça.

— Que coisa *doida*...

Estávamos chegando ao longo túnel escuro que marcava a saída da fenda, e Noor começou a cantarolar. A melodia era doce e simples, como uma cantiga infantil, e deu para ver seus ombros relaxarem enquanto entoava a canção.

Eu ia perguntar sobre a música, mas a escuridão nos envolveu.

A adrenalina da mudança de fenda nos tomou de assalto, e, depois de alguns segundos, emergimos numa Londres muito diferente, pontilhada de prédios com paredões de janelas de vidro e ruas limpas.

O barqueiro nos deixou na margem sem dizer mais nada, feliz em se livrar de nós.

Seguimos as orientações de Emma. Fizemos algumas curvas, cruzamos uma rua comercial larga e cheia de lojas e ônibus, viramos outra esquina, entrando em um bairro residencial, e lá estávamos: uma casa simples de dois andares numa rua de casas quase idênticas. Eu estava atento à possível presença de etéreos, porque nunca se sabe, mas não senti qualquer desconforto fora do esperado.

Tocamos a campainha. Um homem que eu não conhecia atendeu. Ele estava de terno preto e avental, um uniforme igual ao de Ulysses — ou seja, mais um funcionário dos Assuntos Temporais. Ele nos encarou por um momento, perguntou nossos nomes e nos deixou entrar.

Milagrosamente havia dois banheiros.

Nada em minha vida tinha sido tão prazeroso. Fiquei parado debaixo do chuveiro quente enquanto a lama, a sujeira e as bactérias comedoras de carne escorriam do meu corpo e desciam pelo ralo... ou pelo menos era o que eu esperava que acontecesse. Depois esfreguei e ensaboei a pele até ficar vermelha. Eu me sequei com uma toalha branca grossa e encontrei uma lâmina de barbear nova e um desodorante fechado na bancada. Meu coração afundou um pouco quando lembrei que só tínhamos as roupas sujas e manchadas de lama do valão para vestir.

Alguém bateu à porta. O homem que nos recebera avisou que havia um armário no cômodo ao lado e que eu podia pegar o que quisesse.

Enrolei uma toalha na cintura e saí para explorar as opções. Encontrei uma camisa de botão verde-escura que me serviu bem, calça preta e botas marrons — uma roupa que eu esperava que servisse para vários períodos da história.

Fui para a sala. Noor ainda não tinha terminado o banho, então fiquei parado na janela, olhando a rua — o carteiro levava um carrinho de casa em casa, um velho passeava com o cachorro... —, maravilhado com a possibilidade de um cenário tão mundano existir logo ao lado da nossa realidade.

Ouvi Noor me chamar e me virei bem no momento em que ela entrava na sala. Fiquei um tempo sem conseguir acreditar que se tratava da mesma pessoa com quem eu tinha chegado. Noor usava uma bata branca simples e calça jeans, e o cabelo estava penteado e sedoso. Estava *linda*. Fazia tanto tempo que estávamos imundos, lutando por nossas vidas, que eu quase tinha me esquecido de como ela era bonita. Fui pego de surpresa, e percebi que não tinha tido tempo de disfarçar minha reação. Ai, meu Deus, eu estava encarando Noor de olhos arregalados.

Pigarreei.

— Você, hã... Você está ótima — falei.

Ela riu, e acho que corou um pouco.

— Você também.

Depois de um momento de silêncio que pareceu infinito, mas que provavelmente durou poucos segundos, ela comentou:

— Então... é melhor a gente voltar logo, não?

Um ruído súbito encheu a casa. O funcionário dos Assuntos Temporais entrou correndo na sala.

— O que foi isso? — perguntei.

— A campainha — respondeu ele.

Alguém tocava a campainha sem parar, como se o fim do mundo estivesse próximo.

O funcionário desceu correndo as escadas para atender a porta, e, pouco tempo depois, ouvimos o rimbombar de passos pesados subindo as escadas. Hugh e Emma apareceram na sala, sem fôlego.

— Vocês precisam voltar — anunciou Emma.

— Tentamos ligar, mas só dava ocupado — explicou Hugh.

— O que está acontecendo? — perguntei, trocando olhares preocupados com Noor. — Encontraram a fenda de V.?

Noor pareceu esperançosa, mas Emma já estava balançando a cabeça.

— Ainda não. É Horace. Ele está com a srta. Avocet. Quando explicou o que estávamos procurando, a *ymbryne* aceitou recebê-lo no mesmo instante. E os dois estão esperando a gente.

— Parece que encontraram alguma coisa — explicou Hugh. — Algo grande. Mas não querem dizer o que é.

Todos nós descemos as escadas correndo, quase atropelando uns aos outros.

◆　　◆　　◆

Emma e Hugh tinham deixado um barco à nossa espera nas docas, e esse era motorizado. Emma urgia com o barqueiro para que ele conduzisse a embarcação como se sua vida dependesse daquilo e, um minuto depois, estávamos passando pela entrada da fenda tão depressa que minha cabeça parecia girar. Deixamos um rastro marrom largo nas águas do Valão da Febre e tivemos que nos segurar nas laterais do barco para não cair. Quando finalmente chegamos ao centro da cidade, percebi que nunca tinha me sentido tão feliz de estar em terra firme.

O escritório da srta. Avocet ficava dentro do prédio do ministério peculiar, que antes era o Asilo de Lunáticos, Vigaristas e Criminalmente Perversos de St. Barnabus. Passamos correndo pelo saguão lotado, cheio de guichês de atendimento e burocratas soturnos, e subimos alguns lances de escada até um corredor.

Uma porta se abriu de repente, e alguém saiu correndo, vindo direto para cima de mim. Quando trombamos, os papéis que o sujeito segurava voaram para todos os lados.

— Ah, mas que droga! Estavam todos em ordem! — reclamou o sujeito, e já tinha se agachado para recolher os papéis quando o reconheci.

— Horace! — chamou Noor. — Somos nós!

Ele ergueu a cabeça, um pouco aéreo. Carregava uma pilha de papéis debaixo dos braços e sob o chapéu, despontando como penas desalinhadas. Somado ao fraque, fazia com que parecesse um pavão desorientado.

— Ah! — comentou ele. — Que bom! Tenho tanto a contar. Por onde começo...?

Nós nos ajoelhamos e o ajudamos a recolher os papéis.

— Então, aquele texto sobre o qual H. falou — disparou ele, depressa. — A srta. Avocet conhece. Se chama *Apócrifo* e parece que é mesmo um livro, afinal. — Ele enfiou alguns documentos em uma pasta de couro já lotada e guardou mais alguns dentro do fraque. — É extremamente obscuro, mesmo em se tratando de profecias peculiares. Porém, quando perguntei para a srta. Avocet, ela quase caiu da cadeira. Cancelou todas as reuniões do dia e juntou suas melhores *ymbrynes* em treinamento para trabalhar nisso. Disse que não ouvia menções à Profecia dos Sete ou ao *Apócrifo* havia muitos anos. E estava temendo que esse dia chegasse.

Depois de recolher os papéis, ele se levantou e apontou para a porta do outro lado do corredor, que era duas vezes maior que as portas em volta, com uma placa onde se lia E. AVOCET — APENAS COM HORA MARCADA.

Avancei na direção da porta, mas ela se abriu com um rangido alto antes que eu tocasse na maçaneta. Lá dentro, o espaço era grande e escuro, e meus olhos levaram um tempinho para se ajustar à penumbra. Janelas se estendiam pela parede dos fundos, mas todas estavam cobertas de jornais. O papel filtrava a luz, deixando entrar apenas uma luminosidade fraca e alaranjada. O escritório estava cheio de velas e candelabros — cem ou mais, dançando e tremeluzindo por todos os lados —, e nos fracos bolsões de luz não havia nada além de livros e mulheres jovens. Torres espiraladas de livros empilhados, prateleiras lotadas que iam até o teto, pilhas que se inclinavam em ângulos impossíveis, mas que sabe-se lá como permaneciam de pé. Junto de cada pilha havia uma jovem de vestido longo estudando algo. Eram doze, todas examinando as páginas, escrevendo nos cadernos, curvadas sobre os volumes com o pescoço em um ângulo doloroso. Eram as alunas da academia de *ymbrynes* da srta. Avocet, onde a própria srta. Peregrine se formara, muito tempo antes. Estavam todas tão absortas que nem ergueram o olhar quando passamos.

Serpenteamos ao longo das pilhas de livros até encontrarmos um rosto velho e familiar: a srta. Avocet, sentada diante de uma escrivaninha lotada de papéis e documentos.

— Ah, finalmente chegaram! — disse ela. — Venham, meus jovens. Fanny, abra espaço aqui!

O que eu achava que era um tapete soltou um grunhido, e um urxinim enorme e marrom se ergueu pesadamente do chão e foi se arrastando até um canto.

— Não tenha medo, querida — disse a srta. Avocet para Noor. — Ele é dócil como uma jumirafa, mas acha que é dono do lugar.

— Estou bem, obrigada — respondeu Noor, embora a expressão de assombro não tivesse sumido de seu rosto.

A srta. Avocet estreitou os olhos.

— Espero que não se importem com a iluminação. Óleo de baleia faz muita fumaça, e as lâmpadas a gás incomodam meus olhos.

Ela nos convidou para nos sentarmos em um longo sofá de veludo de frente para a mesa. Ajeitou um par de óculos minúsculos no nariz e se inclinou para a frente, apoiada nos cotovelos. O sorriso caloroso com que nos cumprimentara tinha sumido, e seus olhos reluziam, cheios de propósito, apesar da catarata que embaçava a íris.

— Não quero desperdiçar nosso tempo, já que os senhores não têm muito para desperdiçar — anunciou, com a voz um tanto trêmula. — *O Apócrifo*, como já devem imaginar pelo nome, é visto com desconfiança pelos estudiosos das profecias peculiares. Isso para os que sabem de sua existência. Não é um livro muito difundido. Na verdade, nem é um livro, no sentido canônico da palavra. Não foi escrito, foi *copiado*. O título completo é *O apócrifo de Robert LeBourge, Revelador das Aves*, mas já ouvi se referirem a ele como *Apócrifo de Bob, o Revelador*.

— O que é um revelador? — perguntou Noor.

— É uma palavra rebuscada para profeta — explicou Horace.

— LeBourge era qualquer coisa, menos rebuscado — interveio a srta. Avocet. — O velho Bob era um fazendeiro sem educação formal que balbuciava incoerências, e quase todos achavam que estava possuído, que era um idiota ou alguma combinação dos dois. Mas, às vezes, esse homem que mal conseguia falar se tremia todo, como se tivesse levado um choque, e emitia quadrilhas de versos rimados, sonoros e aparentemente muito à frente de seu tempo. Isso por si só já era impressionante, mas, quando notaram que os versos soavam como previsões e que algumas dessas previsões se tornaram realidade, ele ficou famoso, e começaram a anotar as coisas que ele dizia.

— Devem ter pensado que ele era um anjo ou coisa assim — comentou Noor.

— Está mais para demônio — respondeu a srta. Avocet. — Ele foi mergulhado em óleo quente pelo crime de divinação, mas saiu ileso. Em outra ocasião, foi enforcado. Mas só fingiu estar morto, e escapou quando foi levado para a sala de embalsamento. Ele era peculiar, claro, e foi uma das figuras mais fascinantes da nossa história. — Ela virou a cabeça de leve e falou, para o restante da sala: — Alguém aqui poderia escrever um artigo excelente sobre ele, se tivesse disposição! — Então voltou os olhos para nós. — O *Apócrifo de Bob* é uma coleção de seus pronunciamentos, gravados por quem quer que estivesse presente no momento.

— E essa tal Profecia dos Sete? — perguntei.

— A Profecia dos Sete só aparece em algumas transliterações do texto. Parece que falantes de diversas línguas estavam presentes quando foi proferida, e cada um anotou sua própria versão. Há algumas discordâncias entre as versões, e a mais conhecida é, no máximo, um palpite do que Bob de fato disse... uma combinação muito necessária de todas as versões, traduzida para o inglês. Por sorte, minha melhor aprendiz fala muitas dessas línguas e está dedicada a resolver esse enigma.

Uma jovem elegante deu um passo à frente, trazendo um caderno nas mãos. Seu cabelo estava preso de uma forma que lembrava uma asa, a pele era escura e os olhos irradiavam inteligência.

— Essa é Francesca — apresentou a srta. Avocet. — E, se passar no exame até o fim do semestre, o que acredito que vá acontecer, se tornará a srta. Bittern, nossa mais jovem *ymbryne*.

A srta. Avocet estava radiante de orgulho. Francesca abriu um sorriso suave.

— Pode assumir, Francesca.

A mulher abriu um caderno.

— A Profecia dos Sete foi escrita há cerca de quatrocentos anos — falou.
— Mas apresenta várias referências à nossa época. Ouçam:

E trago agora, em verso duro,
o que pode ser de nosso futuro.
No tempo em que o povo como os pássaros voar,
deixando de lado as carroças, parando de cavalgar,
e quando pelo mundo um pensamento se espalhar,
rápido como surge o brilho de um olhar.
Quando criaturas das sombras saírem de seus domos
para perseguir crianças em seus sonos,
E as ymbrynes deixarem de lado os rebanhos...

Ela para e ergue os olhos, nos encarando por cima dos óculos.

— Bem, vocês pegaram a ideia geral. — Ela passa algumas páginas. — Depois de um pouco mais disso, a profecia diz:

Quando prisões se tornarem pó,
e o caos reinar soberano,
e os traidores convocarem seu rei,
de seu sono os antigos serão tirados,
e uma era de disputas terá começado.

Um arrepio percorreu a sala, e, por um momento, até as velas pareceram estremecer. Francesca nos encarou.

— Depois, a profecia descreve uma guerra.

A terra afundará em cada canto,
fedor e tristeza permeando cada ponto,
cobertos de troncos de bestas e homens apodrecidos,
e de vegetação, queimada e enegrecida.

— Obrigada, Francesca — disse a srta. Avocet. — Acho que já tivemos uma boa noção do que se trata. — Ela se virou para nosso grupo. — Como podem ver, o velho Bob tinha muito gosto pela dramaticidade.

— Isso significa que as *ymbrynes* vão falhar? — perguntou Emma. — Que a paz não vai durar?

A sala mergulhou em silêncio quando todas as *ymbrynes* em treinamento pararam de virar as páginas e ergueram os olhos dos livros.

— Claro que não — respondeu a srta. Avocet, irritada. — Aqui, deixe-me ver isso. — Francesca entregou o livro, e ela examinou as páginas, aflita. — Essa parte da tradução está bem vaga... Não está necessariamente descrevendo uma guerra entre clãs peculiares. É melhor eu conferir seu trabalho, Frannie.

— Mas é claro, senhora. — Francesca assentiu, humildemente. — Talvez eu tenha cometido algum erro nas transliterações entre latim, húngaro e peculiar antigo...

— Sim, deve ter sido isso.

— Eu tenho fé nas *ymbrynes* — Francesca sentiu necessidade de completar.

A srta. Avocet deu tapinhas na mão dela.

— Sei disso, querida.

— Mas significa que *algo* terrível vai acontecer — observou Hugh. — E que muita gente vai acabar morrendo.

— E o que fala dos sete? — perguntou Noor.

Assenti.

— Isso mesmo, eles não deviam impedir que tudo isso aconteça? "Emancipar os peculiares", e tudo o mais?

— Mas o uso da palavra "emancipar" implica que algo terrível *vai* acontecer e aprisionar os peculiares — retrucou Emma. — E que os sete ajudam *depois*.

— Essa parte está perto do fim — disse a srta. Avocet. — Ah, leia *você*, seus olhos ainda são jovens!

Ela entregou o livro de volta para Francesca.

— *Emancipar* é outra palavra complicada — explicou Francesca. — Embora fique claro que os sete são de uma importância crucial. O único verso em que todas as versões concordam é: "Para acabar com o impasse da guerra, os sete devem selar a porta."

— Que porta? — perguntou Noor.

Francesca fez uma careta de desgosto.

— Não sei.

— Não que eu queira virar o centro das atenções... Mas essa profecia fala... de *mim*?

— Fala. Perto do fim — respondeu a srta. Avocet, virando-se para Noor com um sorriso estranho e caloroso, como se estivesse ansiosa por essa parte. — A profecia prevê o nascimento dos sete. Ou pelo menos dá *indícios* disso, mas o texto que temos parece estar incompleto.

— Então como você sabe que eu sou uma dos sete? — indagou Noor. — Esse Bob deixou alguma dica ou...

— Está incompleto, mas temos um verso crucial — explicou Francesca. — O texto afirma que uma dos sete será "um lactente que se alimenta de luz".

Senti um arrepio percorrer minha espinha.

Noor pareceu cética.

— Um lactente? Um... bebê?

Emma também estava franzindo a testa.

— Bebês não têm habilidades peculiares.

A srta. Avocet assentiu de leve.

— De fato, é uma regra quase certeira que bebês não possuem habilidades. É extremamente raro. Mas pode ocorrer.

— Só comecei a fazer isso tem alguns meses — afirmou Noor, agarrando um pouco da luz com os dedos. — Então não pode ser eu.

— Ah, sim. — A srta. Avocet assentiu, muito séria. — Agora vou lhes contar uma história. E acho que a senhorita deveria se sentar para ouvir — acrescentou, olhando para Noor.

— Eu *estou* sentada.

A srta. Avocet ajeitou os óculos e estreitou os olhos.

— Ótimo. — Ela tocou o queixo com a ponta dos dedos, fez uma breve pausa dramática, então começou: — Quinze anos atrás, um bebê foi entregue para nós. Uma criança recém-nascida que retirava a luz do próprio quarto com a mão e a engolia.

Noor, completamente imóvel, encarava a srta. Avocet.

— E acho que aquele bebê era você. — A *ymbryne* se inclinou para a frente. — Diga, querida, você por acaso tem uma marca em forma de lua crescente atrás da orelha direita?

Depois de uma pausa e de um longo suspiro, Noor ergueu a mão e afastou o cabelo que cobria a orelha. Lá estava a marca de nascença que a srta. Avocet descrevera.

A mão de Noor começou a tremer, e ela soltou o cabelo, que voltou a esconder a marca.

Senti um aperto no peito.

— Era eu — concordou Noor, baixinho, franzindo a testa.

— Sim. Era você. — A srta. Avocet sorriu. — Eu estava me perguntando quando iria vê-la de novo.

— *Caramba!* — murmurou Horace, as mãos apertadas contra o peito.

Mas Noor balançava a cabeça.

— Quem me trouxe aqui? Foram meus pais?

— Foi uma *ymbryne* de Bombaim. Ela disse que você não estava segura lá. Que seus pais tinham sido mortos e que você estava sendo caçada.

— Por quem?

— Pelos etéreos, querida. Uma cepa particularmente violenta que nunca tinha sido vista por aqui... isso até alguns meses após sua chegada, é claro. Depois de vários ataques, foi tomada a decisão de que o mais seguro para todos, inclusive para você, seria mandá-la para os Estados Unidos na esperança de que os etéreos perderiam seu rastro com um oceano de distância.

— Ainda não entendo... — disse Noor, soando um tanto exasperada. — Nunca manifestei nenhuma habilidade até alguns meses atrás. Eu não conseguia fazer essas coisas quando era mais nova.

A srta. Avocet baixou a voz e se inclinou para a frente, apoiando os cotovelos na mesa.

— Antes de mandarmos você para longe, administramos um soro experimental que causaria uma redução drástica na sua habilidade, retardando seu aparecimento até o início da vida adulta. Os etéreos podem sentir nosso cheiro quando usamos nossas habilidades, entende? Então pensamos que, além de escondê-la nos Estados Unidos, essa seria outra medida para mantê-la segura pelos anos que se seguiriam. — Ela abriu um sorriso caloroso. — Fico muito grata de saber que funcionou. Você se tornou uma jovem impressionante, srta. Pradesh. Já pensei muito em seu paradeiro. Sempre me sentia tentada a ir atrás de informações, mas temia que isso denunciaria sua localização aos acólitos.

Noor encarava o chão, massageando as têmporas com os polegares.

— Mas eu não cresci com nenhuma *ymbryne* e nem junto de crianças peculiares. Moro em lares adotivos desde que me entendo por gente...

— Quem foi com ela para os Estados Unidos? — perguntei.

— Foi uma das aprendizes do seu avô — respondeu a srta. Avocet. — Uma mulher chamada Velyana.

Fiquei boquiaberto.

Noor ergueu a cabeça de repente.

— Como ela era? Alguém tem uma foto dessa mulher?

— Com certeza temos uma foto por aqui — respondeu a srta. Avocet, gesticulando para que Francesca fosse procurar.

As *ymbrynes* em treinamento começaram a se mexer e, em menos de um minuto, localizaram a foto.

— Ela está bem mais nova nessa foto do que na ocasião em que a acompanhou aos Estados Unidos — contou a srta. Avocet, entregando o retrato para Noor.

Consegui dar uma olhada.

Era mesmo V., não há dúvidas. Era a mesma foto que os sensitivos tinham me mostrado na fenda da Geórgia.

Noor ergueu a foto. Depois de um momento, começou a tremer.

— *Mãe* — sussurrou.

Senti um arrepio. Todos na sala sentiram.

— Ela cuidou de mim até eu completar seis anos — contou Noor. — Depois foi assassinada.

◆ ◆ ◆

Noor andava de um lado para o outro na frente da srta. Avocet, mexendo sem parar na foto de V.

— Me disseram que tinha sido um assalto — explicou. — Minha mãe e eu estávamos andando à noite quando um homem nos atacou. Eu caí e bati a cabeça. Ainda tenho a cicatriz. — Ela nem notou que tocava um ponto na cabeça logo acima da orelha direita. — Acordei no hospital. E me contaram que ela tinha morrido.

— Pode ter certeza de que não foi um assalto — respondeu a srta. Avocet. — E ela não foi assassinada. O que você viveu foi um ataque de acólitos, provavelmente acompanhados de etéreos. Ela conseguiu afastá-los, ao que parece. Mas, quando viu que você estava machucada, percebeu que não poderia mais mantê-la segura.

— Então ela me abandonou — completou Noor, parecendo à beira das lágrimas. — E me deixou pensar que estava morta.

A srta. Avocet se levantou e saiu de trás da mesa. Ela segurou as mãos de Noor.

— Ela não tinha escolha. Sabia que você só estaria segura entre os normais e que qualquer tentativa de contato colocaria sua vida em risco.

— Meu Deus, que horror — comentou Emma.

— Mas *alguém* provavelmente estava de olho em Noor, aparecendo de vez em quando para checar se estava tudo bem — sugeriu Hugh. — Talvez tenha sido V., mas…

Aquilo me deu uma ideia. Eu me aproximei da srta. Avocet e perguntei baixinho se ela tinha alguma foto do meu avô nos arquivos. Não demorou para que fosse localizada. Era um retrato de Abe sentado na entrada de uma casa, olhando pela mira de um rifle, tirada anos antes, explicou a srta. Avocet, durante um treinamento para o caso de uma invasão de fenda. Mostrei a foto a Noor.

— Acho que é o sr. Gandy, só que bem mais novo. — Ela pareceu um pouco confusa. — Por quê? Você o conhecia?

Meu coração deu um salto. Emma veio para perto olhar também.

— Abe! — exclamou ela.

Gandy era um dos pseudônimos de Abe.

— Este é o meu avô — expliquei, e Hugh e Horace também estavam se aproximando para olhar o retrato.

— Ele sempre vinha ver como eu estava — contou Noor. — Eu achava que ele trabalhava no serviço social.

— Você sempre foi parte da família, querida — afirmou a srta. Avocet. — Só não sabia disso.

Ela se levantou e envolveu Noor em seus braços frágeis. Depois que a *ymbryne* a soltou, Noor levou um momento para se recompor, limpando uma lágrima que escorrera.

— Tudo bem? — perguntei. — É bastante coisa para absorver.

Ela assentiu e me encarou com os olhos cheios de determinação.

— Ela está viva, e vou encontrá-la — afirmou.

* * *

— *He-hem.*

Eu me virei assim que ouvi o barulho. Como não vi nada, olhei para meus amigos, confuso. Todos pareciam igualmente assustados. Todo mundo tinha ouvido alguém pigarrear — e bem alto —, mas quando nos viramos, não vimos ninguém.

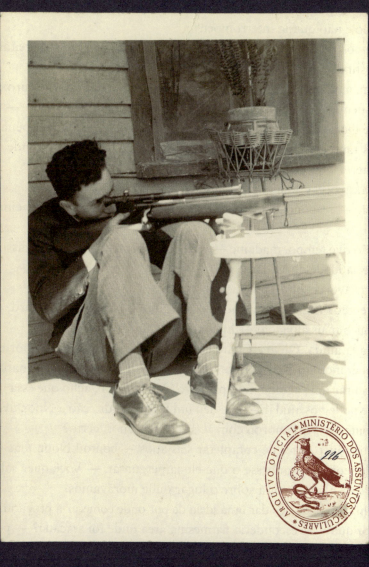

— Millard? — perguntou Emma, finalmente compreendendo o que estava acontecendo. — Quando você chegou aqui?

— E o mais importante: *como* chegou aqui? — completou a srta. Avocet, irritada.

— Estou aqui desde quase o começo — respondeu ele. — Cheguei um pouco atrasado e não queria interromper.

— Temos regras muito rígidas sobre peculiares invisíveis espreitando por aí, sem vestimentas, sr. Nullings.

— Sim, madame, e peço desculpas. — Millard parecia estar se aproximando de nosso pequeno grupo, parado junto da mesa da srta. Avocet. — Não sei se Horace lhe contou, mas não estamos tentando compreender apenas a profecia, mas também um mapa... e acredito que ele leve à fenda onde V. mora atualmente.

A srta. Avocet ergueu uma sobrancelha para Horace.

— Não — respondeu a *ymbryne*, hesitante. — Horace não mencionou essa parte.

— Não tive tempo, madame — retrucou o profeta. — E, além disso, mapas são a especialidade de Millard.

A srta. Avocet soltou um suspiro.

— E então? Alguma novidade? — perguntou Noor para Millard, parecendo um pouco mais aliviada. — Encontrou alguma coisa?

— Nada ainda. Olive e Claire estão lá embaixo procurando por qualquer marca geográfica no Meio-Oeste que lembre seu fragmento de mapa, mas é como procurar uma agulha num palheiro. Ainda assim, acho que essa novidade fascinante pode nos ajudar. — Ele deu um passo em direção a Noor, avançando pesadamente. — Você morou com V. até os seis anos, certo?

— Até pouco antes de completar seis anos — contou Noor, mas já estava assentindo, como se soubesse o que ele ia perguntar. — Você quer saber se eu me lembro de alguma coisa sobre o lugar onde morávamos.

— Sim. Isso pode nos dar uma ideia de por onde começar a procurar.

— Por que V. se esconderia na mesma área onde foi atacada? — perguntei.

— Se ela está em alguma fenda secreta, poderia ser uma bem próxima dali. A distância não faz diferença, desde que a entrada da fenda esteja bem escondida. Eu só preciso de alguma pista concreta que me ajude nessa busca. O nome de alguma cidade onde você morou seria o ideal...

Noor franziu a testa, concentrada. Até que balançou a cabeça.

— Não consigo me lembrar de nada. Nós nos mudávamos bastante, moramos em vários lugares diferentes. Nunca ficamos paradas por muito tempo.

— Ah, você com certeza se lembra de *alguma coisa* — respondeu Millard, com um toque de desespero na voz. — Até o menor detalhe pode ser essencial.

Noor mordeu o lábio, perdida em pensamentos.

— Bem, a gente morou um tempo em uma cidade grande, em um apartamento pequeno. Lembro que o radiador pingava a noite toda, e tinha umas ventoinhas bem grandes na rua, para o vapor escapar. E a gente andava de ônibus. Era um ônibus com bancos de plástico verde que cheirava a essência de limão.

— Ah, isso já parece ser alguma coisa! — exclamou Bronwyn, se endireitando no sofá.

Millard soltou um suspiro longo e sofrido.

— O fragmento de mapa não é urbano — explicou. — Então essas memórias não são incrivelmente úteis. Consegue se lembrar de mais algum lugar?

— Me lembro de vários — respondeu Noor. — Mas nenhum por muito tempo. — Ela hesitou um pouco, pensando. — Só um. Tinha uma cidadezinha. A gente sempre passava por lá. Mas tudo que me lembro dela é bem confuso... — Noor soltou um suspiro frustrado. — Tão confuso que é *estranho*. É quase como...

— Se alguém tivesse apagado essas memórias?

Francesca. Eu não tinha reparado que ela estava ouvindo.

Noor a encarou, surpresa.

— Eu não sabia que isso era possível!

Francesca e a srta. Avocet se encararam.

— Madame — falou Francesca —, acha que a srta. Pradesh pode ter tido a memória apagada?

A srta. Avocet assentiu, esfregando as mãos uma na outra.

— Se ela tem outras memórias daquela época, é possível que a remoção da memória tenha sido apenas parcial. Para um grupo específico.

— *Como assim?* — indagou Noor, arregalando ainda mais os olhos. — Vocês estão falando sério?

— Remoção de memória é algo bem comum — explicou Bronwyn.

— Em *normais* — acrescentou Hugh, num tom mais baixo.

Noor não pareceu muito tranquilizada.

A srta. Avocet segurou o braço dela, tentando acalmá-la.

— Pelo que parece, foi apenas uma memória pequena, para mantê-la em segurança, minha querida. Se V. estava preocupada, talvez também tenha ficado com medo de que você voltasse para o lugar onde morava, por pura nostalgia ou talvez pelo ímpeto de voltar para um lugar onde se sentisse em casa.

Noor encarava os próprios pés. Não respondeu, mas seu sofrimento era evidente para todos ali.

— Imagine que horrível ter que fazer isso com a própria filha — comentou Emma, solene.

— Eu tive que fazer isso com meus próprios pais — completei, soltando um longo suspiro. — E não foi fácil.

Noor balançava a cabeça.

— Talvez V. não estivesse tentando me manter segura — murmurou. — Talvez só não me quisesse mais.

— Besteira — retrucou a srta. Avocet, levantando-se tão depressa que sentiu um incômodo nas costas e teve que se apoiar na mesa, fazendo careta de dor, sentando-se de volta devagarinho. — Ah, não. Francesca, talvez eu tenha distendido aquele músculo das costas outra vez. Poderia pegar meus óleos, querida?

— Agora mesmo, madame — respondeu Francesca, e saiu apressada.

Ouvimos outra vez alguém pigarrear alto. Era Millard.

— Peço desculpas, Noor, mas acho que não temos tempo para seu momento de autocomiseração — anunciou.

Quase o repreendi por ser tão insensível, mas Millard me interrompeu:

— Já ficou claro que essa mulher, V., tinha imenso carinho por você, ou teria simplesmente entregado você aos acólitos. Então, por favor, podemos retomar o foco da conversa?

Noor fez uma careta, mas até que pareceu um pouco mais tranquila. A careta logo se transformou em uma expressão determinada.

— Muito bem — disse a srta. Avocet, ainda sentada de um jeito estranho. — Srta. Pradesh, se importaria de se submeter a um pequeno procedimento?

— Um procedimento? — perguntou ela, erguendo as sobrancelhas.

— Veja bem — explicou a srta. Avocet, ainda fazendo uma leve careta de dor —, é muito raro, mas nós, *ymbrynes*, também cometemos erros — admitir aquilo era obviamente difícil para ela — e, às vezes, podemos apagar as memórias das pessoas erradas ou talvez apagamos um pouco demais. Nesses casos, é necessário tentar desfazer um pouco do que foi feito. Temos um homem na equipe, o sr. Reggie Breedlove, cujo talento é a recuperação de algumas dessas memórias perdidas. Não é uma ciência muito precisa, veja bem, e, como faz tanto tempo que a sua memória foi apagada, não posso garantir que conseguiremos resultados muito surpreendentes.

— Ah, acho que vale a tentativa — respondeu Noor, com uma pontada de esperança na voz.

A srta. Avocet abriu um sorriso.

— Esse é o espírito.

Quinze minutos depois, Breedlove chegou ao escritório da srta. Avocet. Francesca já tinha ajudado a *ymbryne* a administrar os óleos necessários para a dor nas costas, e a srta. Avocet estava de pé, ereta e restabelecida. Breedlove cambaleou porta adentro, um pouco bêbado, ou pelo menos com cara de quem tinha acabado de ser arrancado da cama, o terno e a gravata parecendo ter sido colocados às pressas. Era alto e de pele morena, com um rosto largo e olhos arregalados, que davam a impressão de nunca piscar.

Francesca o guiou até nós. Ele veio cambaleando, tropeçando em pilhas de livros, recuperando o equilíbrio pouco antes de cair.

— Ele parece meio instável — comentou Emma, apreensiva.

— A senhorita precisa aprender a confiar nos mais velhos — ralhou a srta. Avocet.

Breedlove se lançou ao trabalho. Noor, que tinha sido tranquilizada pela srta. Avocet de que o procedimento não doeria nem um pouco e muito menos apagaria *mais* memórias, estava sentada em uma cadeira de espaldar reto diante da lareira.

O sujeito ficou atrás de Noor, como se fosse um cabelereiro.

— Olhe para as chamas — instruiu. — Tente deixar a mente vazia.

— Vou fazer o possível.

Breedlove ergueu as mãos enormes, as palmas viradas para as laterais da cabeça de Noor. Fechou os olhos. Uma fina linha de fumaça começou a sair de suas narinas.

Os olhos de Noor examinavam o fogo, como se ela estivesse vendo algo nas chamas. Alguns fios de cabelo — ao menos as mechas que não estavam presas no rabo de cavalo — se ergueram e dançaram no ar.

Eu me inclinei na direção dela.

— *Você está bem?* — sussurrei.

— Por favor, não fale com ela — pediu Breedlove.

Eu estava prestes a responder, mas mudei de ideia.

Millard andava de um lado para o outro no tapete, nervoso. Emma e Bronwyn estavam sentadas no sofá abraçando os joelhos, sem nem reparar que faziam o mesmo gesto.

A srta. Avocet estava completamente imóvel, os olhos reluzindo.

Fiquei perto de Noor, examinando seu rosto em busca de qualquer reação — pronto para dar um fim àquele procedimento se parecesse que ela estava sentindo dor.

Trinta segundos se passaram.

— O que você está fazendo? — perguntei a Breedlove.

Francesca ergueu a mão para me calar, mas, dessa vez, o sujeito aceitou a interrupção.

— Procurando por espaços em branco na memória dela — explicou.

Eu estava prestes a fazer outra pergunta quando ele de repente ficou tenso.

— Aqui! — exclamou. — Essa parte está cheia de pequenas lacunas. — O homem ergueu as sobrancelhas volumosas. — E tem uma bem grande aqui.

— Alguma coisa que possa ser restaurada? — perguntou a srta. Avocet.

— Acho que sim. — Ele aproximou mais as mãos das têmporas de Noor. A fumaça que saía de seu nariz se intensificou, e o cabelo dele também começou a levantar. — Talvez algumas partes...

Então Noor começou a falar. Devagar, como se estivesse em transe.

— Eu me lembro de brincar em um rio. Um rio largo e profundo. E tinha um nome bem grande.

A srta. Avocet voltou o olhar afiado para Francesca.

— Está anotando tudo?

Francesca ergueu o bloco de notas. Duas outras mulheres do treinamento de *ymbrynes*, paradas atrás dela, repetiram o gesto.

Noor continuou:

— Tinha uma árvore enorme no jardim. Minha mãe disse que era um olmeiro. Tinha um balanço. Caí dele uma vez e torci o tornozelo. Ela não me deixou brincar lá por um mês. Fiquei tão chateada.

— O que mais? — perguntou Breedlove, a voz cada vez mais melodiosa. A fumaça que emanava de suas narinas já estava se tornando um incômodo, saindo, densa, aos borbotões, subindo na direção das vigas acima.

Noor não pareceu se importar.

— Maçãs. Maçãs selvagens que colhíamos na floresta, no outono. Eram tão doces e gostosas que o suco escorria pelos meus braços. Mas então...

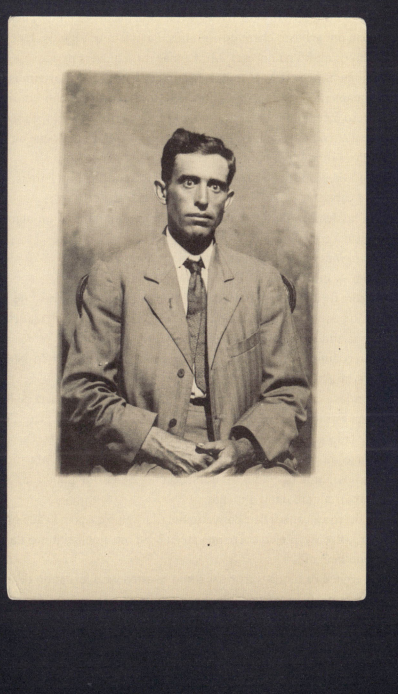

— Ela ficou quieta por um instante, e a sala também mergulhou em silêncio, a não ser pelo ruído de canetas riscando o papel. Ela continuou: — Coceira, muita coceira. Tudo coça. — Noor começou a coçar os braços e o peito, como se estivesse sentindo tudo outra vez. — Eu fiquei toda vermelha, depois de ter brincado em um arbusto cheio de espinhos. Pareciam triângulos. E depois disso não brincamos muito na floresta. Minha mãe disse que era perigoso. Que estava cheia de homens armados. Homens de jaqueta laranja. Nós os vimos uma vez, no estacionamento de uma loja enorme, e levavam um bicho enorme morto preso no teto da caminhonete. Era tão triste. Quando vi aquilo, chorei.

— Qual era o nome da loja? — perguntei, a voz pouco mais que um sussurro. Breedlove olhou feio para mim.

O rosto de Noor ficou tenso. Os olhos passearam pelas chamas. Então ela balançou a cabeça.

— Eu me lembro de um cheiro ruim. Tinha uma fábrica ou algo assim, e, às vezes, ficava com cheiro de ovo podre.

As *ymbrynes* em treinamento escreviam sem parar.

— Bom — murmurou Millard. — O que mais?

— O som de um pica-pau de manhã bem cedinho. Ele morava no nosso jardim. Era tão pequeno. De vez em quando vinha pousar na minha janela. Parecia que estava usando um gorrinho vermelho.

— Parece um pica-pau fofo, a menor espécie da América do Norte — comentou a srta. Avocet.

Noor falava cada vez mais rápido. A fumaça jorrava do nariz de Breedlove.

— Uma estrada muito, muito longa. Uma montanha sem pico. Eu deixava o cereal de lado até o leite ficar colorido.

Ela começou a gemer um pouquinho. De repente, Breedlove afastou as mãos.

— Vamos parar por aqui — anunciou. — Se eu for mais fundo, corro o risco de causar algum dano à mente.

Noor deixou a cabeça cair para a frente e largou o corpo na cadeira, exausta. Millard, Bronwyn e eu corremos até ela. Eu me ajoelhei junto da cadeira.

— Tudo bem aí?

Noor ergueu os olhos, surpresa, como se estivesse acordando de um sonho.

— Sim. Sim, só estou… — Ela passou a mão no rosto. — Meio cansada.

Breedlove apertou o nariz com os dedos, fechando a passagem, então fungou, apagando qualquer fogo que estivesse ardendo em sua cabeça. E tropeçou no tapete quando deu a volta na cadeira para encarar Noor.

— Pode ser que mais alguns trechos voltem nos próximos dias — avisou. — Mas só partes desconexas.

— Obrigada — respondeu Noor, abrindo um sorriso cansado. — Isso foi... — Ela engoliu em seco. — Intenso.

— Foi mesmo — comentou Millard.

Noor ergueu os olhos para ele — ou pelo menos para o lugar de onde a voz tinha vindo.

— Ajudou de alguma forma?

— Estou bem confiante de que conseguiremos extrair alguma informação.

— Já extraímos — anunciou Francesca, então se virou para a *ymbryne* em treinamento atrás dela, uma garota tímida que assentia enquanto examinava o próprio caderno.

— Considerando a espécie de fauna e flora descrita — falou a garota —, parece que o lugar que está descrevendo fica na Costa Leste dos Estados Unidos. Não no Meio-Oeste.

Noor pareceu chocada.

— Tem certeza?

— Tem tornados lá? — perguntei.

— Alguns — respondeu Millard, assentindo. — Não muitos. Mas alguns.

Hugh soltou um suspiro.

— Mesmo se reduzirmos a busca para três ou quatro estados, ainda é um enorme palheiro.

— É verdade — concordou Millard. — Mas já é menor do que antes.

CAPÍTULO CINCO

oor ficou meio tonta por alguns minutos, mas, apesar de nossos apelos, se recusou a descansar, então todos descemos a escada até o Ministério de Mapeamento. Era um labirinto assombroso de estantes e escadas com rodinhas, a biblioteca banhada por uma luz branca semelhante à luz do sol, mas que parecia emitida pelo próprio ar. Presumi que fosse algum truque peculiar, já que não vi janelas ou lamparinas em lugar nenhum. Entre as estantes havia áreas abertas com longas mesas sobre as quais os mapas podiam ser abertos, e encontramos Olive, Enoch e Claire em uma dessas mesas, quase soterrados por uma pilha de atlas enormes.

— Estamos quase acabando com Oklahoma! — anunciou Olive quando nos viu.

— Graças a Hades — grunhiu Enoch.

— Vocês trouxeram o almoço? — perguntou Claire.

— Não temos tempo para fazer intervalos! — anunciou Millard. — Tirem todos esses mapas daí, parece que estávamos procurando no lugar errado.

Os três grunhiram.

O restante do grupo empilhou no chão os mapas do Meio-Oeste, que se tornaram inúteis, e recomeçaram o trabalho. Millard começou a dar ordens como um comandante militar, o que, sob qualquer outra circunstância, teria me deixado irritado. Mas aquela era a especialidade dele, e essa tarefa era importante demais. Então obedecemos sem muitos protestos.

— Hugh — bradou Millard —, suba a escada e pegue todos os atlas daquela prateleira mais alta. E tome *muito* cuidado com o grandão, é um Mapa dos Dias genuíno, e é delicado. Jacob, faça uma lista de todas as fendas de Ohio, Pensilvânia, Nova Jersey, Nova York e Maryland que tenham rios grandes a norte e a oeste. E, Noor, tenho uma tarefa especial para você.

Os atlas de cada estado foram divididos entre nós. Avançamos página por página, metodicamente, buscando rios grandes com nomes enormes, além de partes da topografia ou cidades que combinassem com o fragmento que H. nos entregara.

Não demorou para ficarmos compenetrados no trabalho.

* * *

Várias horas se passaram.

Os atlas se acumulavam à nossa volta em pilhas tão altas que praticamente dividiam a mesa, como em cubículos de escritório. Millard volta e meia soltava algum grunhido de surpresa ou interesse a algum detalhe que ele ou outra pessoa do grupo encontrava. Depois de uma hora, perguntei a Noor se precisava fazer uma pausa, mas ela balançou a cabeça. Botei um copo d'água na frente dela depois de mais meia hora, e Noor bebeu tudo em dois grandes goles e ergueu os olhos para mim, surpresa e agradecida, como se tivesse esquecido que precisava fazer coisas como beber água para funcionar. Em seguida, mergulhou de volta no atlas que estava analisando.

Uma hora depois, Claire gemeu:

— Podemos almoçar *agora*? — Ela levantou o dedo, onde fizera um curativo enorme depois de se cortar com papel. — Tem um restaurante de guisado no fim da Rua do Lodo, o lugar recebeu duas estrelas do crítico do *Vespertino*.

— Duas estrelas de quantas? — perguntou Hugh.

— Cinco. Mas é o único estabelecimento do Recanto que recebeu mais de uma estrela, então...

* * *

— Acho que precisamos mesmo de uma pausa — comentou Millard, soltando um suspiro. — Já dizia o ditado: saco vazio não para em pé.

— Vocês deviam mesmo arranjar alguma coisa para comer — concordou Noor, sem tirar os olhos do mapa.

— Você não vem? — perguntei.

— Podem ir na frente. Não estou com fome.

— Esse é o espírito! — elogiou Millard.

Hugh largou um livro na mesa com um pouco de força demais.

— Se vocês tivessem se dedicado tanto assim na busca por Fiona — anunciou, irritado —, a essa altura ela já estaria de volta.

Emma pareceu chateada.

— Ah, Hugh... — comentou, mas ele já estava correndo para longe, fazendo o possível para conter as lágrimas. Uma única abelha zumbia no lugar onde estivera trabalhando. — Vou lá falar com ele — anunciou Emma, levantando-se e indo atrás dele.

Noor olhou para mim.

— O que aconteceu?

— Nossa amiga, Fiona — respondeu Millard —, por quem Hugh era apaixonado, desapareceu faz um tempo, sem deixar rastros. Achamos que talvez ela esteja morta.

Bronwyn pegou o atlas que Hugh estivera folheando.

— Ah, não — disse, infeliz. — Ele estava lendo sobre a Irlanda.

Ela ergueu o livro para que todos pudéssemos ver.

— Enoch, era para você ficar de olho nele! — gritou Claire.

Enoch apenas revirou os olhos.

— Fiona é da Irlanda — expliquei para Noor.

— Nossa, coitado — comentou ela, balançando a cabeça. — Isso deve ser terrível para ele.

— Sabe, sonhei com a Fiona noite passada — comentou Horace.

Todos nos viramos para ele.

— Sonhou? — perguntei. — E por que não disse nada?

— Não quero alimentar falsas esperanças. Nem todos os meus sonhos são profecias, e pode levar tempo até identificar quais são.

— E o que aconteceu no sonho? — perguntei.

Millard voltou-se para o atlas.

— Estou ouvindo — disse ele. — Mas você sabe que não aposto muito em sonhos.

— Eu *sei*, Millard. Você já falou isso um milhão de vezes. — Horace balançou a cabeça, mas continuou: — Enfim, no sonho, Fiona estava andando de ônibus. Tinha um garotinho com ela, usando uma túnica verde e um chapeuzinho com uma pena no topo. E ela estava com medo. Tive a forte sensação de que ela estava em perigo. Pode não ser nada. Mas eu queria contar para alguém.

— Acho que sonhos são cheios de significados — comentou Noor. — Mesmo que não sejam literalmente verdade.

Horace olhou para ela, agradecido.

— Só, por favor, não contem para Hugh — pediu Millard. — Ele vai nos fazer conferir cada ônibus da Grã-Bretanha, e, quando não encontrarmos nada, vai ficar ainda mais chateado do que antes.

◆　◆　◆

Emma e Hugh voltaram um pouco depois com quentinhas de guisado para todos. Ele pediu desculpas pelo acesso de raiva, Emma reaqueceu cada um dos guisados mergulhando rapidamente o dedo mindinho no líquido marrom, e todos comemos enquanto trabalhávamos.

— Não ousem deixar cair comida nesses atlas — alertou Millard. — A pena oficial por danificar um livro desses é de trinta anos de prisão, sem falar na multa, que é bem salgada.

— *Ops* — murmurou Hugh, limpando discretamente uma página com a barra da camisa.

Depois de mais algumas horas, a luz aparentemente sem fonte começou a se dissipar. Estreitamos os olhos e aproximamos mais o rosto das páginas, determinados a prosseguir com o trabalho, até que um rapaz apareceu no fim das estantes e berrou:

— Está na hora de fechar! Por favor, dirijam-se à saída!

— É melhor irmos logo — avisou Horace. — Tem alguns pacientes do velho asilo ainda à solta pelo prédio, e dizem que eles ficam vagando pelos corredores à noite.

— Aleluia — murmurou Enoch.

Estávamos exaustos.

Quando saímos, Noor perguntou a Millard se tínhamos feito algum progresso.

— O processo é lento, mas aos poucos vamos chegar lá — respondeu. — Já estamos muito mais perto de descobrir do que hoje de manhã. No entanto, temos montanhas de trabalho pela frente, quase literalmente. — Ele não conseguiu segurar e soltou um bocejo. — A não ser que você por acaso se lembre do nome de alguma cidade.

— Vou tentar. — Noor suspirou. — Desculpa por dar todo esse trabalho.

— Não se preocupe — respondi. — Sério.

— Sim, estamos todos envolvidos nessa história — acrescentou Emma.

Noor abriu um sorriso cansado.

— Obrigada. Isso é muito importante para mim.

Fomos para o saguão lotado, onde todos os funcionários dos ministérios saíam em torrente pelas portas, encerrando o dia de trabalho, quando ouvi algo que me deixou estranhamente feliz. Era Hugh, dando tapinhas reconfortantes nas costas de Noor enquanto dizia:

— Não se preocupe, vamos encontrá-la.

• ◆ •

Era fim de tarde. O sol desbotado, de um amarelo pálido, brilhava no horizonte, em meio às teias de fumaça das fábricas. Peculiares que tinham passado o dia trabalhando enchiam as ruas e as poucas praças públicas do Recanto, tentando desestressar. E havia muito estresse, considerando o drama recente e o clima de tensão que cobria toda a fenda. Cada conversa que entreouvi enquanto caminhávamos era pesada e cheia de medo.

Noor tinha diminuído um pouco o ritmo e estava na parte de trás do grupo. Eu me virei e a vi observando o horizonte que despontava entre os edifícios com olhar melancólico. Noor passara por tanto em um só dia. Todos nós, na verdade, mas ela em especial. Duvido que tenha tido a chance de processar tudo.

Desacelerei o passo até ela me alcançar. Levou um tempo para Noor reparar na minha presença, então ergueu a cabeça de repente para mim.

— Desculpa — pediu ela. — Estava perdida nos meus pensamentos.

— Quer conversar sobre isso?

Ela balançou a cabeça. Baixou os olhos. Por um momento, nossos passos se sincronizaram na calçada de pedras gastas. Até que, por fim, ela perguntou:

— Você já pensou em fugir? Escolher alguma porta no Polifendador e simplesmente... ir para outro lugar? Para longe de tudo isso?

— Nunca me ocorreu — respondi, franzindo a testa. — Mas a ideia parece interessante.

— Isso nem *passou pela sua cabeça?* — Ela parecia incrédula. — Como é possível? Você tem mil portas à disposição, que levam a mil lugares diferentes, tanta coisa esperando para ser descoberta... Não precisa de aeroporto ou de passaporte, muito menos passar pela alfândega...

— Na verdade, essa última parte não é verdade. Estamos recebendo tratamento especial nos últimos dias, porque está tudo de cabeça para baixo, mas, em geral, os peculiares precisam de passagens para usar o Polifendador. E passam pela alfândega, assim como acontece com os normais.

Noor revirou os olhos.

— Você entendeu o que eu quis dizer. Não é a mesma coisa, nem de longe.

Abri um sorriso. Eu tinha mesmo entendido.

— Não sei — respondi, após uma pausa. Olhei para o horizonte enfumaçado. — Desde que pus os pés no Recanto do Demônio, não houve nada além de drama e caos, e tive que resolver vários problemas. Adoraria tirar um tempo para explorar o mundo, algum dia, mas nunca pensei muito nisso... até agora — acrescentei, tentando dar um toque otimista a uma declaração que provavelmente tinha soado meio deprimente.

— Faz sentido — respondeu ela, voltando a encarar o horizonte. — Se você tivesse que escolher outra fenda para viver agora, neste exato segundo, que porta escolheria?

— Se eu tivesse que escolher neste segundo?

Ela assentiu.

— Um lugar calmo, perto da praia, onde nada nunca acontece — respondi, sem hesitar. — Eu adoraria uma pitada de tédio na minha vida.

Percebi, então, que estava descrevendo minha cidade natal, o lugar de onde eu passara a infância inteira querendo escapar. E me perguntei que diabo estava acontecendo comigo.

— Eu iria para algum lugar na Antiguidade — disse Noor. — Ei, qual é o máximo que dá para voltar no passado?

— Acho que dá para voltar até o começo da criação das fendas. O que deve ser pelo menos alguns milênios atrás. Millard tinha um Mapa dos Dias enorme com marcações de fendas bem antigas e já inutilizadas. Tinha algumas da Roma Antiga, da Grécia Antiga, da China Imperial...

— Nossa, parece incrível — comentou Noor, com o olhar sonhador. — É isso que vou fazer. — Ela hesitou. — Quer dizer, se algum dia eu tiver a oportunidade.

— Essa oportunidade vai chegar, prometo.

— Adoro seu otimismo, Jacob — disse ela, rindo.

— Um dia, toda essa história com os acólitos e a guerra vai se resolver — declarei. — Aí nós vamos poder explorar o que quisermos.

Ela olhou para mim e sorriu, e percebi que eu tinha dito *nós* sem pensar.

— Estamos ficando para trás — avisou ela, baixinho. Mas continuava sorrindo.

Quando alcançamos o restante do grupo, algumas garotas peculiares passaram por nós, indo na direção oposta. Elas pularam e acenaram, dando risadinhas.

— Pode me dar um autógrafo? — perguntou uma.

Senti o rosto arder de vergonha. Noor segurou uma risada de surpresa antes de erguer uma das sobrancelhas para mim, e eu apenas balancei a cabeça, me recusando a encará-la nos olhos.

— Posso ganhar um beijo? — perguntou outra garota.

Agora minha pele estava formigando. Mantive o olhar fixo à frente, esperando que aquele momento de humilhação acabasse.

— Ei, eu posso dar um beijo em você! — gritou Enoch, mas as garotas o ignoraram e continuaram andando.

Emma olhou feio para elas.

Por fim, Noor me cutucou com o cotovelo.

— Então, isso acontece muito?

— De vez em quando.

— Deve ser dureza — brincou ela, mas o sorriso era genuíno.

Talvez houvesse alguma vantagem secreta de receber toda essa estranha atenção. Afinal de contas, eu não tinha que confessar que esperava que Noor Pradesh ficasse pelo menos um pouco impressionado pela minha fama.

— Venham logo, vocês dois! — ordenou Emma.

Agora, olhava feio *para nós*.

Apressamos o passo, mas eu não estava pronto para encerrar a conversa. Pelo menos não até Noor perguntar:

— Foi estranho? Namorar a ex do seu avô?

Levei um susto ao ouvir aquilo.

— Mas como… Como você sabe?

— É óbvio. Dá para perceber no jeito como ela olha para você.

Soltei um suspiro. Estava torcendo para ser o único que tinha reparado naqueles olhares.

— Bem, não estamos mais juntos.

Noor perguntou o que tinha acontecido, e era um assunto que eu *realmente* não queria discutir.

É porque Emma não superou o meu avô.

Acho que eu me encolheria e morreria de vergonha se essas palavras saíssem da minha boca.

— Acho que, no fim das contas, acabou sendo a diferença de idade — expliquei, o que talvez fosse parcialmente verdade. — A gente não tinha muito… em comum.

— Hum. Entendo.

Mas acho que ela não acreditou muito. Na verdade, tenho certeza de que Noor reparou na mentira. Mas ficou com pena e me deixou mudar de assunto, o que, por ora, já estava de bom tamanho.

◆ ◆ ◆

O grupo todo parou um pouco para assistir a alguns telecinéticos brincarem de cabo de guerra sem usar as mãos. Noor, é claro, ficou fascinada, então encontramos lugares desconfortáveis para nos sentarmos, em um muro baixo da Velha Praça da Igreja, e assistimos àquele espetáculo de estranheza.

— E então, o que vocês fazem por aqui à noite? — perguntou Noor.

— Tem o Cabeça Encolhida, o bar na Rua Facadinha — respondeu Emma. — Mas lá servem basicamente fluidos de embalsamento e vinho de rato. E está sempre lotado.

— Tem os enforcamentos, que já mencionei antes — acrescentou Enoch. — Acontecem toda noite às seis da tarde em ponto, nas docas.

— Eu não gosto *nem um pouco* dos enforcamentos, Enoch — interveio Olive.

— Ai, *tá bom*. De qualquer forma, fica meio chato depois de ver tantas vezes.

— O ringue de rinha de urxinim foi fechado depois que os acólitos foram derrotados, graças às aves — comentou Hugh, mas notei que Emma e Horace ficaram tensos com o uso da palavra *derrotados*. Parecia um pouco falso, agora.

— Quase tudo foi fechado por causa das regras de segurança, que ficaram muito mais rígidas — explicou Bronwyn. — Fora o novo toque de recolher, ao pôr do sol.

— O que é ótimo. Acho que pessoas civilizadas já deveriam estar na cama quando escurece — comentou Claire.

As regras de segurança aparentemente incluíam guardas vigiando tudo. Notei alguns nos telhados ao redor da praça, examinando a área.

Emma percebeu meu olhar e comentou:

— Aqueles são os guardas locais. Todos novos recrutas. A maioria dos antigos morreu nos ataques dos etéreos.

— Pobres coitados — murmurou Enoch.

— As *ymbrynes* não querem correr riscos — comentou Bronwyn. — Acho que estão bem assustadas.

Naquele momento, um grupo de pessoas começou a marchar em círculos no meio da praça, gritando palavras de ordem.

— O que queremos? — gritou o líder do grupo.

— Liberdade da fenda!

— E quando queremos?

— Muito em breve! — urraram todos, irritados.

— Nossa, isso é mesmo impressionante — comentou Horace. — Que coisa, não, a democracia.

Alguns dos manifestantes carregavam placas de EXIGIMOS DIREITOS IGUAIS!. E outros, ecoando a manchete do *Vespertino* daquela manhã, carregavam placas com INCOMPETÊNCIA YMBRYNE!.

— Esses são os cabeça-oca de que estávamos falando lá na Flórida — murmurou Enoch para mim. — Querem parar de viver em fendas e se juntar ao mundo normal.

— Como se os normais não fossem nos queimar na fogueira — comentou Emma. — Será que não leram os mesmos livros de história peculiar que a gente?

— E o movimento está crescendo — comentou Millard. — Se as *ymbrynes* não resolverem essa guerra e a situação com os acólitos logo, vão perder muito apoio.

— Mas as *ymbrynes* são o motivo de termos sobrevivido durante todo o século XX! — retrucou Claire, irritada. — Elas já não provaram que sabem o que é melhor? Sem as fendas, teríamos todos sido comidos pelos etéreos de Caul!

— Estão dizendo por aí que poderíamos ter nos preparado melhor para os ataques — explicou Millard. — E que deveríamos ter invadido o complexo dos acólitos aqui no Recanto há muito tempo.

— É muito fácil querer mudar o quarterback depois do fim da partida — comenta Noor.

— Sim, é exatamente isso! — respondeu Millard. — Mas o que é um quarterback?

— Imbecis ingratos! — gritou Enoch para os manifestantes.

Senti um frio intenso perto de mim de repente, e o cheiro de adubo gelado invadiu minhas narinas.

— Vamos nos reunir este sábado — comentou uma voz baixa. — Adoraríamos que você participasse.

Eu me virei e vi dois metros de robes negros.

— Estão todos convidados — acrescentou Sharon, os dentes reluzindo em um sorriso.

— Você está apoiando esses idiotas? — perguntou Enoch.

— Mas você trabalha para as *ymbrynes*! — disparou Claire.

— Tenho o direito de ter minhas próprias crenças políticas. E acredito que está na hora do longo monopólio de poder das *ymbryne*s se tornar algo mais igualitário.

— Mas elas dão ouvido às ideias dos demais peculiares! — argumentou Emma. — Têm até audiências públicas!

— Elas fingem dar ouvidos, chegam até a concordar, mas depois fazem apenas o que querem — retrucou Sharon.

— Bem, elas são *ymbryne*s — comentou Bronwyn.

— Esse tipo de atitude é parte do problema — retrucou Sharon.

— *Você* que é o problema — retrucou Claire, irritada.

De repente, um ronco alto e grave fez o chão estremecer e todas as janelas dos prédios ao redor da praça sacudirem. Alguém na multidão gritou, e vários dos manifestantes se jogaram no chão.

— O que foi isso? — indagou Horace. — Mais uma fuga?

— Ou foi um desastre natural, ou uma fuga — retrucou Sharon, erguendo a mão em concha sobre o capuz, para ouvir melhor. — A nova bateria não deve terminar de carregar até a noite...

Então partiu na direção da casa de Bentham, andando mais rápido do que um sujeito tão grande quanto ele era capaz.

* * *

Chegou a hora do toque de recolher, e voltamos para a casa. Todos estavam cansados e queriam logo ir para a cama. Fora um longo dia, e nós já tínhamos preenchido nossa cota de conversa e animação. Bem, quase todos nós.

Noor e eu acabamos sozinhos na sala do segundo andar.

Eu não conseguia parar de pensar na nossa conversa de mais cedo. Ela estava tão surpresa por eu nunca ter usado o Polifendador livremente que fiquei me perguntando por que nunca tinha feito aquilo. Claro que eu ouvira minhas próprias respostas, mas agora me perguntava se eram mesmo honestas. E o pior é que Noor devia ter ficado com a impressão de que eu não era curioso, o que não era nem um pouco verdade.

Mas meu momento de contemplação só a inspirou a fazer ainda mais perguntas — *Tem alguma coisa errada? No que está pensando?* —, e percebi que havia várias coisas que nunca contara sobre mim. Coisas que eu queria que ela soubesse. Coisas sobre meus primeiros dias com os peculiares, sobre como os conhecera, sobre como foi descobrir que era um deles. Contei a história toda: minha ida à misteriosa e enevoada Cairnholm com meu pai; as pistas que segui das últimas palavras e das antigas fotografias de meu avô, que acabaram me levando à casa destruída da srta. Peregrine e, depois, à fenda. Conhecer aquelas crianças que eu achava que estariam muito velhas, talvez até mortas, e a surpresa e o choque de descobrir que *ainda eram* crianças. E toda a dúvida: deveria acreditar em meus próprios olhos? Podia confiar na minha própria mente? Noor ficou surpresa quando cheguei à parte em que me dei conta de que também podia ver os etéreos e quando disse que o estranho na ilha acabou se revelando um psiquiatra — e também um acólito.

Falei até minha mandíbula doer, mas reparei que deixava pequenos detalhes de fora, a maioria sobre meu relacionamento com Emma. Não queria falar sobre aquilo, não queria expressar o quanto meus sentimentos por ela influenciaram minha decisão de abandonar a vida como normal. Mas era bom colocar aquilo para fora. Era bom me conectar com alguém que parecia sentir o mesmo que eu senti.

Fazia eu me sentir menos solitário.

Depois de um tempo, porém, todo aquele falatório me deixou constrangido.

— Muito bem, agora é sua vez — declarei. — Quero saber mais sobre a *sua* vida.

— De jeito nenhum. — Ela balançou a cabeça. — Minha vida só ficou interessante há uns três meses, e você já sabe de tudo. Agora me conte o que aconteceu depois que vocês saíram da ilha! Odeio suspense!

— Veja bem, é *impossível* sua vida antes de tudo isso ter sido mais entediante do que a minha.

— Só responda uma coisa, depois podemos falar sobre minha vida chata, se você faz tanta questão. Você chegou a pensar em contar para os seus pais?

Quase ri.

— Sim. E até tentei, mas minha mãe não conseguiu lidar com a verdade, e meu pai praticamente me deserdou. Foi tão ruim que a srta. Peregrine teve que apagar as memórias deles, para que não se lembrassem de nada.

— É, você mencionou essa parte — murmurou ela. — Sinto muito.

— Eles agora estão tirando férias prolongadas. Acham que estou em casa sozinho. Talvez comecem a se preocupar quando voltarem e eu não estiver lá.

— Esse negócio com os seus pais é realmente horrível. Mas o resto parece... Sei lá, como se tivesse sido obra do destino. Você não sentia que seus pais eram de fato sua família. E eu sei bem como é isso, pode acreditar. Mas, no fim das contas, você encontrou uma nova família. — Ela abriu um sorriso e uniu as pontas dos dedos bem devagar, formando uma bolinha perfeitamente redonda de sombra, entre as palmas. — É impressionante como tudo isso aconteceu.

Então algo mudou em seus olhos, e uma nuvem escura pareceu passar por ela.

Havia um pequeno espaço entre nós, no sofá velho, e me aproximei mais um pouco.

— Você vai encontrar V. — falei, segurando as mãos dela. — Sei que vai.

Noor deu de ombros, fingindo não se importar.

— Pode ser. Veremos. Talvez ela nem se lembre de mim.

— Claro que vai lembrar. Tenho certeza de que ela ainda se sente muito triste por ter deixado você para trás. Sei que vai ficar feliz quando reencontrá-la.

Noor respirou fundo antes de soltar um suspiro.

— Podemos voltar a conversar sobre nossas antigas vidas entediantes?

— Claro. — Dei risada. — Parece ótimo.

Conversamos durante horas sobre a vida dela e a minha, e sobre o que tinha acontecido depois que deixei a ilha, e sobre várias outras coisas. Eu poderia passar a noite toda conversando com Noor, e provavelmente teria passado, se Horace não tivesse descido a escada, com os olhos pesados de sono, reclamando que dava para ouvir nossas vozes lá de cima. Só então percebemos como estava tarde e como estávamos exaustos. E, infelizmente, fomos dormir.

CAPÍTULO SEIS

cordei, pela segunda vez em dois dias, com um barulho alto. Mas não era uma explosão; alguém estava esmurrando a porta. Ainda estava escuro.

— Jacob! — gritou Emma lá embaixo.

Saí da cama às pressas, descalço e confuso, e disparei pelo corredor. Houve uma confusão de passos na escada quando todos descemos correndo.

Emma estava parada na porta da frente, que estava aberta.

— A srta. Blackbird está aqui — disse ela, dando um passo para o lado para revelar a presença da *ymbryne*. — É sobre a srta. Peregrine.

— Onde ela está? — perguntei. — Ela está aqui?

A srta. Blackbird pulou os cumprimentos e foi direto ao assunto.

— A srta. Peregrine está nos Estados Unidos, na fenda temporal na qual estão acontecendo as negociações de paz — disse ela, os três olhos me encarando. — Conseguimos fazer o Polifendador voltar a funcionar uma hora atrás, e logo em seguida recebemos uma mensagem urgente dela via papagaio.

A srta. Blackbird entrou na casa, parecendo nervosa.

— Temos um problema — disse, enigmática. — Ela solicitou especificamente a sua presença.

— Eu? — falei. — Ela quer que eu vá para lá?

— Imediatamente — respondeu a srta. Blackbird.

— Posso saber qual é o problema? — perguntou Emma.

— Se ela está pedindo a presença dele — respondeu a srta. Blackbird —, imagino que tenha a ver com um etéreo.

Engoli em seco. Aquele velho aperto no peito surgiu de novo.

— Vou me vestir.

— De jeito *nenhum* a gente vai deixar o Jacob ir sozinho — disse Noor.

Ela havia parado ao meu lado sem eu notar, e, quando olhei para ela, surpreso, Noor apertou minha mão.

145

— Jamais sugeri que Jacob fosse sozinho — disse a srta. Blackbird —, mas você é inexperiente demais, srta. Pradesh. Além disso, Leo Burnham e seus homens estarão lá, e se eles vissem você seria como chutar um ninho de vespas irritadas.

— Sei disso — falou Noor, com a testa franzida. — Eu não ia sugerir que *eu* fosse...

No fundo fiquei feliz; a ideia de levar Noor para qualquer lugar perto de um etéreo — voluntariamente — fez meu estômago se revirar.

— Escolha dois amigos — comandou a srta. Blackbird, ignorando Noor. — Vistam-se e me encontrem do lado de fora em três minutos.

Então ela saiu com um floreio dramático e bateu a porta.

Nem precisei pensar muito: pedi para Emma e Enoch irem comigo. Embora Enoch fosse um pentelho e as coisas estivessem meio estranhas com Emma, eles eram corajosos, sagazes e trabalhavam bem sob pressão. Eu sabia que podia contar com eles.

— Vou pegar minhas coisas — disse Emma, o rosto tenso em uma expressão decidida, e correu escada acima.

Enoch sorriu.

— Ah, *tá bom*, lá vou eu livrar sua cara de novo... Vou pegar alguns corações em conserva.

E saiu correndo atrás de Emma.

Então todos subimos. Vesti as roupas e as botas novas do dia anterior e me despedi do grupo. Meus amigos passaram por mim no corredor, me desejando boa sorte e sussurrando conselhos:

— *Acaba com eles* — disse Hugh.

— *Tome cuidado!* — avisou Horace.

— *Faça o que a srta. Peregrine mandar* — disse Claire.

Fingi não estar com medo, mas era como se houvesse uma pedra de gelo no fundo do meu estômago.

Por um momento, Noor e eu ficamos sozinhos.

— Você é mesmo o único que pode fazer isso? — perguntou ela. — As *ymbrynes* não têm, sei lá, adultos que possam lidar com essas coisas?

— Não com esse tipo de problema — falei. — Se for o que estou pensando.

— Entendi — disse ela. — Só queria confirmar.

Noor estava tentando ser corajosa, mas não conseguia esconder a preocupação. Eu esperava estar escondendo bem a minha.

— Eu queria que você pudesse vir comigo, mas acho que a srta. Blackbird tem razão.

— Tenho muita coisa para fazer aqui, de qualquer maneira. — Ela hesitou, parecendo em dúvida, então continuou: — Eu me lembrei de mais uma coisa na noite passada. De quando eu era pequena, com a minha mãe. Era uma placa de rua que dava para ver da nossa porta. Não sei se é relevante ou não. Mas preciso descobrir.

— Pode ser importante — falei. — Tem certeza de que vai ficar bem aqui?

— É com você que a gente tem que se preocupar. Provavelmente só vou ficar lendo livros velhos com Millard e o pessoal.

Era bom ouvi-la se referir aos meus amigos peculiares com tanta familiaridade. Ela estava se enturmando rápido.

— Sei que você vai encontrá-la — falei. — E gostaria muito de estar por perto quando isso acontecer.

— Eu também — disse Noor.

Ela me deu um abraço apertado.

— Tome cuidado — disse, o rosto contra meu peito. — Preciso de você inteiro.

A gente ficou ali abraçado por um tempo. Eu não queria me mexer.

— Vou ficar bem, prometo.

— É bom mesmo.

— E volto logo.

Beijei o topo da cabeça dela. Seu cabelo cheirava a xampu e livros, e o nó que tinha se formado no meu estômago começou, bem lentamente, a se desfazer.

Ouvi alguém pigarrear alto e me virei.

Enoch estava parado de braços cruzados na escada.

Então veio uma batida na porta, e ouvi a srta. Blackbird gritar:

— Seus três minutos acabaram, sr. Portman!

◆   ◆   ◆

A srta. Blackbird ficou em silêncio enquanto nós quatro atravessávamos o Recanto. O sol ainda não havia nascido, e os soldados da guarda continuavam a ronda para reforçar o novo toque de recolher.

Chegamos à casa de Bentham. Alguns funcionários dos Assuntos Temporais estavam de guarda do lado de fora, e no telhado vi mais guardas olhando ao longe. Todos pareciam em estado de alerta máximo.

Entramos, mas, em vez de pararmos nos andares de sempre, continuamos a subir a escada. A porta para a fenda temporal em que a Convenção das Aves estava acontecendo não era no corredor principal do Polifendador, e sim no sótão empoeirado de Bentham, cercada por suas curiosidades em redomas de vidro.

No fundo do cômodo havia um belo elevador antigo. Aquilo, a srta. Blackbird nos disse, era a entrada da fenda. Era nova, conectada pelas *ymbrynes* especialmente para a convenção. Ela apertou um botãozinho de latão na porta, e o elevador se abriu. O interior era de madeira escura e encerada. Havia um painel no fundo com uma grande alavanca e três palavras marcadas em fonte *art déco*: CIMA, BAIXO e FENDA.

— Por favor, tomem cuidado lá. Os Estados Unidos — resmungou ela, balançando a cabeça — não são lugar para crianças.

— Parece que você já está começando a planejar nosso funeral — disse Enoch quando entramos no elevador.

— De forma alguma! — respondeu a srta. Blackbird, que tentou sorrir de forma encorajadora. — Boa sorte, hein?

E lá vamos nós, pensei, baixando a alavanca para FENDA. A porta se fechou sozinha. O elevador desceu meio metro, então parou de repente.

Enoch pareceu irritado e reclamou:

— Mas que diabo...

Então caímos em queda livre.

Meus pés deixaram o chão, e minha última refeição ameaçou sair pela boca.

— *O que... está... acontecendo?* — Emma conseguiu dizer, embora eu mal pudesse ouvi-la por causa da pressão nos meus ouvidos.

Então tudo ficou preto, e fomos lançados de repente para a esquerda, batendo contra a parede do elevador. Alguns segundos depois, um sininho agradável soou — *ding!* —, e as luzes se acenderam de novo. Paramos com um solavanco.

Eu estava trêmulo, lutando contra a náusea, quando a porta se abriu para uma parede de escuridão. Fomos atingidos por uma onda de ar quente e úmido que parecia o abraço de um homenzarrão suado.

— Onde estamos? — perguntou Enoch.

Fiquei apreensivo.

Emma acendeu uma chama na palma da mão enquanto dava um passo hesitante para fora do elevador, e o brilho revelou um túnel rústico longo e estreito cavado na pedra.

Fui tomado por uma onda de lembranças e sensações horríveis, e minha pele se arrepiou apesar do calor. Da última vez em que estive em um lugar assim levei um tiro e uma criatura árvore gigante quase matou todos com quem eu me importava.

Emma devia estar sentindo algo similar.

— Ah, meu Deus — disse ela. — Você não acha que fomos mandados para o...

— Não seja burra — interrompeu Enoch. — Aquele lugar foi pelo buraco interdimensional.

— Vocês estão em uma mina de ouro, a um quilômetro de profundidade.

Era a voz da srta. Peregrine, dobrando-se, triplicando-se nos ecos. Com ela, veio o alívio imediato. Não era um pesadelo. Não tínhamos voltado para aquele labirinto infernal.

Um facho de luz surgiu, e a *ymbryne* apareceu em uma esquina, com uma lanterna na mão.

— Srta. Peregrine! — gritou Emma. — Você está bem? O que está acontecendo?

Nós corremos na direção dela, e ela, na nossa. Emma a abraçou com força.

— Eu estou bem — respondeu a srta. Peregrine rapidamente. — Mas você e o sr. O'Connor não deveriam ter vindo. Este lugar é perigoso.

— Imaginamos — disse Enoch. — E é por isso mesmo que viemos.

— A srta. Blackbird disse que eu podia trazer alguns amigos — falei, defendendo-os. — E eu chamei os dois.

Ficou óbvio que a srta. Peregrine era contra aquela ideia, mas ela sabia que tentar mandá-los de volta seria inútil. Aquilo me impressionou: depois de tudo que tínhamos enfrentado juntos, ela ainda subestimava seus protegidos.

— Certo — disse ela, balançando a cabeça. — Contanto que fiquem em silêncio, me sigam, não falem com os americanos e não saiam por aí sozinhos. Compreenderam?

— Sim, senhorita — responderam Emma e Enoch em uníssono.

Ela assentiu.

— Bem-vindos a Marrowbone, meninos. Temos uma bela confusão nas nossas mãos.

— De quem foi a ideia de jerico de fazer uma conferência de paz no fundo de uma *mina*?

Enoch teve que gritar a pergunta para as costas da srta. Peregrine — ela andava tão rápido que nós praticamente a perseguíamos pelos túneis.

— Essa é só a entrada. As discussões estão se passando na cidade acima de nós, na superfície. Seria bom se vocês estivessem usando roupas da época. — Ela indicou com um gesto uma placa designando outra ramificação do túnel e que dizia FIGURINO. — Mas não temos tempo, e a maioria dos normais desta fenda já foi capturada, de qualquer forma.

— Capturada? — perguntei.

Ela não respondeu.

Chegamos a outro elevador, bem mais primitivo e assustador que o primeiro. Nós nos apertamos na gaiola de ferro, e a srta. Peregrine puxou uma alavanca no chão. Um motor gigante rugiu, e o elevador começou a subir com um gemido agudo. Era um pesadelo claustrofóbico: tudo que víamos, por todos os lados, eram rochas.

— É uma longa viagem — disse a *ymbryne*, erguendo a voz para ser ouvida acima do ruído. — Então é um bom momento para contar algumas coisas. Além disso, é difícil encontrar um lugar em Marrowbone em que um espião americano não esteja tentando ouvir o que estamos falando.

O cansaço da srta. Peregrine era aparente. O cabelo estava desalinhado, e a blusa, enfiada de qualquer jeito por dentro da saia — o tipo de detalhe que ela nunca ignorava.

— Houve um sequestro hoje mais cedo. A vítima era uma peculiar importante no clã do Norte, e parece que foi levada por um dos califórnios, então os nortenhos se reuniram e, apesar das objeções estridentes das *ymbrynes*, um grupo deles entrou no acampamento dos califórnios e fez uma prisioneira. Uma luta começou, mas por sorte conseguimos apartá-la antes que tivéssemos alguma baixa.

— Mas essa não é a história toda, imagino — disse Emma.

— Não. A "evidência" da culpa dos califórnios é óbvia, quase exagerada. Isso fede a acólitos. Sem mencionar que tudo se passou horas depois da fuga da prisão. Acredito que os acólitos entraram escondidos e pegaram a menina, de uma forma que implicava os califórnios. Isso praticamente garantiria um conflito entre os clãs, o que destruiria nossas tentativas de preservar a paz. Foi necessária uma quantidade absurda de persuasão de nossa parte para evitar uma batalha no meio da cidade hoje. Temo que só conseguimos retardar esse acontecimento, a não ser que possamos provar sem sombra de dúvida o envolvimento dos acólitos.

— E você acha que um etéreo pode estar envolvido — falei. — Foi por isso que me chamou.

— Sim.

— Então quer que eu encontre provas — afirmei. — Algo que só eu posso identificar.

— Exato.

— Deixe-me ver se entendi: você quer que Jacob evite uma guerra — disse Enoch, cutucando a orelha com o dedo como se não tivesse ouvido direito —, dando aos americanos provas que *eles não conseguem ver*?

— Teremos que descobrir uma maneira de fazê-los ver — explicou a srta. Peregrine, colocando a mão no meu ombro. — Sinto muito, Jacob. Mas você é a nossa única esperança.

♦ ♦ ♦

Saímos daquele buraco negro para um dia claro e fresco, e respirei fundo pela primeira vez em algum tempo. A srta. Peregrine nos guiou por três sujeitos armados. Um deles parecia um homem das cavernas, vestido em peles rasgadas. O segundo estava vestido como um caubói, com um chapéu de abas largas e uma jaqueta de couro comprida. O terceiro, de terno e gravata, tinha que ser um dos homens de Leo Burnham. Eles estavam se encarando com tal intensidade que mal perceberam nossa presença.

— Uma sentinela de cada clã americano — explicou a srta. Peregrine, baixinho. — É melhor não encarar muito.

Então chegamos ao nosso veículo. Eu tinha imaginado algo como uma carruagem, mas, em vez disso, me deparei com um carro fúnebre de vidro puxado a cavalos.

— Foi o que conseguiram tão em cima da hora — disse a srta. Peregrine, em tom apologético. — Subam.

Enoch ficou contente. Emma fez uma careta, mas não falou nada.

Não havia tempo para discutir.

Um funcionário abriu a porta de trás, e entramos. O teto do carro era baixo, mal dava para nos sentarmos.

— Que chique! — exclamou Enoch, passando a mão pelas cortinas de veludo preto.

Era a segunda vez em três dias em que eu entrava em um lugar geralmente reservado para um cadáver. Parecia que o universo estava tentando me dizer algo, e de forma nada sutil.

A srta. Peregrine falou alguma coisa para o condutor, um homem de barba longa com uma expressão séria. Ele bateu as rédeas e partimos, deixando o funcionário para trás com os três homens armados.

Uma paisagem de florestas e morros se estendia do lado de fora, e as colinas sem árvores estavam cheias de maquinário de mineração: vagões estreitos cheios de pedras escavadas; máquinas cuspindo vapor e fumaça no ar; pilhas de dejetos. Havia alguns mineradores por ali, fumando e descansando, apoiados nas pás — normais da época presos na fenda, imaginei.

A srta. Peregrine apontou para os acampamentos dos clãs no caminho: a sequência de tendas de couro de búfalo perto da floresta era o acampamento da delegação nortenha. A delegação dos califórnios ocupava o Planiço da Pobreza, uma área repleta de barracões nos arredores da cidade. E o clã dos Cinco Distritos de Leo ficava no Hotel Passo da Águia, a melhor (e única) acomodação de Marrowbone.

— E onde as *ymbrynes* ficam? — perguntei.

— Nas árvores — respondeu ela.

Entramos na cidade pelo Planiço da Pobreza, um conjunto deprimente de casebres que pareciam prestes a desabar caso a brisa ficasse mais forte.

Alguns quarteirões depois, chegamos ao centro de Marrowbone — era uma cidade do Velho Oeste de verdade, a primeira que eu via em pessoa. As ruas tinham as lojas de montaria e armas e os bares que sempre se viam em filmes de faroeste. Só uma coisa parecia estranha: não havia ninguém por perto.

Os cavalos diminuíram o passo até pararem. A srta. Peregrine chamou o condutor e perguntou qual era o problema.

— Eu é que não dou mais um passo — disse ele, um dos cavalos soltando um bufo longo e nervoso.

— Parece que chegamos ao nosso destino — anunciou a srta. Peregrine, e descemos.

— Cadê todo mundo? — perguntei.

A srta. Peregrine ergueu a mão.

— Logo à frente.

Estreitei os olhos, então vi — dezenas de pessoas paradas nas sombras de toldos, agachadas atrás de barris e carroças, de ambos os lados da rua. Os nortenhos à esquerda, e os califórnios, à direita. Quando andamos na direção deles — sim, *na direção* deles —, ficou óbvio que os dois clãs estavam em algum tipo de impasse silencioso, como os homens armados na entrada da mina.

— Passantes neutros! — gritou a srta. Peregrine quando nos aproximamos. — Não atirem!

— Não atirem! — gritou alguém do lado dos nortenhos.

— Não atirem! — respondeu uma pessoa do lado dos califórnios.

Outra *ymbryne* saiu de uma loja e correu pela calçada de madeira até nós. Era a srta. Cuckoo, o cabelo prateado brilhante e a pele escura criando um contraste com as ruas sujas e sem vida de Marrowbone.

— Alma! — gritou ela. Estava nervosa, sem fôlego. Seus olhos pararam em mim. — Ótimo, você trouxe o menino. Estávamos todos esperando.

— Houve algum sinal de agressão? — perguntou a srta. Peregrine. — Alguém atirou?

— Não, mas é um verdadeiro milagre que ainda não tenha acontecido — disse a srta. Cuckoo.

Nós a seguimos às pressas para a loja de onde ela havia saído, nossos passos ecoando na calçada de madeira. Não entendi sobre o que a srta. Cuckoo estava falando até ver, entre os nortenhos, uma mulher pálida com um tronco de madeira imenso — com pelo menos trinta centímetros de grossura e uns seis de altura — apoiado no ombro como se fosse um dardo. Perto dela estavam dois homens com aves mortas penduradas no cinto e espingardas nas mãos e uma menina rolando uma pedra de um lado para o outro no chão usando apenas a ponta do dedo. No lado dos califórnios, um menino de chapéu de caubói encarava os nortenhos enquanto estalava os dedos das mãos, e consegui ver fagulhas elétricas saindo das palmas. Um menino ainda mais jovem estava parado, atento e feroz, com uma bandoleira presa no peito e um sombreiro tão grande que suas orelhas ficavam um pouco amassadas com o peso.

Os dois lados da rua estavam cheios de pessoas armadas — com armas peculiares e convencionais —, e era óbvio que qualquer ato de violência poderia dar início a uma batalha sangrenta.

A srta. Peregrine parou e se virou para a gente.

— Estamos prestes a encontrar os líderes dos clãs — disse. — Não falem nada a não ser que se dirijam a vocês.

Então ela passou pela porta, e nós a seguimos para o que imaginei que fosse um *saloon* — um bar, mesas, o cheiro azedo de cerveja velha.

Devia ter umas dez pessoas lá dentro, reunidas em torno de algumas mesas perto do balcão. Assim que entramos, todos ficaram em silêncio e se viraram para nós. Quando a srta. Peregrine se aproximou de um senhor bem vestido de cadeira de rodas, a srta. Cuckoo parou no nosso caminho e sibilou:

— Esperem aqui. Esse é o sr. Parkins — sussurrou para nós. — É o líder do clã dos califórnios. — Do outro lado do bar, um homem usando um casaco pesado de búfalo encarava Parkins de cara feia enquanto rolava uma moeda entre os dedos. — E aquele é Antoine LaMothe, líder do clã do Norte.

Ao lado dos dois líderes estavam homens que supus serem seus guarda--costas: um estava vestido como um comerciante de peles, o outro como um caubói do Velho Oeste. Havia também uma mulher mais velha, baixinha e elegante, que reconheci como sendo a srta. Wren. Ela conversava em voz baixa com LaMothe.

— E ali está Leo Burnham — disse a srta. Cuckoo. — Que acredito que vocês já conheçam.

Era ele mesmo. Inconfundível com seu terno de risca de giz, chapéu cor de creme e uma gravata roxa. Estava com um cotovelo apoiado no bar, observando a cena com uma expressão vagamente divertida enquanto bebericava um drinque. Tive que resistir a uma vontade poderosa de dar um soco naquela cara feia.

A srta. Peregrine foi se juntar à srta. Wren, que ainda conversava em tom baixo e urgente com LaMothe. Passaram mais alguns minutos discutindo, e chegou a vez de a srta. Peregrine falar. Tentei ler seus lábios, sem sucesso. Mas parecia que ela também não estava se saindo muito bem. LaMothe balançava a cabeça com uma expressão irritada.

Parkins, líder do clã dos califórnios, claramente observava aquela conversa, pois deu um tapa no braço da cadeira de rodas, parecendo furioso.

— É só dar a elas a droga de uma *chance*, LaMothe! — gritou.

LaMothe girou, o rosto ficando vermelho.

— Me devolva a porcaria da minha revolve-terra!

— A gente não *pegou* a porcaria da sua revolve-terra! — bradou Parkins.

Os guarda-costas ficaram tensos, preparando-se para empunhar as armas se fosse preciso.

J. M. Parkins

— Claro que não! — retrucou LaMothe, furioso. — Não é como se você tivesse passado os últimos cinquenta anos reclamando de como precisava de uma!

A cadeira de Parkins andou um pouco sem ser empurrada.

— Nós não pegamos a garota e ponto final! Agora, escutem aqui, é melhor trazerem a nossa garota de volta antes do pôr do sol, ou vão pagar caro por isso!

Franzi a testa, confuso e um pouco desnorteado. Parecia muita coisa para lembrar. Minha cabeça ia de um lado para o outro enquanto os dois líderes dos clãs trocavam ameaças e insultos.

— Por que esperar até o pôr do sol, hein? — vociferou LaMothe. — Pode vir!

Dois guaxinins que estavam se escondendo no casaco de LaMothe surgiram e rosnaram na direção de Parkins. Estavam presos pelos rabos no forro do casaco.

A srta. Peregrine e a srta. Wren pediam aos homens que se acalmassem, e a srta. Cuckoo discretamente nos levou para fora.

Contudo, fomos bloqueados por outro homem de Leo.

Leo Burnham se levantou do bar, parou entre LaMothe e Parkins e berrou:

— CALEM A BOCA!

Por incrível que pareça, todos obedeceram.

— Antoine, você quer mesmo começar uma guerra com Parkins por uma coisa que ele talvez nem tenha feito?

— Ele *com certeza* fez — rosnou LaMothe, o que quase deu início a outra gritaria.

— Deixamos as aves nos arrastarem para essa fenda caipira para resolvermos nossas diferenças, não foi? Então se elas acham que Parkins não é responsável, pelo menos vamos ouvir seus argumentos.

— É exatamente isso que eu estou dizendo! — exclamou Parkins.

— Obrigada, Leo — disse a srta. Wren. — Muito bem colocado.

— Tá bom — disse LaMothe, olhando de cara feia para a srta. Peregrine. — Pode falar.

Leo ergueu o polegar para a gente.

— São esses os investigadores indispensáveis que você trouxe, Peregrine? Os que estão se escondendo na barra da saia da Frenchie?

— Ninguém aqui está se escondendo — falei, determinado, dando um passo à frente.

Vi a expressão de Leo mudar. Ele finalmente tinha me reconhecido.

— Espera aí — disse ele. — *Esse* moleque? — Ele balançou a cabeça, quase rindo. — Você tem coragem, Peregrine.

— Vocês se conhecem? — perguntou LaMothe.

— É um encrenqueiro. E o avô era um criminoso.

Estremeci. Queria dar um soco nele. A srta. Peregrine colocou a mão nas minhas costas como se dissesse: *vou cuidar disso.*

— Você se engana em ambas as afirmações. Posso lhe garantir que Jacob é um dos nossos melhores e mais inteligentes peculiares, e o mais bem-sucedido caçador de etéreos do mundo.

— Tem mais de um? — perguntou Leo, estreitando os olhos para mim.

— Eu consigo vê-los e sentir a presença deles a quatrocentos metros de distância — falei.

Estava prestes a dizer como conseguia controlá-los quando a srta. Peregrine apertou meu ombro e me interrompeu.

— Suas habilidades já salvaram nossa vida muitas vezes — disse ela rapidamente.

Leo pareceu relutante, mas, depois de um momento de incerteza, deixou para lá. A srta. Peregrine com certeza tinha ganhado a confiança dele desde que eu o vira pela última vez, quando ele mal conseguia tolerar a presença dela.

— O que a faz pensar que um etéreo tem alguma coisa a ver com isso? — perguntou Leo, ainda me encarando.

— Experiência e intuição — disse a srta. Peregrine. — Não posso provar, mas acho que Jacob pode. — Ela se virou para encarar Parkins e LaMothe. — E se ele não encontrar nenhuma evidência conclusiva, não vamos ficar mais no seu caminho. Estarão livres para resolver isso da forma que bem entenderem.

— Mas fiquem avisados — disse a srta. Wren, o rosto pálido e sério. — Se começarem uma guerra, as *ymbrynes* não tomarão lados, e as fendas do restante do mundo estarão fechadas a vocês para sempre.

Leo riu.

— O resto do mundo que se dane.

— Eles podem olhar o quanto quiserem — disse LaMothe com raiva, os guaxinins se erguendo para sibilar raivosamente para Parkins. — Já sei bem aonde essa trilha vai dar.

A trilha começava no acampamento dos nortenhos, uma aglomeração de imensas e impressionantes tendas de couro fora da cidade. Algumas eram complexas, com portas e janelas, e uma tinha dois andares — a de LaMothe, provavelmente. Uma estava até suspensa nos galhos das árvores, bem acima de nossas cabeças.

LaMothe nos mostrou a tenda da qual a menina — Ellery — havia sido sequestrada. Ele nos levou até os fundos, que davam para a floresta, e o rasgo feito no couro. Também nos mostrou a cama em que ela dormia quando o rapto aconteceu.

Fora poucas horas antes.

Havia sinais claros de luta — um colchão virado, itens pessoais espalhados pelo chão —, mas nada que eu consideraria típico de um ataque de etéreo. Nenhuma marca cilíndrica, das imensas línguas na grama. Nenhuma marca de mordida feita com dentes longos e afiados. E, para minha decepção, nenhuma poça de resíduo de etéreo — a meleca preta fedorenta que pingava sem parar dos olhos deles. Mas os líderes dos clãs e as *ymbrynes* estavam me observando, e eu sabia que causaria problemas se começasse a parecer frustrado, então fingi examinar atentamente o travesseiro de Ellery e fingi interesse na textura do rasgo nos fundos da tenda.

Enquanto isso, ouvia Emma do lado de fora mostrando fotos dos acólitos, com esperança de que algum deles tivesse sido visto, mas percebi que ela não estava tendo sucesso.

Comecei a ficar preocupado. Tive medo de falhar, de não encontrar uma forma de sairmos daquela fenda se explodisse uma guerra entre aqueles clãs armados até os dentes.

LaMothe também estava ficando frustrado. Ele percebeu que eu não tinha encontrado nenhuma pista e chamou um dos seus criados para me mostrar as evidências que *eles* haviam achado.

— Encontramos isso largado na mata. — Ele tirou uma faca de uma bolsa e a ergueu para mim. — Foi usada para abrir a tenda, dá para ver pela lâmina serrilhada, e é deles.

Ele indicou um símbolo desenhado no punho de couro da faca, que parecia um C envolto por um laço trançado.

— É nossa — admitiu Parkins —, mas não sabemos como foi parar lá.

— Até parece que não!

— Pode ter sido roubada! — argumentou Parkins. — Plantada pelos acólitos! O guarda-costas de LaMothe deu um passo à frente.

— E as marcas na terra? — questionou. — Elas levam direto para o seu acampamento!

— Podem ser falsas! — gritou Parkins. — Oras, talvez *vocês* tenham feito as marcas para justificar pegarem um dos *nossos*!

Os ânimos na tenda estavam prestes a estourar.

— Calma, calma, senhores! — disse a srta. Wren, parando entre os dois homens nervosos. — Tenho certeza de que Jacob vai provar o que dissemos!

— Quase achei algo! — menti, só para tentar ganhar tempo. — Só preciso de mais uns minutos!

A srta. Peregrine parou do meu lado.

— Espero que não esteja mentindo — sussurrou.

Fiz uma careta.

Sua expressão ficou pálida.

Por um momento, ela pareceu desesperada, mas então uma fagulha do que parecia ser inspiração surgiu no seu rosto.

Ela se virou para os outros.

— Com licença! — exclamou. — O sr. Portman encontrou algo! Por favor, nos sigam!

Ela marchou tenda afora, me chamando com o dedo.

— Bem como eu suspeitava! — disse ela, fingindo animação. — Uma trilha clara de resíduo ocular!

— *De quê*? — perguntou LaMothe.

— Do líquido que pinga dos olhos dos etéreos. Todos eles soltam constantemente um líquido de aparência oleosa pelos olhos. Só Jacob consegue ver isso, e ele encontrou. Está indo nessa direção!

— Jacob, que bom! — disse Emma, o rosto pálido voltando a corar.

Enoch me deu um soquinho no ombro.

— Eu sabia que você não era um inútil completo.

Aquilo não fazia o menor sentido. O que será que a srta. Peregrine estava tramando?

— Você vai encontrar os pingos perto das árvores — sussurrou ela no meu ouvido.

Sem ter opção, obedeci e fingi que estava seguindo uma trilha. Caminhamos pela beirada da floresta, com a srta. Peregrine ao meu lado. Quando esses caubóis e homens das cavernas irritados finalmente percebessem que eu estava inventando tudo aquilo, tinha quase certeza de que alguém ia acabar me dando um tiro. Não demoraria muito; todos estavam muito tensos.

LaMothe começou a reclamar.

— O que é mais provável? — dizia. — Que algum monstro invisível tenha levado minha Ellery e usado Parkins e o pessoal dele como bode expiatório? Ou que esses califórnios malditos finalmente tenham sequestrado a menina? Todo mundo sabe o quanto eles precisam de um revolve-terra; são péssimos fazendeiros e não conseguem fazer nada crescer.

— Preciso confessar algo — interrompeu Leo, que estava estranhamente calado até o momento. — Eu não queria contar isso, porque não é uma coisa da qual me orgulhe, mas nós sofremos o ataque de um acólito faz poucos dias. Entraram no meu quartel-general com um etéreo e roubaram uma peculiar feral muito promissora bem debaixo do meu nariz. Dentro da minha *casa*.

— Você *viu*? — perguntou Parkins, se virando na cadeira de rodas que flutuava alguns centímetros acima do solo irregular, empurrada pelo guarda--costas.

— Não, John, os troços são invisíveis. Mas vi um homem ser jogado a metros de distância. E o fedor era inacreditável...

Ah, meu Deus, pensei. Burnham achou que H. era um acólito. Fazia sentido. H. estava comandando aquele etéreo, como um acólito faria, e, quando encontraram o corpo, ele estava sem os olhos — logo, sem pupilas —, o que escondia qualquer prova do contrário.

— Mas isso não faz sentido — argumentou LaMothe. — Por que levar Ellery? Tem peculiares mais fáceis de sequestrar. Os acólitos têm terras para cultivar e plantações para fazer crescer?

— É só para causar caos — respondeu a srta. Wren, cansada. — Quando o restante do mundo peculiar está em caos, eles aproveitam. Quando estamos distraídos, eles podem seguir com o trabalho de verdade.

— Que é...? — perguntou LaMothe.

Ela suspirou.

— Bem que gostaríamos de saber.

Esse tempo todo eu continuava fingindo seguir pingos de meleca ocular. A srta. Peregrine estava concentrada nas árvores, e duas vezes ela viu algo lá que fez com que me cutucasse para uma direção um pouco diferente.

Então eu vi algo. *De verdade*. Quase não acreditei.

Um pedaço de grama amassado mais ou menos do tamanho de uma pegada, e, no meio, uma mancha preta. Parei de repente e me abaixei para examinar.

— O que foi, rapaz? — perguntou Parkins.

— Resíduos! — respondi, animado, antes de conseguir me segurar. — Quer dizer, agora é uma poça bem grande.

Enfiei o dedo na meleca. Estava mole, ainda úmida, e a pele do meu dedo começou a arder e latejar.

Droga. Aquela porcaria era ácida. Antes de limpar o dedo, aproximei a mão do nariz e funguei, quase vomitando com o fedor inconfundível de carne podre.

Definitivamente um etéreo.

E não qualquer um, mas o que eu tinha tirado da arena de esportes sanguinários. O que até pouco tempo estava fazendo o Polifendador funcionar.

— Eu conheço esse — falei. — Reconheço o cheiro.

— Que nem um maldito cão de caça — comentou Leo, impressionado.

Olhei para a srta. Peregrine sem acreditar. *Como você sabia?*

Ela apenas sorriu.

Segui o rastro — o real — bem rápido. Os pingos estavam mais próximos nos lugares em que o etéreo reduzira a velocidade, e mais distantes quando correra. Eu nem sempre precisava ver as manchas com os olhos para saber onde estavam; às vezes sentia apenas o cheiro. Descobri que conseguia sentir o cheiro a mais de três metros de distância.

A trilha seguiu até a mina, mas desviou da entrada e fez uma curva, e foi aí que encontrei uma poça de meleca de etéreo de quase meio metro de diâmetro. Ele ficou esperando ali um bom tempo.

Eu me inclinei para ver mais de perto quando ouvi LaMothe chamar seu guarda-costas. Eles se abaixaram, examinando algo no chão, então se levantaram, e LaMothe estendeu a mão para a srta. Peregrine. Havia algo pequeno e branco se remexendo na palma da mão dele.

— O que é isso? — perguntou ela.

— É uma das minhocas de Ellery — explicou ele. — Saem do tapa-olho dela quando fica nervosa, sabe?

— Então podemos afirmar que ela estava aqui. Assim como o etéreo.

— Bem, isso prova tudo, então! — disse Parkins. — Foram os acólitos e os etéreos. Eles tiraram a menina da fenda.

— Mas alguém teria visto eles saindo — retrucou Leo. — Temos guardas a postos.

— Não se eles foram por esse caminho — disse LaMothe, indo até um pedregulho enorme ao lado da colina. — Me ajudem a empurrar.

Precisamos de sete pessoas para conseguir empurrar o pedregulho alguns metros para o lado. Atrás dele, havia um túnel escuro.

— Pelos meus bigodes — reclamou Parkins. — Isso é uma trilha para dentro da mina?

— E para fora da fenda — completou Leo.

— Um etéreo não teria problemas em mover essa pedra — comentei.

— Bem, acho que isso explica tudo, não? — disse Parkins, nervoso. — Agora, LaMothe, é bom o seu pessoal devolver minha menina, e rápido.

O outro riu.

— Ah, mas isso ainda não acabou. Só acaba quando a gente encontrar a Ellery.

Parkins estava praticamente vibrando de frustração.

— Ora, escute aqui, LaMothe... Você não vê o Burnham atrapalhando as negociações porque os acólitos tiraram um feral *dele*...

— Isso é diferente. Este foi um ataque orquestrado contra mim enquanto era para a gente estar negociando a paz.

— Sr. LaMothe, sejamos razoáveis — pediu a srta. Wren.

Ele se virou para ela.

— Certo, vejamos, então. Vocês disseram que os responsáveis são os mesmos etéreos que fugiram da sua prisão. Então ou vocês não conseguem manter a própria casa em ordem, ou tenho que supor que vocês os deixaram escapar de propósito.

— Que absurdo! — exclamou a srta. Wren.

— Ele tem razão — interrompeu Leo. — Era para vocês, *ymbrynes*, terem colocado um ponto final nessa história de acólitos e seus monstros há meses. Mas agora vocês vêm me dizer que eles estão à solta de novo? Como podemos confiar em gente tão incompetente?

LaMothe virou os guaxinins raivosos para mim.

— Você é o melhor rastreador do mundo, não é? É bom que seja mesmo.

LaMothe deu um passo à frente e enfiou um papel nas minhas mãos. Era a fotografia de uma menina de tapa-olho, usando um vestido preto que engolia a parte de baixo do corpo.

— Não. — A srta. Peregrine tirou a foto de mim. — Jacob não está envolvido nisso.

— Foi você quem o trouxe até aqui — argumentou LaMothe, os olhos ardendo como brasas. — Arrume essa bagunça, Peregrine. Traga minha garota de volta. Ou pode esquecer qualquer negociação de paz.

CAPÍTULO SETE

— *S*into muito, Jacob. Eu me arrependo muito de tê-lo colocado nessa situação.

A srta. Peregrine, Emma e Enoch me acompanhavam pelos túneis enquanto eu seguia a trilha de resíduo de etéreo. Era fácil segui-la ali, mas e quando a gente saísse da fenda?

— E se eu não conseguir? — perguntei. — Nunca rastreei um etéreo assim. Não sou que nem Addison, que consegue sentir o cheiro de peculiares de longe...

— O que você consegue fazer é ainda melhor: consegue senti-los.

As marcas levavam à entrada da fenda usada pelos americanos — outro elevador —, que subia em uma viagem bem mais confortável até o presente. Saímos em uma recepção cheia de turistas.

— Espero que tenham se divertido bastante! — exclamou um guia sorridente que grudou na minha camisa um adesivo que dizia: *Eu visitei a Mina de Antigamente e só ganhei este adesivo!*

Próxima à saída havia uma mancha preta no carpete. O etéreo saíra por ali, para o presente.

A trilha de resíduo continuava do lado de fora, seguindo pela calçada e virando uma esquina. Estava cada vez mais fácil para mim segui-lo, e depois de um tempo eu mal tinha que procurar — meu nariz e, mais que isso, uma sensação no fundo do estômago, me diziam para onde ir. Eu me sentia um desenho animado antigo seguindo o cheiro de uma torta que esfriava na janela.

Passamos pela multidão do centro da cidade, e por um momento me preocupei, achando que as roupas antiquadas dos meus amigos fossem chamar atenção, até começar a notar o ambiente ao meu redor. Havia pessoas com fantasias de Velho Oeste, de caubói da cabeça aos pés, com vestidos de madame antigos, indo de um lado para o outro. Vários dos prédios antigos tinham sido preservados. O que antes era uma cidade sem lei da fronteira se transformara em algo como um parque temático, onde era possível tirar uma foto fantasiado, comprar botas de caubói, chapéus e ossos falsos de búfalo em lojas de souvenirs, além de assistir a encenações dos famosos duelos. Um estava acontecendo na praça bem naquele momento, uma multidão de turistas com a pele avermelhada de sol torcendo pelos duelistas com seus filhos irritados e distraídos. Toda aquela agitação lembrava o impasse bastante real que ainda se desenrolava na fenda — e me dei conta de que aquela cidade era o disfarce perfeito para a entrada de uma. Pessoas andando com roupas estranhas não chamavam atenção alguma ali.

— Isso é divertido para os normais? — perguntou Enoch. — Assistir a pessoas *fingindo* se matar?

— Fiquem de olhos abertos — sussurrou Emma, observando os rostos na multidão. — Murnau e os outros acólitos ainda podem estar por aqui. É melhor os encontrarmos antes que eles nos encontrem.

Isso logo me trouxe de volta à realidade. No momento estávamos caçando os acólitos, mas, se eles percebessem aquilo, iam começar a nos caçar também. A ideia trouxe à tona uma pergunta que estava me incomodando antes, mas que não pude fazer na frente dos americanos.

— Srta. Peregrine, como você descobriu o lugar em que o resíduo do etéreo estava?

Emma se virou para a gente, os olhos arregalados.

— Como assim?

— Não tinha resíduo nenhum na tenda — falei. — Eu inventei. O rastro de verdade começava quase trezentos metros depois. Mas, de alguma forma, você me levou direto para lá.

Eu a encarei, à espera de uma resposta, que veio com um sorriso misterioso.

— Enquanto inspecionávamos a cena, percebi que os acólitos nunca entraram na fenda de Marrowbone. Eles mandaram o etéreo… junto com outra pessoa. Alguém que não atrairia muita atenção. Foi essa pessoa que entrou na tenda e sequestrou a menina, arrastando-a para o ponto em que o etéreo esperava. Foi aí que você encontrou a trilha de resíduos.

— Mas como você encontrou *essa pessoa*?

— Intuição de *ymbryne*.

Enoch gemeu.

— Ah, não pode ser!

— Tudo bem. Percebi pegadas leves, mas estranhas, indo e saindo dos fundos da tenda. As pegadas eram de uma sola de alta tração, não das botas que os califórnios usam, nem dos mocassins dos nortenhos, ambos com solados lisos. Essas pegadas seguiam para a floresta.

— Você está sempre nos surpreendendo, srta. Peregrine — disse Emma.

— Então quem é essa pessoa? — perguntou Enoch.

— Pelo tamanho das pegadas e, bem, baseada em minha intuição de *ymbryne*, suspeito que seja uma menina mais ou menos da mesma idade e altura de Ellery. Só continue seguindo a trilha do etéreo. Esses acólitos não vão a lugar algum sem seus etéreos, e duvido de que suspeitem de que estejam sendo rastreados desta forma. Você tem essa vantagem... pelo menos por enquanto.

— Só é uma vantagem se eles continuarem a pé — comentei. — Se pegarem um carro...

Eu estava esperando que a trilha acabasse a qualquer momento, parando em um estacionamento numa vaga vazia.

— Preso num carro com um etéreo — comentou Enoch. — Que imagem horrenda.

— Horrenda ou não, eu não conseguiria rastrear isso. Não haveria resíduo para seguir, e o cheiro ficaria fraco demais. — Suspirei. — Minhas habilidades de rastreio não são tão boas assim.

A srta. Peregrine ergueu uma das sobrancelhas para mim.

— Acho que o senhor vai se surpreender, sr. Portman. Veja para onde o senhor nos trouxe.

Ergui os olhos. A trilha seguia direto para um terminal de ônibus.

— Sério? — comentou Emma. — Eles enfiaram um etéreo em um ônibus?

— Não acredito — falei.

Entramos. Era um lugar cinzento e deprimente que provavelmente não via uma vassoura desde 1970. Mendigos ocupavam os cantos; todo mundo parecia irritado e cansado. Segui uma trilha leve de resíduo de etéreo até a área de embarque, onde finalmente os rastros desapareceram.

Inacreditável. Eles pegaram *mesmo* um ônibus.

Comecei a procurar meus amigos, então vi Emma, correndo na minha direção de olhos arregalados.

— Alguém reconheceu um deles! — exclamou, acenando com as fotografias dos acólitos, então puxou meu braço até a cabine de compra de passagens.

— É, eu vi esse pessoal, sim — disse o homem no balcão, entediado. — Faz algumas horas. Pegaram o ônibus das cinco para Cleveland.

Ele voltou a atenção para o jogo de basquete que estava vendo no celular.

A srta. Peregrine bateu no vidro.

— São quantas paradas daqui até Cleveland?

O homem suspirou, pegou um papel na mesa e o jogou no balcão.

— Esse é o itinerário.

Ela leu.

— Cinco paradas — disse. — Em uma viagem de mais ou menos mil e quinhentos quilômetros. — Ela bateu no vidro de novo. — Quando parte o próximo ônibus para Cleveland?

— Em quarenta e cinco minutos — respondeu o homem, sem erguer os olhos.

Ela se virou para mim com um sorriso satisfeito.

— Viu, sr. Portman? Bem quando o senhor ia perder a esperança.

— Vamos parar nos mesmos lugares que eles — disse Emma. — Você pode procurar a meleca de etéreo…

Ela esfregou as mãos, animada como sempre ficava quando a gente bolava um plano, ou quando um problema impossível começava a parecer solucionável. Era uma das coisas que eu amava nela, e sempre amaria.

Enoch resmungou:

— E eu que estava torcendo para a gente passar a noite nas nossas camas…

— Pode voltar, se quiser — falei. — Ninguém está obrigando você a vir.

— Ele vem, sim — interrompeu Emma. — Só não consegue deixar passar uma oportunidade de reclamar.

* * *

Encontramos uma área vazia no saguão de espera e nos sentamos em um daqueles bancos com uma pequena televisão a ficha presa ao braço, embora o aparelho estivesse quebrado. Minha cabeça parecia pesar uma tonelada. Latejava de tanto estresse, mas era bem capaz que eu caísse no sono naquele banco de metal se me deitasse. Tudo no nosso mundo estava de cabeça para baixo e caindo aos pedaços, mas Emma e Enoch continuavam rindo de algo que viram os normais usando na cidade, e a expressão da srta. Peregrine continuava plácida, pensando em sei lá o quê. Talvez estivessem tão acostumados a viver sob a ameaça de múltiplas catástrofes que aquilo não os afetasse tanto — mas eu não aguentava.

— Por que vocês têm tanta certeza de que vou conseguir fazer isso? — falei, lutando para esconder minha frustração.

— Porque você é o Jacob — respondeu Emma.

— Eu nunca disse que você ia conseguir — disse Enoch. — Mas parecia mais interessante do que ficar olhando atlas com Millard o dia inteiro.

Eu me virei para a srta. Peregrine, nossa rocha de sanidade e sabedoria.

— O que vai acontecer se eu perder a trilha e não conseguir encontrá-los? O que vai acontecer se não conseguirmos levar a menina de volta?

Por favor, diga que não vai ser tão ruim assim. Que o mundo não vai acabar se eu falhar.

— O que vai acontecer? — Ela suspirou. — Os americanos podem perder a fé em nós, cancelar as negociações de paz e voltar a brigar entre si. Ou podem declarar uma guerra de imediato, não importa o que façamos.

Ela falou isso de forma tão casual que meu queixo quase caiu.

— Srta. Peregrine, me perdoe, mas não parece que a senhorita se importe muito — comentou Emma.

— Eu me importo muitíssimo — respondeu. — E eu e as outras *ymbrynes* estamos fazendo o possível para manter as negociações em curso não importa o que aconteça. Mas nós só podemos controlar as coisas até certo ponto. Os americanos precisam *querer* a paz. Não podemos forçá-los. E mesmo se forjarmos um acordo de paz perfeito, sempre é possível que isso acabe de um dia para o outro.

— Então por que estamos fazendo isso? — perguntou Enoch. — Se talvez não faça diferença, por que vamos tentar resgatar a menina?

Sua expressão plácida sumiu e seus olhos se estreitaram.

— Porque não é com a menina que me importo. É com os acólitos.

Agora Emma parecia chocada. A srta. Peregrine não costumava falar de forma tão direta. Mas parecia que ela havia decidido nos tratar como adultos.

— Esse sequestro não foi aleatório. Não acredito na teoria da srta. Wren. Acho que esse sequestro tem outros objetivos além de causar o caos e sabotar as negociações de paz.

— E quais seriam? — perguntei.

— Siga os acólitos. Observe-os. Talvez assim nós descubramos.

— E a menina? — perguntou Enoch.

— Tragam-na de volta se possível, mas não se arrisquem sem necessidade. Posso suportar fracassos pessoais, mas não vou suportar perder um de vocês.

— E o que a senhorita vai fazer enquanto estivermos nessa missão perigosa? — perguntou Enoch.

— Vou observar.

Emma pareceu surpresa.

— A senhorita não vem com a gente?

— Não exatamente — respondeu a srta. Peregrine. — Mas não estarei muito longe. Ah... e quero que levem Hugh com vocês.

Enoch ergueu uma das sobrancelhas.

— Isso não faz sentido.

— Ele consegue chegar aqui em meia hora? — perguntei, olhando para o relógio na parede.

— Deve chegar a qualquer minuto — disse ela. — Mandei chamá-lo faz algum tempo.

E, bem naquele momento, Hugh entrou no prédio, ao lado de Ulysses Critchley. Ele acenou para a gente, sorrindo, do outro lado do salão.

— Por que Hugh? — perguntou Enoch, baixinho. — Se a senhorita acha que precisamos de reforços, por que não, sei lá, Bronwyn?

— Porque Hugh é capaz e altruísta — respondeu ela. — E sinceramente? Ele precisa se aventurar um pouco para parar de pensar um pouco na Fiona.

Era verdade. O pobre coitado passava o tempo todo pensando nela.

◆ ◆ ◆

O nome e a logo da empresa de ônibus tinham sido roubados de um personagem da literatura infantil (ele voava, tinha uma amiga fada e vivia numa ilha em que ninguém envelhecia), e o desenho dele estava no ônibus, sorrindo com um chapéu de pena, contrastando comicamente com a estação imunda.

Antes que eu pudesse entrar com meus amigos no ônibus, a srta. Peregrine me puxou para um canto.

— Você sonhou com ele, não foi? Com meu irmão.

Eu me esqueci de respirar por um momento.

— Sim.

— Mas parece mais que um sonho — falou ela. — Como se ele estivesse na sua mente.

Eu assenti de forma robótica.

— Sim. Sim.

— Eu tive esses sonhos também.

— *Sério?*

— Ele pode estar tentando falar conosco através dos sonhos. Para nos torturar. As duas pessoas que ele mais odeia no mundo, que ele culpa pela sua queda. Mas acredite, Jacob: nos provocar com visões é *tudo* que ele pode fazer.

— Tem certeza? — perguntei. — E se estiverem tentando trazê-lo de volta?

Ela balançou a cabeça com firmeza.

— Impossível. Ele está preso em um buraco muitíssimo profundo para sempre. Isso eu posso lhe garantir.

— Mas isso não quer dizer que eles não vão tentar libertá-lo — falei. — Você acha que é isso que estão tentando fazer? Salvar Caul?

— Por favor, fale baixo — pediu ela, olhando em volta. — E não deixe sua imaginação correr solta. Lembre-se de que Bob, o Revelador, previu muitas coisas que *nunca* aconteceram. Então vamos nos concentrar na tarefa atual e não pensar muito nisso. Por favor, não comente com os outros.

Assenti.

— Está bem.

— Mas da próxima vez em que ele aparecer nos seus sonhos... *me conte.*

O ônibus deu a partida. Meus amigos acenaram da janela.

Então entrei correndo.

❖   ❖   ❖

— Trouxe uns presentinhos — disse Hugh, procurando na bolsa em seu colo. Estávamos no ônibus havia apenas alguns minutos. Enoch já tinha dormido, mas a curiosidade para ver os presentes o despertou. Emma e eu nos inclinamos nos bancos do outro lado do corredor. — Quando todo mundo descobriu que eu vinha, me deram algumas coisas para entregar a vocês. Claire mandou sanduíches de carne assada. — Ele tirou vários, embrulhados em papel-alumínio, e distribuiu. — Algumas roupas de baixo e meias extras, cortesia de Bronwyn. Ah, isso é ótimo: dois suéteres de lã de carneiros peculiares do Horace.

— Legal! — comemorou Enoch. — Eu estava me perguntando o que tinha acontecido com esses.

— Eles foram um pouco danificados pelos cupins, mas Horace consertou nas horas vagas.

— Eles protegem de tiros, mas não de cupins? — perguntou Emma.

— Os cupins do Recanto do Demônio comem metal — explicou Hugh.

— E carne, pelo que ouvi falar — disse Enoch. — Uma espécie incrível.

Hugh ergueu um livro amassado.

— O exemplar de Olive de *Planeta peculiar: América do Norte*. — Ele balançou o livro, e um documento caiu das páginas. — Millard também mandou um mapa recente das fendas americanas. Ah, e isso é para você.

Ele me entregou uma caixinha.

— De quem?

Hugh deu uma piscadela.

— Adivinha.

Havia um recado na tampa escrito em uma caligrafia bonita e redonda: *O nascer do sol que você perdeu.*

Abri. Um filete de luz âmbar se ergueu da caixa, brilhando como vaga-lumes. A luz rodopiou ao meu redor e então desapareceu. Fiquei com uma sensação de formigamento agradável no rosto.

— Nossa — disse Hugh. — Que lindo.

— Foi mesmo — concordou Enoch.

— Alguém podia ter visto — resmungou Emma, mas os outros poucos passageiros do ônibus estavam ou olhando para as telas dos celulares, ou observando a paisagem, então ninguém notara o que aconteceu.

— Não precisa ficar com ciúme — provocou Enoch. — Não combina com você.

— O quê? Eu n-não... — gaguejou ela, franzindo a testa. — Ah, *cala a boca.* Emma se levantou e foi para outro banco.

— Não ligue para ela — comentou Enoch. — Sempre leva um tempo para superar as coisas. Ela ficou se lamuriando sobre o Abe por meio século.

— Posso ver o mapa das fendas? — perguntei, ansioso para mudar de assunto.

Eu me espremi entre Enoch e Hugh, e abrimos o mapa no nosso colo, logo nos distraindo com a estranheza daquilo.

Eu já tinha visto mapas de fendas feitos em caligrafia dourada ou em atlas de capas de couro que pesavam uma tonelada. Já tinha visto mapas rabiscados atrás de cardápios de restaurantes, traçados por cima de outros mapas, rotas indicadas com alfinetes e linhas. Mas nunca tinha visto algo assim. Era um mapa de verdade, moderno, como o que você compraria em uma loja de conveniências durante uma viagem. O mais estranho era que havia propagandas nas laterais. Propagandas de *fendas.* Pareciam postos de parada: combustível, comida, acomodações... com algumas vantagens peculiares.

Comida quente a qualquer hora, dizia um. *Acomodações confortáveis.*

Outro se gabava: *Dia sem desastres! Clima perfeito, normais pacíficos. Venha conhecer e se encantar!*

Outro: *Guardas armados garantem uma estadia relaxante.*

Um outro tinha até um cupom: *10% de desconto!*

— Que país bizarro é este? — perguntou Hugh.

— Um país sem *ymbrynes* — disse Enoch.

O mundo peculiar era muitas coisas, mas nunca tinha pensado nele como tão capitalista. O mundo peculiar nos Estados Unidos sem dúvida era bem diferente daquele com que eu me acostumara na Europa. Isso já havia ficado claro para mim de mil formas diferentes desde que eu tinha conhecido H., algumas semanas antes, mas esse fato voltava a me surpreender de vez em quando.

— Uma fenda hotel — disse Enoch, sonolento. — Parece ótimo.

— Não crie expectativas — falei. — Não acho que os acólitos estejam interessados em conforto.

— Bom, eles vão ter que parar em algum lugar — falou Enoch. — A menina sequestrada é de uma fenda. Ela vai envelhecer se não voltarem.

— Você supõe que precisam mantê-la viva — comentou Hugh.

— Eles tiveram muito trabalho para capturá-la — argumentou Enoch. — Tenho certeza de que não estão planejando deixá-la virar uma pilha de ossos empoeirados.

Continuamos nossa jornada. O sol começou a se pôr. Enoch e Hugh ficaram entretidos usando as abelhas de Hugh para incomodar os outros passageiros. Dava para ver que Enoch estava se esforçando para deixar Hugh animado, o que me fez gostar um pouco mais dele. Enoch era legal, apesar de se esforçar muito para ser um babaca.

Voltei para a minha poltrona e adormeci com um dos suéteres de Horace embolado entre a minha cabeça e a janela. Foi um sono inquieto, cheio de sonhos estranhos dos quais não consegui me lembrar depois.

♦ ♦ ♦

Acordei de supetão. Alguém tinha se sentado ao meu lado.

Emma.

Ela apertava as mãos, parecia tensa. Deu uma olhada por cima do ombro para se certificar de que Enoch e Hugh não estavam ouvindo e, quando viu que eles estavam dormindo, começou a falar.

— Precisamos conversar sobre... o que aconteceu entre a gente.

Isso me despertou na mesma hora.

— Ah — falei, esfregando os olhos. — Tudo bem. Mas achei que a gente meio que tinha...

Concordado em não falar sobre isso.

— Tenho tentado não pensar no assunto. Tentei ignorar, fingir que estava tudo bem. Fingir que a gente era só amigo. Mas não está funcionando.

— Isso é bem óbvio.

Toda vez que alguém menciona a Noor você fica brava.

— Só queria dizer de novo que sinto muito. Sinto muito pelo que fiz. Não devia ter ligado para ele.

Uma mistura de emoções complicadas surgiu no meu peito. Parecia algo tão pequeno quando ela falava assim. Eu havia terminado tudo por causa de uma ligação. Parte de mim ainda se perguntava se eu tinha exagerado. Se tinha partido o coração dela por algo insignificante.

— Você tem feito muito isso? — perguntei. — Ligar para o Abe?

— Não. Foi só aquela vez, na estrada. Queria me despedir.

Eu não sabia se acreditava nela. Ou se me importava. De repente, senti de novo o mesmo que tinha sentido naquele dia: a certeza triste de que ela nunca fora minha, e nunca seria. De que eu menti para mim mesmo porque amava a ideia de que alguém como Emma poderia me amar.

— De certa forma, fico feliz que você tenha feito aquilo. Fez com que eu encarasse algo que não queria enfrentar.

— O quê? — perguntou ela, tímida.

— Você mesmo disse alguns dias atrás. Eu não sou Abe, nem nunca vou ser.

— Ah, Jacob. Desculpe por ter dito isso. Eu estava brava.

— Eu sei. E é por isso que você se permitiu ser tão honesta. Porque a verdade é que você ainda o ama.

Ela ficou em silêncio. Essa foi a resposta dela.

Era simples.

Emma tinha se apaixonado por mim porque eu a fazia se lembrar muito de Abe. Eu não havia partido seu coração, porque ele nunca tinha sido verdadeiramente meu.

— Não quero que você me odeie — falou, baixando o rosto. Parecia muito jovem naquele momento, sob aquela luz. Fiquei triste por ela.

— Eu jamais odiaria você.

Emma apoiou a cabeça em meu ombro, e eu deixei.

Já estava escurecendo lá fora. Observei o último resquício do sol rubro sumir atrás de algumas montanhas além da estrada, a paisagem ao redor sendo banhada por um tom azul tristonho.

— Então, o que Abe falou? — perguntei. — Sobre o que conversaram quando você ligou para ele?

— Ele não falou nada, na verdade. — Emma suspirou. — Ficou bravo. Disse que eu não deveria ter ligado.

— Você não conseguiu se segurar.

Ela respondeu tão baixo que mal consegui ouvir:

— *Ele disse que eu tinha interrompido o jantar. E desligou.* — Quando olhou para mim, havia lágrimas em seus olhos. — Eu me senti tão idiota. Então tive que voltar para o carro onde você estava esperando e fingir que nada tinha acontecido.

Uma pontada de dor atingiu meu peito, então um pensamento que não previ me passou pela cabeça: *Será que meu avô era meio babaca?*

Passei o braço em volta dos ombros dela e disse:

— Sinto muito, Em.

— Não sinta. Eu precisava ouvir aquilo. Para enfim poder deixá-lo para trás. Enfim. Mas já era tarde demais para nós.

— Sei que as coisas não vão voltar a ser como eram. Mas também éramos amigos, e nossa amizade era verdadeira e valiosa.

— Ainda é — respondi.

Algo se soltou nela, e seus ombros começaram a tremer.

Eu estava falando sério.

Ainda acreditava que todas as coisas lindas que sentia por ela eram verdadeiras. Só não significava que eu estava apaixonado por ela, não mais.

— Obrigada — disse Emma, fungando. — Então, como fazemos isso?

— Assim — falei, abraçando-a. — Agora a gente devia dormir.

◆   ◆   ◆

Senti alguém cutucando meu braço. Emma sussurrou:

— *O ônibus parou.*

Pisquei, sonolento. Já era noite, e tínhamos parado em algum lugar no meio do nada em Iowa.

— Depois de você, Jacob — disse Enoch, me empurrando pelo corredor em direção à porta.

Saí, procurando no chão algum resíduo de etéreo. Nada. Não tinham parado ali.

Entramos na estação, que tinha uma praça de alimentação pequena que ficava aberta vinte e quatro horas. Enoch e Hugh compraram cachorros-quentes borrachudos. Emma comprou um burrito de feijão com queijo. Todos estavam envelhecendo um dia de cada vez agora — adolescentes em corpos em crescimento pela primeira vez em quase um século —, e por isso estavam sempre com fome. Mas meu estômago estava embrulhado, e só de pensar em comer eu ficava enjoado. Era estranho, pensei, como às vezes meus amigos pareciam tão velhos, mas às vezes eu me sentia ainda mais velho que eles.

Entramos no ônibus de novo e seguimos viagem.

Eu estava cochilando e acordando em um sono agitado quando, em algum momento antes do nascer do sol, Emma me acordou.

Estávamos parados no meio da rodovia, o ônibus preso em um longo engarrafamento. Em algum ponto à nossa frente dava para ver as luzes dos veículos de emergência.

Tive uma sensação ruim.

Três faixas da rodovia se transformaram em uma. Aos poucos, a cena surgiu: um acidente feio. Alguns carros de polícia, ambulâncias, um caminhão dos bombeiros. Policiais indicavam o caminho para os motoristas. Um clima soturno se alastrava pelo ambiente. Meus olhos involuntariamente seguiram a confusão de marcas pretas de pneus, passando por uma multidão de lanternas, até a traseira de um ônibus batido.

— *Ah, meu Deus* — sussurrou Emma, o rosto manchado pelas luzes vermelhas e laranja.

— Será que é o mesmo ônibus? — perguntou Hugh. — O que *eles* pegaram?

— Melhor a gente descobrir — falei.

O trânsito tinha parado de vez. Saí do ônibus na frente dos meus amigos, forçando a porta apesar das reclamações do motorista.

— De jeito nenhum a polícia vai deixar a gente bisbilhotar a cena de um acidente — falei.

— Você se surpreenderia com o que pode fazer se agir como se pertencesse ao lugar — disse Emma.

Havia alguns paramédicos ainda perto da batida, mas parecia que já fazia algumas horas desde o acidente, e os feridos já tinham sido tirados dali havia muito tempo.

O ônibus estava caído de lado como um gigante morto, a lataria amassada e dilacerada brilhando sob as muitas luzes. Parecia que tinha derrapado para fora da pista e caído em uma vala perto de um bosque. Não encontramos outros veículos batidos por perto. O ônibus parecia ter perdido o controle sozinho.

Não demorei muito para encontrar a trilha do resíduo de etéreo. Estava espalhado pelo ônibus inteiro, seguindo da batida até o bosque. Não havia policiais nem médicos ali. Nada além de árvores escuras.

Segui a trilha com meus amigos para dentro do bosque. Após uns dez metros, Emma acendeu uma chama entre os dedos para iluminar nosso caminho.

Passamos por uma pilha de lixo. Um arbusto espinhoso. Então a encontramos, caída em uma montanha de folhas.

A menina. Ellery.

Ela estava morrendo. Tinha um corte feio na cabeça. Sua perna estava quebrada, presa embaixo do corpo.

Corremos até ela.

— Precisamos de ajuda! — gritou Emma, e Hugh saiu correndo para buscar um dos paramédicos.

Ellery era magra e pálida. Só tinha um olho, e o tapa-olho que cobria o outro desaparecera, restando apenas um buraco franzido e escuro no lugar.

Enquanto esperávamos a ajuda chegar, tentamos descobrir o que tinha acontecido, mas Ellery estava desorientada, a consciência indo e vindo.

— Eles queriam que eu chorasse — dizia ela. — Os homens de olhos brancos. Eles me fizeram chorar.

Enquanto dizia isso, uma minhoquinha branca saiu do buraco do seu olho, rolando pelo rosto e caindo no chão, onde notei mais uma centena delas, se remexendo entre as folhas.

Quase vomitei. Emma e Enoch não pareceram se importar.

— Eles a roubaram — disse Ellery, chorando outra vez. — Eles a tiraram de mim.

— Quem? — perguntou Emma.

— *Maderwurm* — sussurrou ela, com a voz trêmula. — Ela vai morrer. Não pode ficar do lado de fora.

Emma, Enoch e eu trocamos um olhar de pânico.

— Onde estão os homens agora? — perguntei.

— Foram embora — respondeu. — Você vai matá-los?

— Ah, com certeza — afirmou Enoch.

— Não machuquem a menina. Ela não quer fazer as coisas que faz. Eles a obrigam.

— Que menina? — perguntei.

— Foi ela que fez isso. Ela parou o ônibus.

— Como?

— Com as cordas. E ela me deu as flores mais lindas...

Ellery começou a sofrer uma convulsão bem quando os paramédicos chegaram. As lanternas iluminaram tudo e, em um segundo, fomos empurrados para o lado para que eles pudessem ajudá-la.

Ela estava gemendo e se contorcendo, e havia alguma outra coisa acontecendo, embora minha visão estivesse bloqueada pelos paramédicos e eu não conseguisse ver o que era. Ouvi um deles xingar quando o grupo se afastou dela de supetão.

— O que diabo está acontecendo? — perguntou alguém.

De repente, consegui vê-la de novo.

Ellery estava se contorcendo violentamente, e parecia haver um casulo de linhas prateadas se formando ao seu redor.

— Caramba! — disse Enoch. — Ela está começando a envelhecer!

Era cabelo, crescendo a uma velocidade inacreditável e indo de castanho para prata e então para branco.

Um vento repentino começou a agitar as árvores, e quando olhamos para trás vimos um helicóptero pousar numa clareira. Nós nos abaixamos, confusos, sem saber o que fazer. Várias pessoas saíram do helicóptero e correram até nós.

Eram os americanos. LaMothe e o guarda-costas, correndo pelo bosque gritando o nome de Ellery. A srta. Peregrine, a srta. Wren e a srta. Cuckoo estavam logo atrás deles, e mal olharam para nós. Os paramédicos foram expulsos — eles já estavam prestes a fugir mesmo, de tão horrorizados —, e enquanto os americanos se reuniam em volta de Ellery, vi as *ymbrynes* virarem um frasco de vidro na boca da menina.

Era óbvio que estavam tentando fazer algo para salvá-la, mas Ellery continuava envelhecendo. Os americanos a pegaram, e consegui dar uma olhada ao voltarem para o helicóptero. No espaço de trinta segundos sua pele tinha afinado e ficado quase transparente, e seu olho ficou coberto por uma película esbranquiçada.

As *ymbrynes* não podiam fazer mais nada por ela. Os dois homens levaram Ellery, e a srta. Peregrine se aproximou da árvore em que estávamos.

— Srta. Peregrine! — gritou Emma, abraçando-a. — De onde a senhorita veio?

— Eu falei que estaria observando! — disse ela, o cabelo bagunçado pelo vento do helicóptero. — Ainda bem...

— Ela vai morrer? — gritou Enoch.

— Nós demos um soro emergencial para retardar o envelhecimento, mas talvez ela sucumba mesmo assim. Onde está Hugh?

— Ele foi buscar ajuda — disse Emma. — Mas ainda não voltou.

Um olhar de preocupação surgiu no rosto da *ymbryne*.

Corremos para encontrar Hugh, que estava perto do ônibus amassado e tombado, cercado por luzes de emergência e fitas da polícia. Os policiais que estavam cuidando do local do acidente tinham ido investigar o helicóptero, então por ora não havia ninguém para nos impedir de observar a parte de baixo do ônibus, virada para o lado.

Quando nos aproximamos, vi que os pneus tinham estourado, e os eixos, se quebrado. Hugh estava parado ao lado de um deles, segurando o que parecia uma corda. Havia várias delas entre os eixos das rodas, prendendo os pneus.

— Ellery disse alguma coisa sobre cordas — comentou Emma quando paramos ao lado de Hugh. — Disse que havia outra menina, e que ela usou cordas para derrubar o ônibus...

— Você tinha razão — falei para a srta. Peregrine. — Havia uma segunda menina.

Porém, quando nos aproximamos, vimos que o que Hugh segurava não era uma corda, mas sim uma trepadeira.

Trepadeiras tinham se enrolado pelos eixos e pelas rodas do ônibus.

— Mas que diabo...? — falou Emma, pegando um galho. Era verde, coberto de espinhos, com algumas flores roxas.

— Ellery disse alguma coisa sobre flores também... — falei. — Que a menina deu flores para ela.

Enoch arrancou uma delas.

— Eu já vi essas flores antes... Elas cresciam em volta da nossa casa em Cairnholm...

Hugh ainda não tinha falado nada. Ele pegou a flor de Enoch e a ergueu contra a luz trêmula das sirenes.

— Srta. Peregrine? — falou, um olhar preocupado tomando suas feições infantis. — É uma rosa-mosqueta.

A srta. Peregrine se virou para ele, olhando-o nos olhos e assentiu, séria.

— Sim, Hugh.

— Não entendi — falei.

Mas todos os outros pareceram entender.

— Era a flor de Fiona — explicou Emma, baixinho. — Ela fazia essas flores crescerem até sem querer. Às vezes, surgiam no chão por onde ela passava.

Perdi o fôlego, e minha cabeça começou a girar.

— Então quer dizer...

Enoch olhou para as plantas.

— Só Fi poderia fazer algo assim.

— Ah, meu Deus! — exclamou Hugh, lágrimas correndo pelo rosto. — Ela está *viva*.

Emma o abraçou. Ele estava muito feliz e muito triste ao mesmo tempo.

— Eles estão com ela. *Eles estão com ela*. Ah, meu amor. Ah, meu Deus.

— Vamos trazê-la de volta, Hugh — disse a srta. Peregrine. — Não duvide disso nem por um segundo.

CAPÍTULO OITO

Todos nós partiríamos no helicóptero dos americanos — tinha espaço suficiente e era a forma mais rápida de sair de lá. Esperamos enquanto o preparavam para partir. Estávamos exaustos, largados entre os veículos de emergência. A srta. Wren conseguiu manter os policiais distantes, suspeito que com alguma história incrível inventada no improviso ou apagando um pouco da memória deles. Só LaMothe ainda estava de pé, andando aflito de um lado para o outro, enquanto a srta. Cuckoo e a srta. Peregrine cuidavam de Ellery, aplicando bálsamos à sua testa e o que parecia um colírio no seu olho. A cavidade que antes era escondida pelo tapa-olho agora estava coberta pelo cabelo longo. Um verme pálido apareceu entre os fios prateados. Estremecendo, afastei o olhar, mas isso não ajudou muito a aplacar meu nojo.

Hugh, percebi, estava próximo da histeria. Emma e Enoch tentavam acalmá-lo, mas ele ainda parecia surpreso demais para ouvi-los. Pior: estava chorando de novo. Eu me levantei e comecei a andar na direção deles, mas Emma o abraçou e começou a sussurrar com urgência no seu ouvido. Dei mais um passo à frente, mas bastou um olhar de Emma para que eu parasse. Ela me encarou por cima do ombro dele. *Deixa comigo*, falou em silêncio.

Então me afastei.

Eu me vi sozinho por um momento, me sentindo inútil e ao mesmo tempo aliviado por não ter utilidade. A exaustão acumulada me dominou de uma só vez, deixando minha mente confusa apesar dos meus esforços de permanecer vigilante. Eu me apoiei em uma viatura da polícia, me sentindo escorregar mais a cada segundo, observando enquanto a srta. Cuckoo caminhava pelo acostamento. Com uma naturalidade impressionante, ela apagara as memórias de qualquer normal parado no engarrafamento que parecesse interessado demais no que estávamos fazendo. Quase ri. Estava me sentindo um pouco tonto.

Então, de repente, ouvi uma voz.

É bom vê-lo de novo.

Os pelos da minha nuca se arrepiaram, e fiquei tenso. Era uma voz brincalhona e melódica, gentil e venenosa ao mesmo tempo... e estranhamente familiar. Eu me virei para olhar em volta, mas não vi ninguém por perto.

Ouvi de novo.

E então, está animado?

As palavras pareciam vir de algum lugar dentro de mim, quase como se tivessem sido criadas pela minha imaginação. Estava tão cansado que me perguntei se tinha caído no sono e sonhava. Na verdade, aquilo estava mais para um pesadelo.

Uns barulhos nojentos — lábios estalando, gemidos — encheram minha mente. Eram sons de satisfação exagerada, como alguém deitando em lençóis limpos e quentinhos depois de um longo dia de trabalho.

Ah, sim..., sussurrou a voz. *Bem melhor. Eu até que poderia me acostumar com isso de novo...*

— Quem está aí? — perguntei, me virando.

— Jacob, está tudo bem? — Emma me encarou.

Olhei para ela, confuso, esquecendo por um momento onde estava.

— Sim — respondi. — Desculpe... Estou bem. Acho que só... cochilei um pouco. — Franzi a testa diante da mentira proferida. — Acho que vou dar uma caminhada. Respirar um pouco de ar puro. Esvaziar a mente.

Emma assentiu, distraída, ela e Enoch ocupados demais com a tarefa de acalmar Hugh para questionar meu comportamento estranho. Então saí andando. Não longe demais a ponto de ser irresponsável, mas longe o bastante para afastar aquela voz da minha cabeça e tentar me convencer das mentiras que eu mesmo falava: que aquilo não acontecera de verdade. Que eu não tinha ouvido nada.

Dei passos longos e determinados em direção a lugar nenhum, me esgueirando por entre os veículos de emergência. O ar noturno tocava meu corpo, a brisa antes bem-vinda se tornando agressiva. Um vento repentino soprou pelas minhas pernas com tanta força que tropecei e precisei me apoiar nas portas traseiras de uma das ambulâncias.

Ouvi a voz de novo.

Um novo mundo está chegando, sussurrou. *E ele vai ser tão lindo...*

— Quem é você? — rosnei para a escuridão.

Sou um velho amigo.

— E o que isso significa? — perguntei, girando a cabeça de um lado para o outro, o coração disparado.

A voz riu. Foi um som sombrio, rouco e maldoso. Então, palavras familiares foram entoadas:

A terra afundará em cada canto, fedor e tristeza permeando cada ponto, cobertos de troncos de bestas e homens apodrecidos, e de vegetação, queimada e enegrecida...

A fechadura estremeceu.

As portas da ambulância se abriram, quase me derrubando no chão. Àquela altura, eu já estava totalmente apavorado, mas mesmo assim... de alguma forma, me vi chegando cada vez mais perto do interior escuro do veículo. Não sabia por quê. Nem sabia que estava procurando alguma coisa até ver aquilo, até parecer óbvio o que eu encontraria ali.

Um corpo. Imóvel sob um lençol.

Todos os meus instintos gritavam para eu fugir, pedir ajuda, embarcar em um voo de volta para minha vida chata e previsível na Flórida.

Eu ignorei. Mandei meus instintos se calarem.

Então respirei fundo e entrei na ambulância. Com o coração disparado, ergui uma das pontas do lençol. Vi o rosto de um rapaz, metade da cabeça esmagada.

Meu Deus.

— *Sou um velho amigo* — disse a voz, agora saindo do corpo, da boca ensanguentada do rapaz morto. — *Mas vou voltar logo, logo...*

Larguei o lençol, tremendo de nervoso.

Uma música começou a tocar bem alto no rádio da ambulância. Era "With a Little Help from My Friends".

Um arrepio percorreu minha coluna. Senti que estava perdendo o controle. Desci correndo da ambulância e trombei na mesma hora com Enoch. Ele agarrou meus ombros, os olhos arregalados.

— Aonde você foi? — gritou ele, tentando se ouvir acima de um som que eu não tinha percebido antes: o motor do helicóptero. — Rápido, estamos indo embora!

E então ele me puxou de volta até a aeronave que nos tiraria dali.

Dois minutos depois estávamos no ar, presos aos assentos, fones abafando o rugido dos motores. Ellery estava deitada no colo de LaMothe e do guarda-costas na primeira fileira, e o restante de nós se apertou atrás. A srta. Wren e a srta. Cuckoo tinham se transformado em aves para que todos nós coubéssemos no helicóptero, e estavam empoleiradas perto do banco do piloto, encarando o céu à frente. As *ymbrynes* tinham feito o possível para estabilizar Ellery, mas levá-la de volta a uma fenda era a única chance real de impedir sua morte — então estávamos indo para a fenda mais próxima, uma cidadezinha qualquer chamada Locust Gap.

Eu ainda estava nervoso pelo que acabara de acontecer lá embaixo momentos antes. Uma visão? Uma alucinação?

Mas era a voz de Caul.

A voz de Caul, citando as partes mais apocalípticas da profecia. E isso significava... o quê?

Significava que eu estava enlouquecendo, provavelmente. Ou isso, ou Caul tinha encontrado formas novas e criativas de me atormentar.

Hugh estava fora de si. Apesar de todos os esforços de Emma e Enoch, o estado dele só piorava.

— Eles estão com a Fiona — repetia ele pelo microfone para todos ouvirmos. — E quanto mais tempo passar, mais difícil vai ser para salvá-la. Precisamos procurar em todas as fendas em um raio de trezentos... não, quinhentos quilômetros daqui. E temos que fazer isso agora...

Emma segurou o braço dele.

— Hugh, isso não vai funcionar...

— Claro que vai! A gente tem um helicóptero!

LaMothe se virou e olhou de cara feia para ele.

— Este helicóptero é meu, garoto, e o único lugar para onde ele vai é a fenda mais próxima, para salvar a vida de Ellery. — Seu olhar irritado se voltou para a srta. Peregrine. — Controle esse menino, fazendo o favor.

— Por favor, Hugh, você precisa se acalmar — pediu a srta. Peregrine. — Precisamos decidir qual será nosso próximo passo com muita cautela. Estamos todos chateados. E também preocupados com a srta. Frauenfeld. Mas este momento crítico é o pior para sair desembestado por aí sem um plano.

— A Fiona também tem que ficar em fendas — resmungou Hugh. — Ela também vai envelhecer.

— Ah, meu Deus — disse Emma, empalidecendo um pouco. — Eu tinha me esquecido disso.

Eu também. Como Fiona não estava na Biblioteca de Almas com a gente quando ela desmoronou, não teve seu relógio biológico resetado como os outros. O que significava que ela envelheceria de uma vez, como Ellery.

— É provável que eles tenham aprisionado Fiona depois que a fenda da srta. Wren entrou em colapso, meses atrás — disse a srta. Peregrine. — Ela foi vista pulando do penhasco. Só podemos supor que sobreviveu à queda e foi capturada.

Hugh fechou os olhos ao imaginar aquilo.

— O que estão fazendo com ela? E o que querem?

— Não sabemos ainda — disse a srta. Peregrine —, mas você pode ter certeza de que eles não a mantiveram viva esse tempo todo só para deixá-la envelhecer no meio de... — Ela olhou pela janela. — ... Iowa.

— É — concordou Hugh, consternado. — Acho que faz sentido.

— Depois que fizermos esta parada — continuou a srta. Peregrine —, vamos voltar para o Recanto do Demônio, reunir todo o pessoal, contar o que sabemos e criar um plano de verdade. E vamos trazer Fiona de volta.

Ele assentiu.

— Se a senhorita acha melhor assim.

◆   ◆   ◆

Descemos em um campo perto de um velho celeiro, árvores e arbustos balançando ferozmente contra o vento. As *ymbrynes* e os americanos saíram do helicóptero antes que os motores parassem de girar. A srta. Wren e a srta. Cuckoo voaram para o celeiro ainda na forma de ave, e, quando as alcançamos, já estavam em forma humana de novo, de alguma forma totalmente vestidas e sem um fio de cabelo fora do lugar.

Ajudamos LaMothe e o guarda-costas a levar Ellery escada acima para o segundo andar do celeiro, onde ficava a entrada da fenda, e depois de uma viagem rápida que deixou meu estômago embrulhado, saímos para uma manhã quente e cheia de neblina.

— Podem parar aí mesmo! — disse alguém, e vi um homem com uma arma apontada em nossa direção.

Ele estava sentado despretensiosamente em uma cadeira de madeira, com uma cartola e uma máscara estranha com um bigode desenhado.

— Nome e afiliação de clã! — bradou ele.

— Você não sabe quem eu sou? — rosnou LaMothe de volta.

— Não sei e não me importo, contanto que não seja um ianque e tenha cinquenta dólares para entrar. — Então, ele inclinou a cabeça, se esticou para a frente e murmurou: — Espere um segundo...

— É isso mesmo — disse o segurança de LaMothe. — Este é Antoine La-Mothe. E se você não quiser se ver cara a cara com um esquadrão de tiro...

No mesmo instante, o homem largou a arma e se jogou no chão.

— Perdão, sr. LaMothe, não o reconheci, quer dizer, não estava esperando que o senhor...

A srta. Wren deu um passo à frente e fez o homem se levantar.

— Precisamos de uma cama para esta pobre menina. Algum lugar em que possamos deixá-la confortável enquanto aplicamos alguns unguentos.

— É claro, é claro — disse o homem, rindo de nervoso. — Tem um estabelecimento aqui perto, é muito confortável... Sem dúvida vão fazer um desconto para convidados tão ilustres quanto os senhores...

Seguimos o homem — que ia na frente, fazendo mesuras e pedindo desculpas — até um conjunto de construções de madeira. A maior tinha um toldo que dizia RESTALRANTE, escrito errado mesmo. Havia três pessoas paradas na entrada — um garçom de jaqueta branca e dois cozinheiros com aventais combinando. O homem mascarado gritou para que eles preparassem um quarto, e os três sumiram lá dentro.

As *ymbrynes* nos deixaram esperando do lado de fora.

— Não vamos demorar — disse a srta. Peregrine. — Só temos que nos certificar de que a menina está estável; depois disso, partimos.

Hugh quicava de tanto nervosismo. Estava lutando para se acalmar, mas isso fazia a veia na sua testa latejar. Eu não podia culpá-lo. O amor da vida dele estava nas mãos dos lacaios mais infames de Caul, e sabe lá Deus o que ia acontecer — ou já tinha acontecido — com ela.

Contudo, não havia nada que pudéssemos fazer naquele momento, então olhei em volta para a cidadezinha triste em busca de algo para distraí-lo.

— Quer saber por que Karl está usando uma máscara? Aposto que quer — cantarolou uma vozinha, e então uma mininha surgiu de um canto do restaurante. Não devia ter mais de seis anos. As roupas eram simples, o cabelo castanho cortado curto.

— Por quê? — perguntou Enoch, sem dar muita atenção. — Viciado em ambrosia?

— É pelo *anenimoniato* — disse ela, gaguejando com a palavra difícil e tentando pronunciar várias vezes sem sucesso. — Quem fica de guarda na entrada sempre usa máscara. Só para o caso de precisarem matar alguém, aí ninguém vai saber de quem se vingar.

— Ah, é? — comentou Enoch, mais interessado.

— Meu nome é Elsie. Vocês são novos aqui. Vieram com as semi-*ymbrynes* consertar o relógio da fenda? Ele para de vez em quando, dá a maior confusão. — Ela falava rápido e cantarolando, o rosto cheio de curiosidade.

— Elas não são semi-*ymbrynes* — disse Emma. — São *ymbrynes* de verdade.

— Rá! — fez a garotinha. — Vocês são *engraçados*!

— É sério — falei.

— E o cara cabeludo com elas é o líder do clã do Norte — disse Enoch.

— Jura? — perguntou Elsie, arregalando os olhos. — O que vocês estão fazendo aqui?

— Não podemos contar — disse Enoch. — É segredo.

— E não vamos demorar — falou Hugh, mas depois ergueu as sobrancelhas. — A não ser que… Você por acaso não viu quatro homens vindo para cá com uma garota hoje mais cedo, viu?

— Não. Ninguém entra aqui faz meses.

Hugh ficou decepcionado.

— Só o velho penduradinho aqui. — Ela apontou para um cadáver ressecado pendurado em uma forca do outro lado da rua. — Era um bandido que tentou roubar a gente… Então, a gente atirou nele e enforcou e pendurou ali para servir de aviso. A gente não gosta nadica de nada de ladrões desde que a pedra de fogo do Irmão Ted foi roubada. — Ela nos olhou esperançosa. — Vocês não vieram por causa *disso*, vieram?

— Por causa do quê? — perguntou Enoch.

— Da pedra do Irmão Ted. Pensei que pessoas importantes que nem vocês viriam para cá porque o homem que a roubou foi pego e vocês vieram devolver ela.

— Sinto muito — disse Emma, com uma expressão de tristeza genuína. — A gente não sabe nada sobre isso.

— Ah. — A animação inabalável dela diminuiu um pouco. — Querem conhecer o Irmão Ted? Acho que ele ia gostar. Nunca mais foi o mesmo depois do roubo.

— É melhor não — respondeu Emma.

Elsie ficou cabisbaixa.

— Ah, entendo — disse ela, olhando para uma casinha ali perto. — Mas é que ele mora aqui pertinho...

— Por que não? — interrompi. — Se é perto...

Troquei um olhar com Emma e sutilmente acenei com a cabeça para Hugh. Ela entendeu.

— É, vamos lá conhecê-lo — disse ela, dando o braço para o amigo.

— *Iupiiiii!* — comemorou a menininha.

Hugh veio, ainda que relutante, e fomos andando até a casinha enquanto Elsie falava sem parar.

— As coisas estão devagar *demais* ultimamente, ninguém aparece aqui. Só teve um vendedor e o guarda-fenda. O professor deve vir me dar aula logo. Tirando isso, é chato à beça aqui. De onde vocês vieram?

— De Londres — respondeu Emma.

— Ah, eu sempre quis ir para uma cidade grande assim. É bonito lá?

Enoch riu.

— Não muito.

— Tudo bem, quero conhecer mesmo assim. De que época vocês são? Quer dizer, quando vocês nasceram?

— Você faz muitas perguntas — comentou Hugh.

— É, sou conhecida por isso. O Irmão Ted me chama de interrogatrix. Vocês podem me levar junto quando voltarem para casa?

Emma pareceu surpresa.

— Você não gosta daqui?

— Só quero conhecer algum lugar que não seja Locust Gap. Eu nasci em Cincinnati, aliás. Mas moro aqui desde os quatro anos.

— Então não faz muito tempo — comentei.

Ela assentiu.

— É, acho que não. Só tenho quarenta e quatro.

Entramos na casinha.

Foi como entrar em um forno. Havia uma lareira imensa acesa, com chamas altas e uma pilha de cobertores pesados na frente.

— Oi, Irmão! — disse Elsie, e a pilha de cobertores se mexeu um pouco na nossa direção. Havia um menino ali no meio de tudo aquilo.

— Meu Deus — disse Hugh. — Ele vai fritar!

— Não encosta nele — avisou Elsie. — Vai acabar perdendo os dedos. A temperatura dele é de -45ºC.

— O-O-Oi — disse o menino, gaguejando de tanto frio. A pele dele estava azul, os olhos vermelhos.

— Pobrezinho... — sussurrou Emma.

Eu já estava pingando de suor, mas, quando me aproximei do menino, senti ondas de frio emanando dele, lutando contra o calor e o suor.

Eu me virei para Elsie.

— Você disse que alguém roubou *o quê* dele?

— A *pedra de fogo* dele — respondeu ela com um sorriso triste para o menino. — O Irmão Ted contaria a história, mas é difícil para ele falar, por causa do frio.

— Talvez eu possa ajudar — disse Emma —, mesmo que só um pouquinho.

Ela conjurou chamas até elas ficarem intensas e esticou as mãos acima da cabeça do menino.

— Que g-g-gostoso — gaguejou ele. — Obrigado, moça.

A temperatura começou a ficar insuportável. Quanto mais quente ficava, mais eu sentia um cheiro estranho, azedo. Como alguém queimando lixo. Tentei ignorar aquilo e me concentrar; o menino estava esquentando só o suficiente para conseguir falar.

— Eu tenho uma d-d-doença — disse Ted, a pele um pouco menos azulada. — A única coisa que me ajudava a viver normalmente era minha pedra de fogo. Era uma pedrinha verde que estava sempre em brasa, sem nunca apagar, que a minha *ymbryne* me deu muito tempo atrás. — Ele parecia triste e melancólico. — Isso foi na época em que ainda tínhamos *ymbrynes*. Ela trouxe a pedra de muito longe, do outro lado do o-o-oceano. Disse que enquanto eu mantivesse a pedra na minha b-b-barriga, ficaria aquecido. E funcionou por um tempão.

O cheiro estava ficando mais insuportável que o calor. Tapei o nariz para tentar abafá-lo. Estranhamente, não parecia estar incomodando mais ninguém.

— Então aquele homem veio para cá — comentou o menino, as palavras agora fluindo com facilidade. — Ele disse que era médico. Eu sempre sentia um pouco de frio, nunca podia ficar sem um casaco e um suéter... E ele disse que podia resolver isso. Se eu cuspisse minha pedra de fogo e o deixasse mexer nela.

Eu estava prestando tanta atenção que não percebi que estava me aproximando do canto da sala até estar na metade do caminho. Algo me atraía para lá. O cheiro. E uma sensação enjoativa.

— Ele roubou minha pedra — disse Ted. — E quando eu tentei correr atrás dele para pegar de volta, alguma coisa me segurou. Uma coisa forte que eu não conseguia ver. — Ele balançou a cabeça, se segurando para não chorar. — A coisa me prendeu na parede, tapou minha boca para eu não gritar. Eu desmaiei...

Ali, no canto, havia um ponto do chão com uma mancha preta. A fonte do odor.

— Jacob — disse Emma —, isso parece um...

— Etéreo — completei. — E tem uma mancha de resíduo bem aqui.

O menino assentiu.

— Foi aí que a coisa me prendeu.

— Quando isso aconteceu? — perguntei.

— Faz uns cinco, seis meses — respondeu Elsie.

— E como era o homem?

— Normal — respondeu o menino, piscando. — Era igual a... todo mundo.

— Ele usava óculos, não usava, Ted? — perguntou Elsie. — Óculos escuros que nunca tirava.

Alguém bateu com força e abriu a porta. A srta. Peregrine entrou na sala e arquejou, surpreendida pelo calor.

— Estamos indo embora — avisou ela.

Hugh e Enoch se despediram e correram atrás da srta. Peregrine.

Elsie olhou para mim, com expressão de súplica.

— Não tem nada que possam fazer? Vocês conhecem um monte de gente importante...

— Temos muitas coisas para resolver agora — respondi. — Mas não vamos nos esquecer de vocês.

Elsie assentiu e mordeu o lábio.

— Obrigado — disse Ted. — É sempre bom conhecer pessoas simpáticas. Não vemos muito isso por aqui.

— Sinto muito mesmo — disse Emma. — Queria que pudéssemos ficar mais.

— Tudo bem — respondeu ele com um suspiro profundo, e voltou a olhar para a lareira.

Elsie acompanhou o movimento, e, por um momento, a luz forte das chamas fez a menina parecer ao mesmo tempo muito jovem e muito velha, e perdida.

Emma fechou as mãos devagar. Ela parecia tão triste e pesarosa. Mal conhecíamos aquelas pessoas, mas seu coração era, como eu já sabia, maior que a França.

Quando chegamos à porta, o menino já estava ficando azul de novo.

CAPÍTULO NOVE

eixamos Ellery em Locust Gap com o guarda-costas de LaMothe. Queria ver como ela estava, mas as *ymbrynes* insistiram que a garota precisava de descanso e silêncio, não de visitas. O fato de termos agido rápido a salvou, mas não sabíamos até que ponto; ela tinha envelhecido quase uma vida inteira em uma única noite, e o efeito disso no cérebro de uma pessoa muitas vezes era dramático. Ainda assim, LaMothe parecia grato pelo que fizemos. Ele não falou isso em voz alta, mas dava para perceber. O homem ficou em silêncio durante a viagem de helicóptero de volta para Marrowbone, menos propenso a brigar e resmungar, e seus guaxinins tinham enfim parado de ganir e rosnar.

O restante de nós também não falou muito. Enoch caiu no sono. Emma passou a maior parte da viagem conversando baixinho com Hugh, massageando suas mãos fechadas com força até as palmas se abrirem de novo.

Pensei em Noor. Isso acontecia com frequência ultimamente, sempre que não era distraído por alguém menos interessante ou algo potencialmente fatal. Em momentos de calmaria, eu só precisava pensar no rosto dela e me sentia dez, vinte por cento menos estressado. A tensão que pesava no meu peito quase o tempo todo diminuía — muitas vezes, se eu me imaginasse de frente para ela, se eu me imaginasse beijando-a, a tensão mudava para algo totalmente diferente, uma espécie de desejo e atração.

Na verdade, sendo sincero, aquilo era algo que eu nunca tinha sentido com Emma. O que tivemos era casto, quase vitoriano. O que eu sentia por Noor era diferente. Mais químico, visceral.

Mas havia carinho também.

Ela era tão nova no mundo peculiar. Eu me perguntava como estaria se sentindo, se estava conseguindo lidar com tudo aquilo. Será que estava bem? Será que eles estavam chegando a algum lugar com os mapas de Millard? Será que tinham conseguido mais alguma indicação sobre a fenda de V.? Como seria se — não, *quando* — Noor a encontrasse?

Esse pensamento suscitou uma questão importante: como encontraríamos Fiona?

Como Ellery e o guarda-costas de LaMothe não estavam na viagem, a srta. Wren e a srta. Cuckoo podiam ficar na forma humana, e as *ymbrynes* conversaram entre si em voz baixa e tom sério durante quase todo o tempo. Esperava que estivessem confabulando sobre os possíveis locais a que os acólitos tinham levado Fiona — pelo bem de Fiona e de Hugh —, mas não tinha certeza. Antes de tudo isso, Hugh tinha conseguido ter alguns momentos de paz e diversão, mas agora a ferida fora reaberta, ainda mais dolorida do que antes. Eu o conhecia bem o bastante para saber que ele não descansaria até que Fiona estivesse de volta conosco, sã e salva, e que, se algo acontecesse com ela, ele ficaria totalmente destruído.

Afastei aquele pensamento, mas no lugar dele surgiu uma pergunta que eu estava morrendo de vontade de fazer para a srta. Peregrine. Não podia falar pelo microfone, porém. Não queria que LaMothe ouvisse.

Ele parecia estar dormindo, a cabeça careca apoiada na janela, mas eu não podia arriscar, embora também não pudesse esperar.

— Quero perguntar uma coisa. — Eu me inclinei para perto dela, sussurrando, e ela desviou a atenção das outras *ymbrynes*. — No acampamento em Marrowbone, quando você me mostrou o começo da trilha do etéreo... não encontrou apenas as marcas de bota, não é?

A srta. Peregrine balançou a cabeça.

— Não.

Hugh estava prestando atenção.

— Encontrei isso do lado de fora da tenda, entre as árvores.

Ela tirou da blusa uma flor seca roxa. Uma rosa-mosqueta.

Hugh estendeu a mão e tocou a flor, girando-a entre os dedos.

— Ela estava lá?

— Sim. Os acólitos nunca chegaram a entrar na fenda. — A srta. Peregrine começou a falar tão baixo que eu quase tive que ler seus lábios. — Foi Fiona que levou a menina para o etéreo, que estava esperando escondido a uma distância segura do acampamento do clã do Norte.

— Não entendo. — Hugh estava de testa franzida, os olhos indo de um lado para o outro. — Ela está ajudando os acólitos?

— Não de propósito. Estou conversando com as *ymbrynes* sobre isso, e acreditamos que ela estava, e provavelmente ainda está, sendo controlada. O acidente de ônibus deve ter sido o resultado de um lapso desse controle. Fiona tentou escapar, talvez até matar seus captores.

Emma perdeu o fôlego. Hugh ficou em silêncio, a mandíbula trincada com tanta força que tive medo de que seus dentes fossem rachar.

— Caramba, eles devem estar querendo a cabeça dela — murmurou Enoch, depois deu um tapa na própria boca.

Emma lançou um olhar furioso para ele.

— Não vão matá-la — afirmou a srta. Peregrine. — Os acólitos são determinados e práticos demais. Eles a mantiveram viva e tiveram todo o trabalho de trazê-la do País de Gales até aqui por algum motivo. Seja qual for, ainda não terminou. Não vão matá-la.

— Por enquanto — disse Hugh. — Não até ela cumprir seu papel.

LaMothe começou a se mexer. Não havia mais nada a ser dito.

Passamos o restante da viagem até Marrowbone em um silêncio tenso.

◆   ◆   ◆

Estávamos na Marrowbone atual, do lado de fora da entrada do museu em que ficava a entrada da fenda, quando um turista parou para tirar uma foto nossa. LaMothe gritou com o cara, e o turista saiu dali às pressas.

A srta. Peregrine abriu um sorriso hesitante.

— Vamos nos ausentar da convenção por alguns dias — disse ela. — Temos uma questão mais urgente em pauta.

LaMothe assentiu.

— Espero que encontrem sua menina — falou, e estendeu a mão para apertar a da srta. Peregrine.

— Obrigada. Vamos fazer tudo que pudermos por Ellery assim que ela estiver estável para viajar. Temos curandeiros maravilhosos no Recanto do Demônio, se você puder nos confiar o bem-estar dela por um tempo.

Ele assentiu, agradecido, então se virou e falou diretamente comigo pela primeira vez.

— Me desculpe por ter duvidado de você, rapaz. Você realmente tem um dom raro.

E me deu um tapa tão forte nas costas que quase caí no chão.

LaMothe se virou para ir embora, mas a srta. Wren segurou o rabo do seu guaxinim.

— Se possível, tentem não começar uma guerra enquanto estivermos ausentes — pediu.

— Se isso acontecer, pode ter certeza de que o primeiro tiro não terá sido nosso.

Ele fez uma mesura com o chapéu e foi embora.

◆　◆　◆

Alguns minutos depois estávamos de volta ao sótão de Bentham pelo Polifendador, e a porta do elevador se abriu com um som estranho: aplausos.

O sótão estava cheio de gente — *ymbrynes*, amigos, funcionários do ministério, peculiares aleatórios que eu só conhecia de vista —, e todos estavam aplaudindo, os rostos sorridentes e alegres. Olhando para *mim*.

Senti uma pressão delicada nas costas quando a srta. Peregrine me empurrou para fora do elevador.

— Eles sabem o que você fez — sussurrou. — E estão muito orgulhosos de você.

Lá estava Horace, sorrindo e gritando. Bronwyn, com Olive e Claire nos ombros para que pudessem ver acima da multidão, todos comemorando. A srta. Blackbird e a srta. Babax vieram me parabenizar; até Sharon apareceu para me dar um tapinha nas costas. Foi estranho o que senti ao ver todos eles reunidos, sorrindo para mim. Fiquei surpreso. Cheio de alegria. Senti como se estivesse flutuando, tomado por dopamina. Lembrei-me novamente do meu propósito, de tudo pelo que estava lutando. Era isso:

Meus amigos verdadeiros, verdadeiro meu lar.

Eu amava minha família peculiar, e soube bem ali que lutaria com eles — e por eles — pelo resto da vida.

Senti a mão da srta. Peregrine no meu ombro. Virei o rosto e a peguei em um momento raro de vulnerabilidade, os olhos brilhando com as lágrimas.

— Você fez um excelente trabalho, sr. Portman — disse ela, baixinho. — Excelente, mesmo.

Fiquei ali parado, rindo que nem um idiota, tentando pensar em como abraçar cada um dos meus amigos, quando de repente a multidão pareceu se aquietar; no momento em que a vi, todo o resto sumiu. Os sussurros, as perguntas, os olhares curiosos… nada mais importava. Minha mente pareceu parar. Porque ali, bem ali, empurrando um grupo dos primos de ombros largos de Sharon, estava ela. Sem fôlego e correndo o mais rápido que conseguia, o rosto ao mesmo tempo desesperado e reluzindo de felicidade.

Noor.

— Jacob! — disse, um pouco sem fôlego ao passar pela multidão, de alguma forma sem perceber o holofote brilhando na sua direção. — Você voltou... Eu acabei de saber... Estava na biblioteca com Millard... Fiquei tão preocupada...

Abri espaço na multidão e me aproximei. Nem falei oi — só a beijei, bem ali, na frente de todo mundo. A surpresa dela se desfez e se transformou quando o seu corpo se juntou ao meu. O resto do mundo ficou em silêncio enquanto uma chuva de fagulhas disparou no meu peito e na minha cabeça.

Enfim nos afastamos, embora só porque percebemos que todo mundo ficou em silêncio — e quantas pessoas estavam observando.

Também percebi que precisava respirar.

— Oi — falei, com um sorriso idiota, o rosto quente e provavelmente vermelho que nem um tomate.

— Oi — respondeu ela, sorrindo também.

Então, nós rimos. Rimos enquanto alívio, alegria e nervosismo tomavam nossos corpos. De alguma forma nos demos conta de que tínhamos atravessado um ponto sem retorno, entrando de cabeça em território inexplorado. Além da amizade. Direto para...

Eu não sabia bem.

Mas eu me sentia sem fôlego só de pensar em tudo aquilo, no que a gente poderia ser. Então fiquei surpreso. Surpreso pela minha capacidade de sentir tanta coisa — alegria, terror, medo, luto —, tudo ao mesmo tempo. Meu sorriso sumiu, e o mundo real voltou de uma vez, o sótão ficando em foco com um tremor abrupto e assustador. Ainda assim, as beiradas afiadas da realidade pareciam menos perigosas agora. Um estranho milagre.

Ali perto, ouvi a srta. Peregrine falar com alguém sobre Fiona em um tom de voz sério. Sharon parecia estar vindo em nossa direção. Noor ainda estava perto de mim, sem nos tocarmos ou sequer olharmos um para o outro, mas senti que algo havia mudado no ar entre nós. Então alguém começou a me cutucar no ombro, e eu me virei, pronto para dizer a Sharon para ir embora, que eu não queria falar sobre a liberdade das fendas agora. Mas era Horace.

— Jacob — chamou ele, aflito. — Sei que você acabou de chegar, mas temos muito a discutir. Eu, Noor e Millard fizemos algumas descobertas preocupantes durante sua ausência.

Olhei para Noor, que mordeu o lábio.

— É, não deu para comentar — falou ela, meio envergonhada. — Mas Horace tem razão. Temos muito a discutir. As coisas ficaram um pouco loucas por aqui.

— Vocês descobriram alguma coisa? — perguntei, aquela esperança familiar aumentando no meu peito.

— Na verdade, sim — disse Noor, rindo. — Lembra a placa que eu mencionei, a do outro lado da rua da minha casa? Acontece que era a propaganda de uma loja que só tem filiais em Ohio e na Pensilvânia. Então só precisamos procurar em dois estados!

— Isso é ótimo! — falei. — Vocês estão perto de encontrar!

— Não *tão* perto assim. Millard disse que encontrar uma fenda secreta em uma área tão grande ainda pode levar semanas. E as coisas estão devagar hoje, porque ele está trabalhando em outra coisa.

— Outra coisa? — Franzi a testa. — O que pode ser mais importante que isso?

Noor deu de ombros.

Olhei para Horace.

Ele fez o mesmo, então ajustou distraidamente a gravata.

— Quem sabe? É difícil segurá-lo por tempo o suficiente para perguntar. Principalmente quando ele insiste em andar nu por aí, como um animal selvagem.

— Alguns animais usam roupas — comentei, pensando em Addison.

— Eu falei animal *selvagem*.

Estava prestes a retomar a conversa quando Enoch atravessou a multidão e agarrou o ombro de Horace.

— Você ficou sabendo da Fiona? — perguntou. — Ela ainda está por aí, rapaz! Ela sobreviveu mesmo!

Horace pulou como se tivesse levado um choque.

— O quê?!

Obviamente ele não tinha ficado sabendo. Nenhum deles tinha.

— O que vocês estão falando sobre a Fiona? — gritou Bronwyn, empurrando Ulysses Critchley para fora do caminho para se aproximar. — Ela está viva?

— Ah, meu Deus! — exclamou Olive, tão animada que voou do ombro de Bronwyn e foi parar nas vigas do teto.

— Isso é... Isso é... — gaguejou Claire, desmaiando e caindo do ombro de Bronwyn nos seus braços. — Incrível — gemeu.

A CONVENÇÃO DAS AVES

— Bem. E onde ela está? — perguntou Bronwyn, girando a cabeça. — Isso merece uma comemoração!

— Ela foi capturada pelos acólitos — respondeu Emma, jogando uma corda para Olive. Ela deu uma olhada muito breve para mim e Noor, então desviou o olhar.

— Ah — disse Horace, parecendo chateado. — Droga.

— Nós vamos salvá-la! — exclamou Bronwyn, inabalável. — Vamos fazer uma força-tarefa de resgate hoje mesmo, neste exato minuto! Onde ela está?

— Não sabemos — falei. — Esse é o problema.

— Que saco — comentou Bronwyn, os ombros murchando.

Eu me virei para procurar Hugh. Ele ainda estava perto do elevador, tendo uma conversa séria com a srta. Blackbird e a srta. Peregrine.

— Não entendo por que a srta. Peregrine insistiu para que ele viesse conosco — comentou Enoch —, se sabia que se a gente encontrasse Fiona, ela estaria mal. No mínimo sendo controlada mentalmente. Talvez até... — Ele hesitou antes de falar a palavra *morta*. — Isso teria destruído Hugh.

— Minha nossa, Enoch — disse Horace. — Por acaso você tem coração agora?

Enoch lançou-lhe um olhar raivoso.

— Pareceu um pouco cruel, só isso.

— Não — respondeu Emma. — Deixá-lo de fora não o ajudaria em nada. Se encontrássemos Fiona sem ele e depois ele descobrisse que a srta. Peregrine sabia que estávamos procurando por ela, *isso* o destruiria. Ele merecia estar lá, não importa qual fosse o desfecho.

— Como ele está? — perguntou Noor.

— Como o esperado — respondeu Emma. — Ele é forte. Mas está com raiva e preocupado.

— Todos nós estamos — falei, me virando para Noor e Horace. — Então. Vocês têm notícias.

— É segredo — respondeu Horace. — Vamos para algum lugar mais discreto, em que dê para conversar sem sermos ouvidos.

— Contanto que tenha comida... — disse Enoch. — Estou faminto.

◆   ◆   ◆

Faltavam algumas horas para o toque de recolher, o sol ainda atravessava o lamaçal do céu do Recanto, e por isso o Cabeça Encolhida estava vazio.

— Em geral não aprovo bares ou lugares do tipo — disse a srta. Peregrine, encarando desconfiada a cabeça escura e enrugada que ficava acima da porta. — Mas como nossa despensa está vazia no momento, e vocês passaram por dias difíceis, vou abrir uma exceção.

— Vá para o Hades, sua velha caduca pomposa! — rosnou a cabeça em resposta.

Ou a srta. Peregrine não ouviu, ou não queria dar à criatura o prazer de uma resposta mal-educada.

Pegamos duas mesas em um canto nos fundos e as juntamos para criar uma área razoavelmente privada. Todos os meus amigos estavam lá, com a exceção de Millard, que veio nos recepcionar quando chegamos pelo Polifendador, mas logo foi embora sem se despedir para fazer sabe-se lá o que estava fazendo.

Eu me sentei ao lado de Noor, com Horace do outro lado. A srta. Peregrine, Enoch e Emma estavam à nossa frente na mesa de madeira rachada, que tinha iniciais e frases de todo tipo marcadas no tampo, e Bronwyn se sentou na cabeceira com Olive e Claire.

Estava morrendo de curiosidade para descobrir quais eram as novidades dos outros, sobretudo depois que Horace nos deu a dica, mas ele e Noor fizeram com que nós contássemos tudo que tinha acontecido antes. Emma, Enoch e eu nos alternamos revelando a história enquanto Hugh fazia cara feia um canto da mesa, bebericando de uma caneca de cerveja turva. O acampamento, o acidente, Ellery e sua minhoca roubada, o Irmão Ted e sua pedra de fogo roubada. Quando terminamos, me dei conta de quantas coisas tinham a ver com uma única questão: o que os acólitos queriam?

— Acontece — comentou Horace, aproximando a cadeira da minha — que a gente tem uma suspeita.

Foi aí que a nossa comida chegou. É claro.

Tigelas de sopas de peixe com batata foram distribuídas. Não tivemos coragem de perguntar que tipo de peixe era, e o garçom que trouxe a comida não fez questão de especificar.

— A srta. Avocet e sua equipe estão se aprofundando no *Apócrifo* — falou Horace. — E Francesca está fazendo hora extra para traduzir uma nova parte da profecia que não tínhamos entendido antes.

Todo mundo se aproximou.

— E? — perguntou Emma.

— Há mais sobre a profecia do que tínhamos imaginado.

A srta. Peregrine baixou a colher na mesa com um estrondo.

— Vocês deveriam ter me falado isso no momento em que chegamos — reclamou ela. — Mas então... o que é?

— É uma nota de rodapé que acabamos de descobrir — explicou Horace. — Antes da parte sobre uma era de caos e tudo o mais, a profecia fala da ascensão de um grupo que chama de "os traidores", que são descritos como "homens impiedosos que tentaram perverter a alma da natureza e foram amaldiçoados por isso".

— Parece bastante com os acólitos — disse Emma, e Bronwyn e Olive assentiram, sérias.

— Foi o que a srta. Avocet pensou também — disse Horace. — Mas a próxima parte é mais estranha. Parece mencionar o próprio Caul e a Biblioteca de Almas.

Senti um nó se formar na minha garganta.

— Nunca vi uma profecia fazer referência a outra profecia antes, mas essa parece ser uma citação do livro do Apocalipse, na Bíblia: "Têm eles por rei o anjo do abismo; chama-se Abadon." E continua, dizendo que os traidores vão ressuscitá-lo.

Enoch quase se engasgou com a sopa.

— Ressuscitá-lo?

— E quando ele voltar à vida, será imbuído de um terrível poder.

— Que poder? — perguntou Bronwyn, rígida na cadeira.

Minha visão ficou turva e meu corpo, gélido. O cadáver embaixo do lençol. A voz de Caul citando a profecia.

— O poder do abismo dos antigos espíritos — falei, o som vazio da minha própria voz me surpreendendo. — Que só pode ser a Biblioteca de Almas.

Noor me observava com uma expressão preocupada, mas eu não conseguia olhar para ela. Não queria demonstrar o medo que sentia, pelo menos não por enquanto, então fiz o que muitas vezes faço quando estou apavorado: olhei para a srta. Peregrine. Mas a expressão da nossa *ymbryne* era séria; claramente ela ainda estava processando aquela informação. Todo mundo parecia em pânico, e Horace bebia gole atrás de gole de água, como se dividir o fardo desses horrores deixasse sua boca seca.

Apenas Enoch parecia calmo.

— Mas que bando de idiotas — comentou ele, tomando outra colherada da sopa.

— Isso não é engraçado, Enoch — disse Emma, com a testa franzida.

— Claro que é. Tudo faz sentido agora. É por isso que eles queriam a Fiona, e a *Maderwurm* da menina americana.

Ele balançou a cabeça e deu uma risadinha.

— Do que você está falando? — perguntei, a raiva começando a substituir o horror.

— É óbvio — respondeu ele. — Os acólitos estão seguindo uma receita. — Ele bateu a colher na borda da tigela. — Fazendo uma sopa de ressurreição, que nem um bando de bruxas. Uma asa de morcego, um olho de sapo!

Como se estivesse falando com uma criança, Bronwyn o repreendeu:

— Isso é *horrível*, Enoch.

Ele suspirou e baixou a colher.

— Eu sou o único que ainda escuta a srta. Peregrine? Caul está preso em uma fenda colapsada. Para sempre. Não tem como voltar.

— A não ser que tenha — disse Olive.

— Millard também disse que ele estava preso — comentou Claire.

Enoch balançou a cabeça.

— Os acólitos estão claramente desesperados. Tentando qualquer coisa. A única outra opção seria sumir para sempre nas sombras e aceitar a derrota com alguma elegância, o que não combina muito com eles. Então estão tentando algo louco porque foi só nisso que conseguiram pensar. Mas é impossível. — Ele apontou a colher pingando para a srta. Peregrine. — Você mesmo falou!

Quanto mais ele falava, mais desesperado parecia por obter uma confirmação.

Todos nós nos viramos para a srta. Peregrine, nossas esperanças dependendo das suas próximas palavras. Ela parecia pensativa.

— Acho que falei mesmo isso, não falei?

Algo na voz da srta. Peregrine fez Enoch parar de comer. Sua colher ficou parada a meio caminho da boca.

— Você acha?

— É possível que eles simplesmente estejam desesperados, como Enoch falou, e dispostos a tentar qualquer coisa. Mas seria atípico deles dedicar tanto esforço a uma tarefa infrutífera, em especial Murnau. Suspeito que ele possa estar recebendo ordens diretamente de Caul, talvez por meio de sonhos. — Ela me deu uma olhada. — O sr. Portman teve alguns desses. E eu também.

Horace soltou um gemido baixinho.

— Ops.

Eu me virei para ele na mesma hora.

— Como assim, *ops?* — perguntou Enoch.

— Algo errado com a sopa? — perguntou o garçom por cima do meu ombro. — Precisa de mais pó de enguia?

— AGORA NÃO! — gritou Enoch para o homem e, depois que ele se afastou, se virou para Horace de novo. — *Como assim, ops?*

— Eu sonhei com ele também — disse Horace, encarando o copo agora vazio.

— Sonhou? — perguntei.

— Lembra aqueles pesadelos que eu tinha, que me faziam acordar gritando, quando Jacob chegou na nossa casa pela primeira vez? Com mares de sangue fervente e fogo chovendo dos céus? Lembra? — Ele esperou os olhares de compreensão do grupo, então assentiu e engoliu em seco. — Bem, ontem à noite eu tive outro. Só que Caul estava lá.

— Por que não falou nada? — perguntou Bronwyn, chateada. — Você sempre vinha falar comigo quando tinha esses pesadelos.

— Eu ignorei, achando que era uma manifestação dos meus próprios medos, não um sonho profético — respondeu Horace, tenso. — Mas se Caul está visitando Jacob e a srta. Peregrine nos sonhos também... — Ele esfregou o rosto com a mão trêmula, respirou fundo e continuou: — Eu nunca vi Caul em um sonho antes, profético ou não. Mas eu o vi muito claramente, flutuando no céu, dirigindo o apocalipse como se fosse um maestro. — Ele olhou para mim. — Acho que ele e sua ressurreição vão causar essa era de caos e disputas.

— Acho que talvez eu tenha que acabar com isso, de alguma forma — comentou Noor, nervosa. — Nos "emancipar". Eu e outros seis peculiares.

— Espera aí — falei. — Estamos colocando a carroça na frente dos bois. Por que os acólitos acham que podem ressuscitar Caul? Porque leram a profecia também? Eles imaginaram que era sobre eles e Caul, como a gente?

— *É sobre eles e Caul* — corrigiu Horace.

A srta. Peregrine ergueu as mãos pedindo calma.

— Vamos supor, para fins desta discussão, que Horace esteja certo e a profecia seja sobre eles. Como fariam isso? Se estão seguindo uma receita de "sopa de ressurreição", como Enoch sugeriu, de quem é a receita? O que contém? E onde conseguiram isso? Acho que...

— Do seu irmão, senhorita. De Myron Bentham.

Era Millard. Ele estava sem fôlego, parado ao lado da srta. Peregrine na cabeceira da mesa. A *ymbryne*, que não tinha o hábito de fazer perguntas para as quais já não soubesse a resposta, ficou surpresa.

— Acabei de vir do escritório secreto de Bentham — falou Millard. — Acho que é melhor vocês voltarem comigo agora.

◆ ◆ ◆

O escritório secreto de Bentham ficava diretamente acima do escritório normal dele, acessível por uma escada no teto. A escada estava escondida atrás de um grande retrato dele mesmo, um de muitos que cobriam o teto (embora não cobrisse, por incrível que pareça, as paredes). No topo da escada descobrimos um cômodo que poderia ser de um monge asceta: prateleiras cheias de livros, uma escrivaninha com tampa e uma cadeira.

O antigo servo de Bentham, Nim, estava esperando nervosamente em um canto enquanto subíamos um por um.

— Nunca vi esse cômodo — disse a srta. Peregrine, se virando devagar para olhar em volta. — Minha nossa, eu pedi à srta. Blackbird e sua equipe para procurar em todos os cantos da casa...

— Nim sabia que o lugar existia — disse Millard, e o homenzinho estranho começou a assentir. — E, aparentemente, os acólitos também.

— O sr. Bentham guardava seus arquivos e livros mais importantes aqui — explicou Nim —, longe de olhos curiosos e ladrões, mas ele confiava no velho Nim, isso com certeza. — Ele estava torcendo as mãos, arrancando a pele em volta das unhas, enquanto o olhar ia e vinha dos cantos do cômodo. — Era o trabalho de Nim limpar, arrumar, alfabetizar, *cataloguizar*...

— Pode chegar logo à parte em que os acólitos vão ressuscitar Caul? — interrompeu Emma.

— E o que isso tem a ver com Fiona? — perguntou Hugh.

Millard pigarreou.

— Sim. Então. Todo mundo sempre disse que era impossível escapar de uma fenda colapsada. Todos os especialistas no assunto concordavam: ou você morre, transformado em um etéreo, e destrói tudo em um raio de centenas de quilômetros, como aconteceu no Evento de Tunguska em 1908, ou, se você por acaso tivesse se imbuído de uma das poderosas almas dos antigos, como Caul fez logo antes de destruirmos a Biblioteca de Almas, ficaria preso para sempre em um fenômeno que chamamos de sequestro esotérico...

— Sem enrolação, sr. Nullings — interrompeu a srta. Peregrine.

— Todos concordavam que era impossível. Ou quase todos. Aparentemente, Bentham discordava. — Millard acenou para Nim. — Pode falar. Conte para eles.

Nim deu um passo à frente, ainda torcendo as mãos.

— O sr. Bentham não queria fazer isso. Mas o sr. Caul o forçou.

— O forçou a quê? — questionou a srta. Peregrine.

— A encontrar um meio de escapar de uma fenda colapsada. — Ele olhou para cima furtivamente, como se esperasse levar um tapa, depois baixou os olhos de novo. — O sr. Caul insistiu no assunto por anos. Eu lembro. Nim ouve coisas. Nim está sempre ouvindo. Meu nome é Nim.

— E aí? — perguntei. — Ele encontrou um meio?

— É claro que sim! O sr. Bentham era um gênio. Mas ele mentiu para o sr. Caul. Disse que era impossível. Só que escreveu a fórmula secreta que descobriu e a colocou num livro, porque "descoberta é descoberta", ele disse, e deu o livro para Nim esconder, e me disse para nunca dizer a ele onde o escondi, para ninguém poder tirar a informação do sr. Bentham nem sob tortura.

— Vou adivinhar — disse Enoch. — Você escondeu o livro bem mal.

— Não, senhor, não, não não... Mas eles encontraram mesmo assim.

Millard deu um passo à frente.

— Depois que os acólitos escaparam da prisão e antes de saírem do Recanto, eles vieram aqui, neste escritório, e roubaram um único livro. O que tinha a fórmula de Bentham.

Nim apontou para um espaço vazio na prateleira.

— Ladrõezinhos malditos.

Emma jogou as mãos para o alto.

— Isso é horrível. Um absurdo. Mas como isso vai nos ajudar a impedi-los...

— Ou a encontrar a Fiona? — interrompeu Hugh, que parecia à beira de um ataque de nervos.

A srta. Peregrine parecia estranhamente calma enquanto ouvia tudo isso. Ela se aproximou devagar de Nim e pousou as mãos nos ombros do homenzinho. Ele estremeceu.

— Nim — disse ela, sorrindo como se ele fosse uma criança. — Por acaso você fez uma cópia da fórmula de Bentham?

Ele olhou para a mão da srta. Peregrine em seu ombro, depois voltou o olhar para a *ymbryne*.

— O próprio sr. Bentham fez. Fez, sim — respondeu. — E me pediu para esconder as duas.

O sorriso dela aumentou.

— E você ainda tem a cópia?

— Ah, sim, senhorita. — Ele piscou, confuso. — A senhorita... A senhorita gostaria de ver?

— Sim, Nim, eu gostaria.

Ele foi até a escrivaninha com tampa e a destrancou. Estava lotada de papéis desorganizados. Enquanto Nim folheava todos, Noor ergueu a mão e perguntou, em um tom cuidadoso para não ofender ninguém:

— Posso perguntar só uma coisa?

Todos olhamos para ela.

— Por que a gente tem tanta certeza de que essa fórmula faria alguma coisa, na verdade? Só porque os acólitos estão desesperados o suficiente para tentar não significa necessariamente que vá funcionar. Esse cara era, tipo, um bruxo ou alguma coisa assim?

Enoch revirou os olhos.

— Bruxos não existem.

Noor parecia prestes a discutir quando Millard interrompeu:

— É uma pergunta justa, compreensível, especialmente considerando que você não o conheceu.

— Bentham era tipo... o arquiteto — falei, e Noor ergueu uma sobrancelha para mim.

— As fendas temporais eram sua especialidade — explicou Millard. — Ele criou o Polifendador, por exemplo. E foi responsável, como sabemos agora, pelo colapso que transformou Caul e seus seguidores em etéreos, e pelo que o prendeu junto com Caul na Biblioteca de Almas...

— Entendi — disse Noor, erguendo as mãos. — Ele sabia o que estava fazendo.

— Sim — disse a srta. Peregrine, parecendo bem pálida ao encarar Nim.

O homenzinho puxou uma folha de papel da mesa e agitou-a no ar.

— Aqui, aqui, aqui!

A srta. Peregrine pegou o papel e começou a ler. Sua testa se franziu na mesma hora.

— Isso é uma piada?

Horace se inclinou para dar uma olhada.

— Ovos de codorna... Enguias em conserva... Repolho...

— Ah, não, isso é uma lista de compras — disse Nim, balançando as mãos ao pegar o papel e girá-lo nas mãos da *ymbryne*. — Está do outro lado.

Ela começou a ler. Sua expressão ficou indecifrável.

Bronwyn se virou para Millard e sussurrou:

— É um lugar estranho para anotar algo tão importante.

Ele fez *shh* para ela.

A srta. Peregrine continuava lendo. Daria para ouvir um alfinete caindo. Então ela suspirou. O rosto estava muito pálido.

— Sim — falou ela, baixinho. — Isso explica muita coisa, realmente.

Então caiu no chão.

Todo mundo correu para ajudar: Bronwyn pegou a srta. Peregrine nos braços, Millard a abanou com um livro, Emma estalou uma pequena chama na frente dos seus olhos e Horace correu para buscar um copo de água. Em segundos ela abriu os olhos e estava falando de novo, perguntando que horas eram e se o chá estava pronto; quando percebeu o que tinha acontecido, ficou envergonhada e deu uma bronca na gente, mandando que a colocássemos no chão de imediato. Na hora que Bronwyn fez isso, ela quase caiu de novo.

— Foi a sopa, só isso — falou quando Bronwyn e Noor a ajudaram a ficar de pé. — Tive uma reação àquela sopa horrenda.

Ninguém, nem mesmo Claire, acreditou naquilo.

Ela deixara transparecer que estava com medo, e agora tentava compensar, porque isso deixava todos nós com medo também.

Depois de beber um pouco de água e respirar um minuto até recuperar a compostura, ela se sentou à escrivaninha de Bentham. Estávamos morrendo de curiosidade para saber o que havia no verso daquela lista de compras. A srta. Peregrine esticou o papel — estava amassado e manchado com algo que parecia café — e começou:

— Não quero mantê-los em um suspense desnecessário, então sentem-se e ouçam.

Nós nos sentamos em círculo ao redor dela, como crianças na hora da história mais estressante possível. Noor ficou perto de mim, sua proximidade um bálsamo mesmo que ela ficasse abrindo e fechando o punho, fazendo a luz acender e apagar.

— A primeira linha está escrita em latim — disse a srta. Peregrine, e leu... em latim.

Noor e eu trocamos um olhar, mas ninguém mais pareceu estranhar. Ergui a mão antes que a srta. Peregrine pudesse prosseguir.

Ela olhou para mim.

— Hum... — Pigarreei. — Pode traduzir, por favor?

Até naquele momento tão tenso, a srta. Peregrine encontrou forças para se mostrar decepcionada comigo.

— Sinceramente, sr. Portman — ralhou ela, balançando a cabeça. — Em resumo, diz: "Para invocar uma alma das profundezas do abismo, você vai precisar, bem, de tudo."

— Seu irmão não era um poeta — comentou Millard.

— Com isso, a lista começa. — Ela me encarou. — Em inglês. São só seis itens.

O que se seguiu não era tão diferente assim da lista de compras do outro lado da folha, só que esses ingredientes eram mais esotéricos e perturbadores.

— Um: excrementos da superminhoca.

— Superminhoca. — Olhei para Emma e Enoch, que já estavam olhando para mim. — O que foi mesmo que Ellery disse que pegaram dela?

— A *Maderwurm* — respondeu Enoch. — Que só posso supor que seja...

— Uma minhocona bem nojenta.

Bronwyn respirou fundo.

— Bom, esse ingrediente eles já têm.

— Posso continuar? — perguntou a srta. Peregrine. — Dois: língua de um brota-semente, recém-colhida.

— O que é um brota-semente? — perguntou Olive.

A srta. Peregrine pareceu triste.

— Fiona — explicou. — É um termo arcaico para o tipo de peculiar que ela é.

Hugh enterrou o rosto nas mãos.

— Recém-colhida — disse Millard. — Deve ser por isso que estão mantendo Fiona viva...

— Millard, *por favor* — disparou a srta. Peregrine. — Perdão, Hugh...

— Pode continuar — retrucou Hugh. Ele tinha erguido o rosto, revelando os olhos vermelhos. Bronwyn colocou um braço sobre seus ombros.

— Três: uma chama indestrutível.

Todo mundo começou a sussurrar, tentando entender.

— Será que isso significa a Emma? — perguntou Horace.

Enoch prendeu a respiração.

— Talvez, se eu fosse imortal. — Emma balançou a cabeça. — Mas eu não sou indestrutível, então como a minha chama poderia ser?

Então entendi.

— O menino dos cobertores em Locust Gap.

A expressão de Emma se acendeu.

— Sim! Seu corpo era terrivelmente gelado, e tinha uma coisa que o mantinha aquecido, uma pedra em brasa no estômago...

— A pedra de fogo — disse a srta. Peregrine, olhando para Emma com curiosidade. — É a única no mundo.

— E algum acólito a roubou, meses atrás — disse Emma.

A gente não tinha contado sobre o menino à srta. Peregrine, mas ela entendeu de imediato e assentiu, resignada.

— São três itens que eles já têm. — Ela voltou à lista. — Quatro: besouros-da-morte dos hititas subterrâneos.

Nim tapou a boca com as mãos.

— Ah.

Todo mundo se virou para ele.

— O que foi? — perguntou Millard, seco.

Nim estava vermelho.

— Eles estavam no insetário da coleção do sr. Bentham. Até outro dia.

— Quando foram roubados por Murnau e os outros acólitos — supus.

— Bem, hum, considerando o período do desaparecimento — gaguejou ele —, sim, sim, temo que...

Todo mundo gemeu. Enoch soltou um palavrão. Noor estava muito quieta e parada. Millard ainda resmungava para si mesmo que aquilo era muito, muito pior do que ele tinha imaginado, e a srta. Peregrine apertava a ponte do nariz de olhos fechados, como se tentando lutar contra uma dor de cabeça forte.

— Meu Deus — disse Horace, o pânico óbvio na voz. — Eles já pegaram quase tudo da lista! O que falta?

— Por favor, crianças, não vamos perder a cabeça — disse a srta. Peregrine. — Faltam dois itens.

O escritório ficou em silêncio. Ela ergueu o papel de novo e estreitou os olhos, como se não conseguisse ler bem a caligrafia de Bentham.

Então falou:

— Cinco: a caveiralfa do Poço da Esperança; em pó, cinco a dez miligramas.

Todo mundo ficou parado, olhando para os outros. Esperando as más notícias. Esperando que alguém dissesse que os acólitos já tinham a caveiralfa, ou que caveiralfas eram tão comuns que praticamente davam em árvores, ou que caveiralfa (em pó, cinco a dez miligramas) era tão fácil de encontrar que dava para comprar no atacado, e a única coisa entre os acólitos e a ressurreição de Caul era uma ida ao mercado.

Mas ninguém disse nada.

— O que é Poço da Esperança? — perguntou Noor, por fim.

Todo mundo olhou para a srta. Peregrine.

— Não faço ideia. — Ela olhou para Enoch. — Sr. O'Connor, o senhor é o especialista em questões tanatológicas. Já ouviu falar de uma caveiralfa?

Enoch balançou a cabeça, sem expressão.

A srta. Peregrine deu de ombros.

— Falta um, então. Seis: coração ainda pulsante da mãe das aves. — Todo mundo perdeu o fôlego. Ela ergueu os olhos do papel. — Antes que tirem conclusões precipitadas...

— Significa a senhorita! — choramingou Claire.

— Eles vão pegar você! — gritou Horace.

— Horace, Claire, parem com isso! — ralhou a srta. Peregrine. — Parece fazer referência a uma *ymbryne*, mas eu não sou a mais velha nem mesmo a mais maternal de nós. Talvez essa seja a srta. Avocet...

— Mas você é a *nossa* mãe, ou o mais perto que temos disso — disse Emma.

— E da Fiona também, e ela está na lista.

— E você é irmã do Caul — apontou Millard. — Sangue do seu sangue. Faz bastante sentido que ele precise de você para voltar.

Esperei que ela fosse discordar. Dizer a Millard que estava cometendo um erro.

Mas ela ficou em silêncio, os olhos fixos em uma das paredes nuas. Então ela falou:

— Sim. Sim, suponho que faça sentido.

Houve um longo momento de tensão que parecia que ia durar para sempre. Que nós sucumbiríamos ao medo.

— Não importa — disse Hugh. — A gente nunca vai deixar esses acólitos levarem a senhorita.

Havia tanta decisão na voz dele, tanta certeza, que isso pareceu tirar todos nós do desespero.

— É isso mesmo! — exclamou Olive.

— Nunca — concordou Bronwyn.

— E se eles ainda não tentaram pegá-la — comentou Millard —, é porque essa é a parte mais difícil e vão deixá-la para o final. Até onde sabemos, eles ainda não conseguiram essa outra coisa também, a caveiralfa.

— Seja lá o que for isso — completou Enoch.

A srta. Peregrine se levantou da escrivaninha, os pés já firmes.

— Então vamos descobrir o que é — falou. — E vamos impedir que os acólitos a encontrem.

— E vamos trazer Fiona de volta — completou Bronwyn.

— E vamos decorar o Recanto do Demônio com suas cabeças! — gritou Hugh, e todos gritamos junto.

Pela primeira vez em dias, eu o vi abrir um sorriso tímido.

CAPÍTULO DEZ

*N*ós nos vimos na frustrante posição de ter um objetivo claro — encontrar essa tal caveiralfa e o Poço da Esperança antes dos acólitos —, mas sem a menor ideia de como alcançá-lo. Rastrear os acólitos pelo resíduo dos etéreos ficou quase impossível; eles deviam ter fugido de carro do local do acidente, e não havia como saber para que lado foram. Ninguém nunca havia ouvido falar nem da caveira nem do poço, e até que tivéssemos alguma ideia da localização de pelo menos um deles, estávamos de mãos atadas. Como era de se esperar, a srta. Peregrine queria que as *ymbrynes* lidassem com o problema sozinhas e nos disse para voltar para casa e ficar lá até que ela tivesse conversado com as outras aves.

— Todos vocês precisam descansar — disse ela. — Temos uma grande batalha à frente, e preciso que estejam bem-dispostos.

Em uma explosão de penas, ela se transformou em pássaro e voou para longe.

Descansar, certo.

Isso era inimaginável, com tantas preocupações pesando nos nossos ombros. Então nos dividimos e começamos a trabalhar.

Millard correu para a biblioteca em busca de atlas americanos de fendas, para procurar o Poço da Esperança. Horace, para quem descanso e trabalho muitas vezes significavam a mesma coisa, realmente voltou para casa e foi dormir — seu plano era beber uma dose de "solução sonífera" e entrar em um transe sonâmbulo, em que esperava sonhar com a resposta de que precisávamos. Hugh resmungava algo sobre interrogar os acólitos que ainda estavam aprisionados: "Eles devem saber de alguma coisa", dizia ele, ameaçando "forçar a barra caso não abrissem o bico". Mas a razão falou mais alto, já que isso não só seria contra inúmeras leis das *ymbrynes*, como também revelaria o que sabíamos aos acólitos, o que, mesmo com eles presos, poderia colocar tudo a perder.

Então Claire falou que tinha trabalhado com alguns peculiares que moraram nos Estados Unidos no Departamento de Fauna Arcana e saiu correndo para perguntar a eles se já tinham ouvido falar de uma caveiralfa ou do Poço.

Foi aí que algo óbvio me ocorreu.

— Se a gente acha que essa coisa está nos Estados Unidos, por que não perguntamos aos americanos? LaMothe me deve um favor...

Assim, voltamos para o sótão de Bentham, para a entrada da fenda de Marrowbone — só que o elevador estava protegido por vários funcionários de Assuntos Temporais.

— Ah, nem pensar — disse Ulysses Critchley, erguendo a mão como se fosse um guarda de trânsito. — A srta. Peregrine acabou de sair e nos deu ordens explícitas de não deixar nem vocês, nem mais ninguém passar. A srta. Wren e a srta. Cuckoo foram informadas da situação e estão com os americanos agora mesmo.

Eu ia começar a discutir com ele quando Olive comentou que Hugh e Enoch não estavam mais lá. Nós nos viramos para olhar; ela tinha razão.

Emma ficou tão nervosa que quase ateou fogo na própria blusa.

— Eu sei exatamente aonde eles foram — resmungou ela. — Vamos, Bronwyn, vamos impedir aqueles dois antes que façam algo terrivelmente estúpido.

O que me deixou sozinho com Noor e Olive. Estava óbvio que a gente não ia entrar em Marrowbone, e, de qualquer maneira, duas *ymbrynes* eram mais que capazes de tirar as informações dos americanos, se houvesse alguma. Passamos uma hora andando pelo Recanto, frustrados.

Estávamos tão perto, porém...

Depois de um tempo, voltamos para casa. Ninguém tinha pensado em nada útil. Millard não encontrou nenhuma novidade na coleção das *ymbrynes* de mapas de fendas americanas — e, àquela altura, ele já os conhecia bem, depois de dias procurando a fenda de V. Horace, apesar dos esforços para obter uma revelação, tinha, para sua vergonha, sonhado com pizza. Ninguém conseguia pensar em mais nada, e a srta. Peregrine ainda não tinha voltado.

Éramos um grupo cabisbaixo.

Olhei para as expressões tensas dos meus amigos — a decepção de Hugh, a exaustão de Emma, a ansiedade de Noor, até a letargia de Enoch — e tomei uma decisão.

Nenhum de nós ia dormir mesmo.

— Certo. — Bati palmas. — Nós tentamos, certo? Tentamos encontrar mais informações sem quebrar as regras, não foi? Eu diria que nos esforçamos muito.

— Ninguém respondeu, mas mesmo assim assenti, meio que para mim mesmo. — Bom, a noite é uma criança. Acho que há tempo suficiente para tentar uma última coisa.

Meus amigos me encararam, cada vez mais confusos.

— Não entendo — disse Claire, as duas bocas bocejando.

— Nem eu — comentou Olive, bocejando também.

— Eu entendi — disse Hugh, endireitando os ombros. — Entendi o que você disse claramente, Jacob, e estou inclinado a concordar.

— Eu também — disse Noor, sorrindo.

Aquele sorriso atravessou meu coração e me deixou derretido. Adorei.

Sorri para ela. Um sorriso imenso e idiota.

Então, percebendo, sorri para os outros também.

Bronwyn estava me olhando com uma expressão pensativa, as engrenagens de seu cérebro claramente em funcionamento. De repente, ela se virou.

— Olive — falou. — Pode nos fazer um favor e levar a Claire para a cama? Já passou da sua hora de dormir, e você sabe como a srta. Peregrine gosta que vocês estejam dormindo às oito em ponto.

— Tudo bem — disse Olive, segurando outro bocejo. — Vamos, Claire — disse, puxando a outra menina pela mão.

Quando elas estavam na metade da escada, as botas de metal de Olive retinindo nas escadas, ouvi os ecos da voz de Claire, baixinha:

— Mas a gente leu isso da última vez — reclamou ela. — Você prometeu que hoje a gente ia ler *O terrível conto do urxinim e os nove normais enxeridos*. Ou a gente pode ler *A bruxa que não queimava*, que é meu favorito...

Foi só quando as pequenas estavam em segurança na cama que os outros se viraram para mim. Enoch, Bronwyn, Emma, Horace, Hugh, Noor, Millard.

Seis pares de olhos me observavam com expectativa. Um sétimo par invisível.

— Certo — falei. — Quem quer me ajudar a entrar escondido na fenda de Marrowbone?

Seis mãos se ergueram.

— Minha mão está levantada também!

Abri um sorriso tão grande que meu rosto doeu.

O sol já havia se posto no horizonte cinzento, e, sem luz, o Recanto do Demônio ficava especialmente feio. Não era nossa curiosidade juvenil que nos estimulava a desafiar o toque de recolher e andar pelas ruas àquela hora; simplesmente não tínhamos escolha. Para conseguir voltar para o sótão de Bentham e a entrada da fenda de Marrowbone, reduzindo a chance de sermos vistos pelos guardas da casa, tínhamos que atravessar a pior parte da cidade, o que significava lidar com o pior tipo de pessoa — viciados em ambrosia, ladrões ardilosos, todos os horrores inimagináveis que nadavam no rio lamacento. Emma acendeu uma pequena chama nas mãos para evitar que entrássemos demais na escuridão, mas Millard a repreendeu, temendo que fôssemos vistos pelas autoridades.

— Mesmo desconsiderando a multa alta... — disse ele... num sussurro que por pouco não foi um berro — não tenho nenhum interesse em dormir nu no chão frio de uma prisão, obrigado.

— Então talvez você devesse ter se vestido — zombou Horace. — Já me ofereci mil vezes para fazer roupas para você, mas nada...

Millard resmungou.

— Silêncio, vocês dois — censurou Emma. — Temos que ficar atentos, e vocês dois brigando não vai ajudar.

Bronwyn suspirou.

— A casa de Bentham parece bem mais longe no escuro, não? Tem certeza de que a gente não passou?

— Não estamos longe — disse Hugh, baixinho. Ouvi o zumbido das abelhas, que estavam ajudando a gente a atravessar a escuridão. — Viramos à esquerda no lampião, então deve ser na rua depois dali.

Como só havia um poste aceso, era fácil de ver. Mas ele ainda estava pelo menos a trezentos metros de distância. Trezentos metros de noite assustadora e sombria.

Alguma coisa pareceu sibilar ao longe.

Seguimos em frente, dessa vez em silêncio, grudados um no outro e envoltos pela escuridão. Pelo medo também. Acima de tudo pelo medo.

Foi então que senti uma brisa estranha e quente na minha mão.

Olhei para baixo, assustado, e vi um ponto isolado de luz brilhando na palma da minha mão. Parei de andar e a ergui, observando o brilho minúsculo. Estava prestes a dizer alguma coisa para o grupo quando Noor apareceu ao meu lado.

Eu senti na hora. Sabia que era ela mesmo que não tivesse visto. Senti as fagulhas na minha cabeça sinalizando sua proximidade.

— Estava só tentando encontrar você — disse ela, baixinho, puxando minha mão mais para perto. O brilho sumiu entre nossos dedos entrelaçados. Ela sussurrou enquanto caminhávamos. — *Sinto muito se assustei você.*

Meu corpo se eletrizou na mesma hora.

Balancei a cabeça para negar, esquecendo que ela provavelmente não conseguia me ver. Mas estava me sentindo meio bobo. Não sei por que isso parecia diferente, extraordinário. Na minha pouca experiência, andar de mãos dadas com uma menina nunca tinha sido algo tão memorável. Mas meus nervos estavam estranhamente sensíveis. Não via nada além do lampião a gás borrado ao longe, e com a visão prejudicada, meus outros sentidos ficaram mais aguçados.

A mão de Noor na minha me distraía de todo o resto. Eu queria pedir para ela soltar, para me devolver minha mente.

Eu queria segurar a mão dela para sempre.

Respirei fundo uma vez, trêmulo, tentando clarear as ideias, quando três coisas aconteceram ao mesmo tempo.

— Estamos quase lá! — disse Millard.

Então Hugh — não, Horace — berrou.

E Emma pegou fogo.

A última coisa aconteceu por um segundo, e Emma claramente ficou com vergonha, porque não conseguiu apagar o fogo por completo. Ficou com o rosto vermelho, reclamando do susto que Horace tinha dado nela, perguntando por que ele gritara — afinal, estava tudo bem, não estava? —, mas as chamas continuavam pulando do braço para a perna e para o topo da cabeça, chegando, por fim, à ponta dos dedos. Dez velas de aniversário que se recusavam a se apagar.

Ela ainda estava balançando as mãos — os movimentos vigorosos só aumentando o fogo — quando Horace explicou.

— Acabei de me lembrar. Acabei de me lembrar!

— Lembrar o quê? — perguntou Emma, irritada, apagando as chamas uma a uma.

— O lampião… Eu estava olhando para ele e pensando no meu sonho, em um detalhe no qual não prestei atenção. Lembram que falei que vi Caul flutuando no céu, dirigindo o apocalipse…

— … como se fosse um maestro. Sim, a gente lembra — resmungou Millard.

— Não liga para ele, Horace — disse Hugh. — Continue.

— Bem, ele estava flutuando no céu, acima de uma colina. O sol estava brilhando, foi isso que o lampião me fez lembrar, e eu me dei conta de que havia uns túmulos por perto. Com coisas escritas nas lápides. Estou vendo agora, claramente. O nome de uma cidade americana. Alguma coisa nova.

— Uma cidade nova, você quer dizer? — perguntou Millard. — Mas nova comparada ao quê? Tudo pode ser novo dependendo do contexto histórico.

— Faz sentido — disse Enoch, parecendo irritado, e deu um bocejo. — Podemos continuar? Estou com frio e com fome e achei que a gente já ia estar se divertindo a essa altura.

— Você só está sendo rude assim para disfarçar o medo — disse Bronwyn. — E isso não é justo com a gente. Estamos todos com medo, sabe?

— Eu não estou com medo — retrucou Enoch.

— Espera — disse Noor. — Peraí. — Pelo tom na voz dela, percebi que um pensamento se formava em sua cabeça. — Você disse que era uma cidade americana "nova". Tipo Nova York?

Horace prendeu o fôlego.

— Sim — disseram duas pessoas ao mesmo tempo.

A primeira foi Horace, surpreso.

A segunda...

Emma acendeu outra chama, que iluminou nossas expressões de medo e a expressão de raiva da nossa *ymbryne*.

A *srta. Peregrine.*

Não só ela. Um bando de *ymbrynes* tinha surgido ao nosso redor: srta. Wren, srta. Cuckoo, srta. Blackbird.

As *ymbrynes* tinham voltado de Marrowbone.

— De volta para a cama, todos vocês! — disse a srta. Peregrine, irritada. — Agora mesmo!

— Mas, senhorita, nós só estávamos...

— Chega! — interrompeu ela, ofegante. — Ignorando o toque de recolher? Deliberadamente desobedecendo às minhas ordens? Estou não apenas chocada, srta. Bruntley, como também extremamente decepcionada. Agora, deem meia-volta e vão para casa neste minuto.

— Mas, senhorita — pediu Hugh. — Vocês... Temos alguma notícia?

Um momento de silêncio.

— Sim.

— Tem a ver com Nova York? — perguntou Horace.

A srta. Peregrine suspirou. A raiva pareceu diminuir.

— Certo, então. Podemos falar sobre isso em casa. Sinto muito por gritar, crianças. Foi uma noite muito cansativa.

— Tudo bem, senhorita — disse Emma. — Você está lidando com muitas coisas no momento. Vamos voltar para casa, e Horace vai preparar um bom chocolate quente para você. Não é, Horace?

— Será um prazer!

— Puxa-sacos — resmungou Enoch.

— O que disse, sr. O'Connor? — perguntou a *ymbryne*.

— Nada, senhorita.

— Certo. — A srta. Peregrine respirou fundo. — *Ymbrynes?* Vamos nos reunir na casa?

Um violento explodir de asas foi a única resposta.

◆　　◆　　◆

Estávamos todos — crianças e *ymbrynes* — sentados na sala com xícaras de chocolate quente quando a srta. Peregrine enfim deu a notícia. Bem, a srta. Peregrine permitiu que a srta. Wren desse a notícia.

De qualquer forma, estávamos tensos.

A srta. Wren deu um passo à frente.

— Os americanos finalmente nos deram algumas informações que podem ser úteis para a gente. Existe, na porção norte do estado americano de Nova York, uma cidade chamada Hopewell. Nessa cidade, há uma fenda de ressuscitadores.

— Nova York! — gritou Horace. — Foi o que eu vi na lápide no meu sonho!

Ele e Noor trocaram um cumprimento envergonhado, porém animado.

— E Hopewell! — exclamou Bronwyn. — Significa exatamente Poço da Esperança!

— Por que a lista de Bentham não dizia isso? — perguntou Emma.

— Meu irmão adorava desafios, e tenho certeza de que estava tentando frustrar Caul ao deixar sua lista um pouco mais confusa, caso ela fosse descoberta.

— E a caveiralfa? — perguntou Millard.

— Se estamos procurando uma caveira especial, uma fenda de ressuscitadores é um bom lugar para começar — comentou Enoch. — O que vocês sabem sobre eles?

— Não muito — disse a srta. Cuckoo. — Só que vivem isolados e não gostam de receber visitas.

— Parece o meu tipo de gente.

Hugh deu um tapa na mesa de repente.

— Temos que juntar um exército e invadir esse lugar! Entrar com armas em punho!

— Não precisa se exaltar, Hugh — disse a srta. Peregrine. — Compreendo que estamos todos tensos, mas não sabemos o que vamos encontrar nessa fenda. Não sabemos se os acólitos já estiveram lá. Não sabemos com que tipo de peculiar estaremos lidando. Precisamos ser cuidadosos... e nos preparar para um conflito.

— Os acólitos podem estar nos esperando com um exército — comentou Bronwyn.

— Eles não têm um exército — zombou Enoch. — São apenas meia dúzia de fugitivos.

— E um etéreo — disse Olive.

— Talvez mais de um — falei.

— Não seria sábio subestimá-los — aconselhou a srta. Peregrine. — É por isso que já começamos a reunir uma equipe de elite com nossos melhores peculiares para a missão.

Emma cruzou os braços e franziu a testa.

— Quem?

A srta. Peregrine sorriu.

— Vocês, claro.

— Foram vocês que libertaram o Recanto do Demônio — disse a srta. Wren. — Ninguém tem mais experiência ou preparo.

Estávamos todos sorrindo, animados.

— E terão apoio, é claro — afirmou a srta. Peregrine. — Uma equipe de suporte.

— Nós — disse a srta. Cuckoo. — E alguns outros peculiares escolhidos por conta de suas habilidades.

— Tenho alguns urxinins que estão doidos para se exercitar — comentou a srta. Wren. — E um pelotão de guardas já está cuidando dos preparativos.

— Mas vocês vão ficar na linha de frente — disse a srta. Peregrine.

— Se estiverem dispostos, é claro — comentou a srta. Cuckoo.

— Está falando sério? — questionou Bronwyn. — A gente iria mesmo se vocês nos proibissem.

— E nos prendessem em uma masmorra — disse Hugh.

— Eu sei — disse a srta. Peregrine, orgulhosa. — Bem, temos muito o que fazer pela frente, não?

— Vamos matar uns acólitos! — gritou Hugh, e todos comemoramos.

— Sim, sim, mas primeiro… é hora de dormir. — A srta. Peregrine ficou de pé. — Já para a cama, crianças. E não se esqueçam de escovar os dentes.

Todo mundo gemeu.

◆   ◆   ◆

A casa estava uma confusão na manhã seguinte, todo mundo correndo e se esbarrando ao subir e descer a escada, pegando todos os itens que achassem necessários para uma missão perigosa. Comida. Roupas extras. Uma faca favorita. O que coubesse nos bolsos ou em bolsas pequenas. Não tínhamos muita coisa, de qualquer forma.

Eu estava revirando a cômoda do quarto dos meninos em busca de meias limpas. Noor foi lavar o rosto.

— Daria tudo por outro banho — disse ela. — Mas seria pedir demais.

Corri atrás dela.

— Ei — chamei. — Posso falar com você um segundo?

Ela terminou de lavar o rosto, olhou para mim e franziu a testa.

— Já sei o que vai dizer. E a resposta é: nem pensar.

— O que eu ia dizer?

Ela me puxou para um quarto vazio.

— Que eu não preciso fazer isso. Que talvez seja melhor eu ficar aqui, onde é mais seguro. Mas sei me cuidar.

— Sei que sabe. Mas essa briga não é sua. Ou não precisa ser.

Ela balançou a cabeça, irritada.

— Se você preferir continuar a procurar por V., eu entendo…

— Você falou sério quando disse que eu era parte do time? — interrompeu ela. — Ou era só uma frase de efeito?

— É claro que você faz parte do time.

— Então isso me afeta tanto quanto a vocês. Na verdade, até mais, porque se a gente não impedir esses babacas antes que eles tragam o rei do mal deles de volta ou sei lá o quê, aparentemente sou eu que vou ter que lidar com essa confusão. Prefiro evitar isso antes que eles deem início ao apocalipse.

— Certo — falei. — Faz sentido.

— Eu *vou* encontrar a V. quando isso acabar. Agora, essa é minha briga. E não vou a lugar algum. Então chega desse papo de "tudo bem se você quiser ficar para trás e de pé para o alto enquanto a gente arrisca nossa vida", certo? Estamos juntos nessa.

— Certo. Somos um time.

Os olhos dela brilharam.

— Somos um time.

— Aliás, caso o apocalipse aconteça, só para avisar... De jeito nenhum vou deixar você lidar com isso sozinha.

Ela sorriu.

— Combinado. Mas é melhor tentarmos evitar isso.

— Combinado.

Eu ri.

Enoch parou no corredor.

— Chega de namorico. Já estamos indo.

CAPÍTULO ONZE

ma hora depois, estávamos acelerando por uma rodovia americana em um comboio de utilitários. Já era noite e estava chovendo. Um homem grandalhão do Assuntos Temporais assumira o volante, e, no banco do carona, a srta. Peregrine tricotava alguma coisa. Eu, Noor e Millard estávamos no banco do meio. Enoch, Emma e Bronwyn, no último. O restante dos nossos amigos e as outras *ymbrynes* estavam no carro logo atrás, e a equipe de apoio no carro seguinte. Além disso, em algum lugar em meio à tempestade, havia um carro dos americanos.

Foram eles que nos emprestaram os automóveis. Pegamos a porta no Polifendador até Nova York, onde Leo prometeu que nos deixaria passar em segurança. As *ymbrynes* disseram que eu havia encontrado Noor e que ela estava com a gente agora, embora tenham deixado que Leo acreditasse que havia sido um acólito, usando um etéreo, que a roubara de sua fenda, não H. Surpreendentemente, Leo deixou o assunto de lado, e, como parte do acordo entre os americanos e as *ymbrynes*, prometeu não mandar seus homens atrás de Noor. A gente mal podia acreditar. A srta. Wren se recusou a contar o que as *ymbrynes* haviam prometido em troca de tudo isso, mas devia ser alguma coisa importante.

Enquanto seguíamos pela estrada, a animação dos meus amigos havia se transformado em um silêncio tenso. Ninguém falava fazia alguns minutos. A mão esquerda de Noor estava sobre meu joelho, nossos dedos entrelaçados. Com a mão direita ela brincava com os faróis dos carros que passavam, roubando as luzes e depois deixando que vazassem pelo punho fechado, prendendo-as e libertando-as. Aquilo tinha um efeito hipnótico e calmante.

— Não consigo parar de pensar em uma coisa — disse Emma, suas palavras me surpreendendo ao cortar o silêncio no carro.

— O quê?

— Por que Caul estava tão obcecado em achar uma forma de escapar de uma fenda colapsada?

— Hum... — disse Millard. Ele fazia aquele barulho ao pensar.

— Será que ele *esperava* ficar preso?

— Ninguém espera por uma coisa dessas — retrucou Bronwyn. — Talvez fosse só uma precaução.

— Se era o caso, foi uma precaução bem específica — disse Millard.

— Está claro que ele sabia da profecia — disse Noor, ainda manipulando a luz entre os dedos. — Se ele acha que a coisa toda de "anjo do abismo" é sobre ele, então talvez tenha suposto que seu destino era ficar preso lá.

— E se isso fosse parte do plano? — perguntou Millard, como se estivesse testando uma teoria. — Ser enterrado na Biblioteca de Almas...

— Isso é ridículo — interrompi. — Ele não queria que isso acontecesse. Caul ficou furioso.

— Talvez fosse isso que ele queria que a gente pensasse.

— Ah, por favor — reclamou Enoch. — Vocês estão malucos.

— Pensem só nisso. — A voz de Millard era séria. — Ele sempre falava sobre os antigos peculiares, sobre como eram poderosos, como eram a mais pura expressão da peculiaridade etc. Era por isso que ele queria a Biblioteca, para usar seus poderes. Mas talvez a única forma que ele encontrou de fazer isso de verdade era se ficasse preso lá, para então ressurgir com todos os poderes dela nas mãos.

— *Voltar à vida* — sussurrou Emma. — *Como um deus.*

Fiquei todo arrepiado.

A srta. Peregrine juntou as agulhas de tricô com um ruído alto.

— Meu irmão era um louco sedento por poder com uma alma envenenada. Mas não era, nem nunca será, um deus.

— Mas ele estava se preparando para isso — argumentou Emma. — Todos eles se prepararam.

— Mesmo se for o caso, Caul ainda não retornou, e não vamos deixar que isso aconteça. Não há necessidade de criar especulações terríveis que só vão nos deixar preocupados — disse a *ymbryne*.

— Sim, senhorita.

— Swenson, por que não liga o rádio?

O motorista obedeceu. Uma música pop começou a tocar, algo sobre um término de relacionamento. Ouvi Emma suspirar.

Noor tocou os lábios com a ponta dos dedos e exalou uma luz fantasmagórica contra a janela, e o brilho se espalhou como uma névoa evanescente antes de se dissolver no ar.

Hopewell já fora importante, mas atualmente mal era uma cidade. Passamos pelas ruínas de uma fábrica abandonada e rua após rua de terrenos baldios e casas caindo aos pedaços. Era uma cidade do Cinturão da Ferrugem que morreu com a indústria que a fez nascer; provavelmente havia uma centena de cidades parecidas ao redor.

Eu me mantive atento a qualquer sinal de etéreos, e todos nós ficamos de olho para encontrar os acólitos ou os carros que eles pudessem ter usado para chegar até ali, que devem ter sido escondidos antes de eles seguirem para a entrada da fenda. Estávamos em busca de qualquer sinal estranho, na verdade. Não sabíamos se os acólitos estavam em Hopewell, ou se já tinham chegado e partido, ou se a dica dos americanos sobre a cidade seria inútil. Não encontramos nada, só pilhas de lixo e ferro velho, mato crescido e uma área enorme para esconder veículos, muito mais do que teríamos tempo para investigar.

Para minha surpresa, a entrada da fenda dos ressuscitadores não era em um cemitério ou em uma funerária, como seria de se esperar. Era em um parque pequeno no meio da cidade, o único lugar bem iluminado e limpo que vimos. Havia um obelisco de pedra no meio, e atrás de uma porta na base ficava a entrada.

A chuva começou a amainar. Nosso comboio parou próximo ao parque, os motores desligados enquanto as *ymbrynes* discutiam o plano de ação.

Ficou decidido que entraríamos todos juntos e que não nos separaríamos.

Nosso grupo correu pela grama molhada até o obelisco. Bronwyn forçou a porta até abri-la. Estava escuro lá dentro. Nas paredes havia colunas e mais colunas de nomes gravados.

PARA QUE NÃO NOS ESQUEÇAMOS.

O interior era minúsculo. Só cabiam duas pessoas de cada vez.

Fui primeiro, em busca de etéreos. Noor veio comigo.

— Quando chegarem ao outro lado, esperem pelos outros — disse a srta. Peregrine. — Nos vemos em trinta segundos.

A porta bateu. Fomos engolidos pela escuridão por um instante, então sentimos uma leve sensação de movimento. Saímos em um mundo totalmente diferente. Era dia — uma manhã alegre de verão. As ruas antes decrépitas estavam cheias de casinhas fofas em terrenos pequenos, e o obelisco de pedra em que entramos não foi a construção de que saímos — em vez disso, saímos de uma das casas para uma varanda toda florida.

— Não era o que eu esperava — comentou Noor, avaliando o cenário agradável.

Esperamos e estudamos o local. O jardim era decorado com pequenas bandeiras americanas, e as casas do outro lado da rua tinham bandeirolas azuis, vermelhas e brancas penduradas. Parecia que a cidade estava se preparando para as comemorações do Quatro de Julho. Ou assim aconteceu no dia em que a fenda foi criada. Havia carros dos anos 1940 e 1950 estacionados no meio-fio. Um cachorro saiu trotando de uma casinha vermelha e veio latir na nossa direção.

— Cadê todo mundo? — perguntou Noor, dando uma olhada na rua.

Tirando o cachorro barulhento, a cidade estava estranhamente quieta. Tinha toda a aparência de uma cidadezinha animada e populosa, mas era como se todos tivessem sido sequestrados no meio da noite.

Trinta segundos se passaram. Então um minuto.

Ninguém mais saiu pela porta.

— Estranho — falei, me esforçando para não demonstrar minha ansiedade.

Noor tentou abrir a porta. Estava trancada.

Espiei pela janelinha de vidro. Tudo escuro lá dentro.

— Vamos esperar só mais um minutinho — disse Noor, ainda tentando de alguma forma manter a calma, mas era óbvio que nós dois estávamos começando a ficar nervosos.

O que mais poderíamos fazer? Esperamos mais um pouco pelos nossos amigos. Noor começou a cantarolar baixinho. A mesma música, a mesma melodia que eu já ouvira cantar antes.

Ninguém saiu da fenda.

— Isso não é um bom sinal — admiti, por fim. — Provavelmente é bem ruim, na verdade.

Demos a volta até os fundos da casa. Não havia outras portas nem janelas. Só paredes lisas, como um cofre.

Nesse ponto, meu nervosismo chegou ao ápice.

— Eles devem ter ficado trancados do lado de fora.

— Ou a gente ficou trancado do lado de dentro — sugeriu Noor.

Trocamos um olhar apreensivo.

Comecei a me sentir mal.

Não... não era isso. A pontada minúscula na minha barriga era outra coisa. Em algum lugar daquela fenda, havia um etéreo.

• • •

— Imaginei mesmo que não estivéssemos sozinhos — disse Noor quando contei sobre o etéreo. Ela não pareceu assustada; coisas que me deixavam em pânico pareciam deixá-la concentrada. — Você consegue encontrá-lo?

— Ainda não, infelizmente. Não está próximo o bastante.

Ou era isso, ou algo estava interferindo com o senso de direção que em geral me indicava a localização do etéreo. Parecia incerto, girando inutilmente como uma bússola tocando um ímã.

Noor e eu decidimos que não poderíamos mais ficar esperando na entrada da fenda até ela abrir de novo. Estávamos expostos, éramos alvos fáceis. Quanto mais cedo eu encontrasse esse etéreo, mais cedo encontraríamos os acólitos.

E, com sorte, Fiona.

Andamos até o fim do quarteirão e viramos a esquina. Não avistamos ninguém, nem os normais da fenda. Ao longe, havia uma colina com algumas árvores, de onde parecia vir um zumbido industrial, agudo e distante. O som aumentava e diminuía, até parar de vez.

— Provavelmente é aquela fábrica antiga que a gente viu quando chegou na cidade — falei.

Já estávamos na metade do quarteirão seguinte quando ouvimos vozes vindo de uma das casas por perto: um homem e uma mulher tendo uma discussão acalorada.

Corremos para a casa e batemos à porta.

Sem resposta.

Já tínhamos passado do ponto da cortesia.

Tentei abrir a porta. Estava destrancada e abriu com facilidade.

Gritei um *Alô*, entrando em uma residência suburbana aparentemente normal do meio do século passado. Na mesma hora, a fonte das vozes se tornou óbvia: uma televisão. Um filme antigo estava passando. A TV ficava em um móvel de madeira ao lado de uma árvore de Natal de plástico, que estranhamente não parecia condizer com a época, e uma cadeira de balanço com um encosto feito de tricô. Havia algo de fantasmagórico e triste na cena, como se o homem e a mulher da TV morassem ali e estivessem para sempre presos no mundo em preto e branco da tela.

Desliguei a TV, e tudo ficou em silêncio. Noor atravessou devagar um corredor que levava para os fundos da casa.

Ela parou em uma porta.

— Olá? — chamou, então se virou para mim. — Jacob, tem alguém aqui!

Corri até ela. Havia uma adolescente dormindo na cama, as cobertas puxadas até o queixo. As paredes estavam cobertas de recortes de revista.

— Oi? — chamei. — Com licença...

Ela não se mexeu. Dei alguns passos para dentro do cômodo. Olhei para as paredes de novo. Todas as fotos eram do Elvis Presley.

Noor entrou, segurou a beirada da cama e balançou um pouco.

Nos aproximamos mais da menina.

— Ela está respirando? — perguntei, tentando ver se seu peito estava subindo e descendo por baixo das cobertas.

Ouvimos um ruído vindo da sala. Noor e eu congelamos.

— Foi a porta — sussurrei.

Se o etéreo estivesse tão perto, eu saberia. Mas ainda só sentia aquelas pontadas fracas e indefinidas de antes.

Saímos do quarto e voltamos pelo corredor.

— Oi, estamos aqui — falei em voz alta, sem querer surpreender ninguém.

Um menino pálido de calça de cintura alta e suspensórios estava parado na porta da frente aberta, nos observando com uma expressão impassível.

— Oi — disse Noor. — A gente só estava...

— Se estão armados, larguem as armas agora — interrompeu ele, a voz calma, mas firme.

— Não queremos machucar ninguém — falei. — Só queremos conversar.

Ouvimos passos atrás da gente. Eu me virei para olhar.

A menina tinha se levantado da cama.

Seus olhos estavam abertos, mas vidrados, sem foco. Ela usava uma camisola. Em uma das mãos, segurava um cutelo.

— Quietos — disse o menino. — Agora, venham comigo.

— Por favor — pediu Noor. — A gente só...

— QUIETOS! — gritou o menino.

Ele estalou a língua duas vezes.

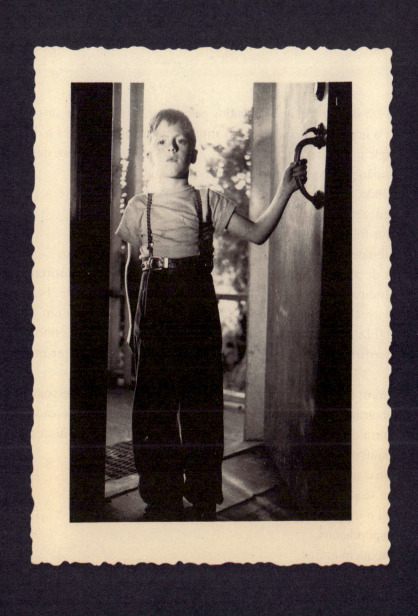

Alguém na varanda abriu a porta. Do lado de fora, vi uma pequena multidão no gramado. As pessoas estavam imóveis, nos encarando.

Todas seguravam cutelos.

— Venham comigo — repetiu o menino. — Sem movimentos bruscos.

Dessa vez não discutimos.

* * *

Avançamos em silêncio pela rua, guiados pelo estranho menino de suspensórios. Ele estalava a língua, e as pessoas viravam para a esquerda ou para a direita. Se falávamos qualquer coisa, elas erguiam os cutelos. Se nos mexíamos de uma forma que elas não gostassem, rosnavam como animais.

O zumbido da colina recomeçou, e ouvi um estrondo distante.

Ninguém reagiu.

— O que foi isso? — perguntei.

Um velho de pijama atrás de mim rosnou e ergueu seu cutelo.

Depois de alguns minutos, chegamos a uma grande casa vitoriana, mais velha e grandiosa do que tudo que já tínhamos visto na cidade. Havia uma torre, um torreão e um alpendre que dava a volta na casa, com um corrimão decorativo. Ela me fez pensar na casa da srta. Peregrine, e, mesmo naquela situação aterrorizante, senti uma pontada de nostalgia pelo lugar que perdemos.

Mandaram a gente ficar parado no meio do gramado; as pessoas de pijamas nos cercaram enquanto o menino de suspensórios subiu as escadas da varanda. A porta da frente se abriu um pouquinho, e ele teve uma discussão com alguém do outro lado, baixo demais para conseguirmos ouvir.

Vi pessoas nos encarando das janelas da casa. Crianças.

A porta se abriu um pouco mais. Uma voz jovem gritou:

— Qual o nome de vocês?

Nós respondemos.

— Com quem estão?

— Com as *ymbrynes* de Londres! — gritei de volta.

Não queria contar que elas estavam esperando do lado de fora da fenda ou que estávamos ali para impedir os acólitos, caso algum deles estivesse ouvindo.

O menino de suspensórios voltou para o gramado. Ele disse algo que não entendi. Todas as pessoas de pijama deitaram na grama.

— Podem entrar — falou ele. — Josep vai vê-los.

Noor e eu trocamos um olhar.

Pelo menos estávamos fazendo progresso.

O menino nos levou até a casa, onde fomos recebidos por outro garoto. Fisicamente ele não tinha mais que oito anos, e usava um casaco comprido com abotoamento duplo e uma boina combinando. Ele parecia o tipo de criança que as avós chamam de "meu homenzinho" e cujas bochechas elas amam apertar. O menino se aproximou de nós com certa desconfiança, o rosto com uma expressão de descontentamento permanente.

— Meu nome é Josep. Estou no comando aqui. O que vieram fazer na nossa fenda?

A voz dele era mais grossa e mais adulta do que eu esperava para alguém do seu tamanho, e por um momento fiquei confuso, achando que alguém o estava dublando.

— Estamos procurando umas pessoas perigosas — disse Noor. — Acólitos. Achamos que eles vieram para cá.

— E eles têm um etéreo — falei. — São muito perigosos.

— Sim — disse ele, dando uma fungada. — Sei o que é um etéreo.

— Eu consigo vê-los — informei. — E caçá-los.

Josep ergueu um pouco as sobrancelhas, embora eu não tivesse certeza de que ele estivesse impressionado ou cético.

— Os acólitos estão procurando uma caveira, uma caveira especial — disse Noor. — Vocês têm algo assim aqui?

Ele ergueu ainda mais as sobrancelhas.

— Nós somos ressuscitadores. Temos muitas caveiras.

— Bom, nós temos uma equipe esperando do lado de fora da entrada da sua fenda. Amigos e *ymbrynes*. Já lidamos com esses acólitos antes, e sabemos como impedi-los.

— Você só precisa deixar nossos amigos entrarem — pediu Noor. — Antes que os acólitos consigam a… a caveira. A caveiralfa.

Josep pigarreou.

— Ontem à noite, um grupo de estranhos nervosinhos entrou aqui fazendo exigências e ameaças. Trouxeram um monstro que agora aterroriza nossas ruas tranquilas. Hoje, vocês aparecem aqui, contando uma história bizarra e com um pequeno exército à nossa porta. Seria loucura deixá-los entrar. Se eu estivesse seguindo o protocolo, vocês dois já estariam mortos.

Ele trocou um olhar com o menino de suspensórios, como se considerasse a ideia.

— Mas acho melhor tomarmos uma limonada antes.

◆ ◆ ◆

Josep seguiu em frente, atravessando a casa com passos lentos. Era um lugar de pé-direito baixo, sombras pesadas, vozes murmurantes e madeira escura. Em cada cômodo havia plantas estranhas florescendo na escuridão quase total. De pé nos cantos, homens e mulheres adultos: imóveis, quietos como gatos.

— Os estranhos começaram a chegar no fim da noite de ontem — informou Josep. — Mandamos nossos soldados ressuscitados para matá-los, mas a criatura deles os destruiu. Eles foram direto para a Colina dos Túmulos, e esperávamos que fosse o fim. Mas ontem eles vieram e pegaram Saadi, nosso estudante mais promissor, e o arrastaram para a colina com eles.

Algumas crianças começaram a formar um grupo atrás de nós, nos seguindo a uma distância segura, sussurrando sem parar.

— Foi aí que os barulhos começaram — continuou Josep. — Guinchos, estrondos. Estão abrindo as covas.

— A caveiralfa — repeti. — Essa palavra significa alguma coisa para você?

— Sim. A Colina dos Túmulos é exatamente isso: um monte cheio de covas antigas. Muito antes de chegarmos aqui, muito antes de os europeus chegarem à América, na verdade, esta área já era uma colônia de peculiares. Eles enterravam seus líderes mais importantes nas profundezas da colina, incluindo um peculiar muito famoso. Se algum osso ali tem poder peculiar imbuído nele, será o dele. Só que os túmulos são muito antigos, sem demarcações, então encontrar uma caveira em particular será uma tarefa difícil.

— Então deve ser isso que eles estão fazendo — falei. — Procurando o crânio desse tal líder.

Passamos por uma despensa com potes de vidro cheios de órgãos e formol. Apenas o cheiro já deixava uma pessoa tonta, e me fez lembrar o antigo laboratório de Enoch no porão. Chegamos a uma sala de estar com uma fileira de janelas com vista para uma rua íngreme. Estávamos no pé da colina.

Havia cadeiras por todo lado, mas Josep permaneceu de pé. O grupo de crianças continuou do lado de fora, por respeito ao líder, talvez.

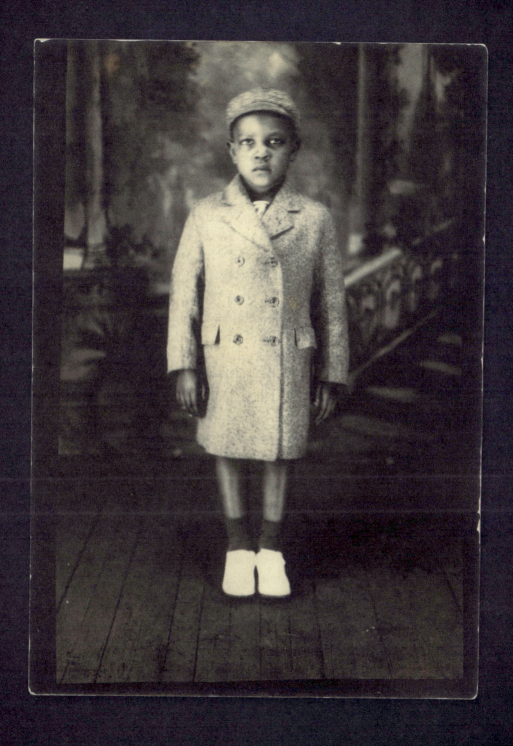

O menino parecia preocupado, mas ainda não tinha decidido o que fazer conosco. Eu estava pensando nos nossos amigos, esperando do lado de fora, e nos acólitos no topo da colina — mas no momento era melhor não testar a paciência do nosso anfitrião.

Josep estalou os dedos.

— Homem, traga limonada para nossos convidados.

Um homem que estava parado no canto e cuja presença eu nem tinha notado despertou e saiu da sala arrastando os pés.

— Isso é controle mental? — perguntou Noor.

— Ah, não. Ele está morto.

Noor pareceu um pouco enjoada. Eu sentia o mesmo.

— Todos os adultos nesta fenda estão mortos — explicou Josep. — Só as crianças estão vivas.

Ficamos chocados.

Isso pareceu chateá-lo.

— Vocês nunca ouviram falar de Hopewell? — perguntou ele, erguendo um pouco o nariz. — Esta fenda é um conservatório para os mais talentosos ressuscitadores. Os jovens vêm para cá para maturar seus talentos, praticar as formas mais arcanas e sofisticadas da arte. Não para fazer sessões espíritas ou responder ao chamado de qualquer palerma que quer perguntar ao falecido tio Harry onde ele enterrou o ouro da família.

Enquanto o menino falava, o servo reanimado voltou a passos arrastados para a sala, equilibrando uma bandeja com copos de cristal. Josep olhou para uma mesinha lateral e fez algo com o rosto — parecia um tique involuntário —, e o homem girou em direção à mesa, se abaixou e pousou a bandeja no móvel.

— Quando a maioria das pessoas pensa nos reanimados, imagina zumbis decrépitos. Mas aqui não! Nossos mortos cheiram e se vestem bem. Com a liderança certa, podem fazer quase tudo que um corpo vivo faz.

O servo tropeçou enquanto caminhava, e uma pontada de irritação surgiu no rosto do menino. Ele ergueu dois copos da bandeja e nos ofereceu.

— Limonada?

Nós aceitamos, mas mantivemos os copos longe da boca. Ainda assim, parecia óbvio que aquele garoto queria que nós o elogiássemos, então foi o que eu fiz.

— Parece incrível! — falei. — E como vocês os mantêm tão frescos? Eles dormem em geladeiras?

Olhei para Noor e forcei uma risada. Ela entendeu, e deu um risinho falso também.

— Ah, não, não! — O humor de Josep estava melhorando. — Eles fazem parte da fenda, e seus corpos resetam junto com ela. Todos morreram pacificamente nas suas camas durante a noite, e a fenda foi criada na manhã seguinte.

— *Todos?* — perguntei. — Como?

— Houve um acidente na fábrica. Uma substância química mortal se espalhou pelo ar e a população local inteira sufocou durante o sono. Os adultos, na verdade; a maioria das crianças estava no acampamento...

— Ah, meu Deus! — Com certeza eu tinha ficado pálido.

— Uma tragédia, sem dúvida — disse ele. — Mas graças a uma *ymbryne* sagaz e um ressuscitador corajoso, um incrível laboratório de aprendizado surgiu. Não só as pessoas da cidade nos permitem inúmeras oportunidades para praticar nossa arte, mas também são úteis de várias formas, como pode imaginar. Eles nos servem. Cozinham, limpam, fazem as vezes de guarda-costas. — Ele sorriu pela primeira vez. — Vejam vocês, estou tagarelando sem parar. Não recebemos muitas visitas além do nosso próprio povo, e admito que tenho muito orgulho do que construímos aqui. Esse é o futuro, entende? Os mortos superam em muito os vivos. Por que não utilizar o poder deles?

— Você tem muito do que se orgulhar. — Baixei o copo intocado de limonada. — Se esforçou muito para criar este lugar. Mas os acólitos podem destruir tudo isso.

Josep suspirou. Ele estava prestes a dizer alguma coisa quando uma menininha enfiou a cabeça pelo vão da porta.

— Com licença, Josep?

Nós nos viramos e vimos outras duas crianças entrarem: uma garotinha fofa de uns dez anos, com um avental sujo de sangue e galochas, e um menino de cadeira de rodas não muito mais velho que ela. A cadeira era empurrada por uma mulher encurvada em um vestido amarelo-vivo, a boca aberta e os olhos revirados para trás.

Josep franziu a testa.

— Eugenia, Lyle, eu falei para vocês ficarem no quarto até isso acabar.

— Eles estão aqui para mandar os estranhos embora? — perguntou o menino, esperançoso.

— Estamos — respondeu Noor.

— E o monstro? — questionou a menina, com lágrimas nos olhos. — Estava na minha janela ontem à noite. Acho que podia sentir meu cheiro.

Josep estava prestes a brigar com eles, mas então sua expressão mudou, e ele olhou para mim.

— Não vou deixar ninguém destruir este lugar. Mas também não vou deixar outros desconhecidos entrarem só porque você está dizendo que eles vão nos ajudar.

— Certo, então — falei. — O que posso fazer para provar que não estou mentindo?

— Os estranhos trouxeram dois etéreos. Um foi com eles para a Colina dos Túmulos, para protegê-los enquanto trabalham. O outro patrulha a cidade, para se certificar de que não vamos causar problemas. — Ele deu um passo na minha direção, o olhar se intensificando. — Vou deixar seu pessoal entrar com uma condição.

— Pode falar — respondi, apreensivo.

— Prove que é o que diz ser. — Ele olhou rapidamente para a menininha. — Se você realmente tem um talento especial para caçar esses monstros, acabe com este. Então eu deixo seu pessoal entrar.

Senti um arrepio de medo, mas havia esperança, também. Esperança de que eu fosse mais forte do que pensava. Melhor. Mais corajoso.

Noor segurou minha mão.

— Você consegue — sussurrou.

— Mostre o lugar em que vocês o viram pela última vez — pedi.

◆　　◆　　◆

Trinta e dois dos mortos de Hopewell estavam reunidos no gramado, no que eu esperava que parecesse — pelo menos para um etéreo — algum tipo de festa. Josep concordou em nos dar uma mãozinha, e ele, junto com outras três crianças ressuscitadoras, estavam controlando os mortos: Lyle e Eugenia, que espiavam pelas janelas da grande mansão vitoriana, e Josep e o menino de suspensórios na casinha do outro lado da rua. Noor e eu nos escondemos mais adiante no quarteirão, reclinados no banco do maior carro que consegui encontrar, um Dodge Deluxe dos anos 1940 cujo para-choque mais parecia um aríete.

O etéreo que patrulhava a cidade fazia rondas previsíveis, explicara Josep, e as trilhas de resíduo que encontrei na calçada da enorme casa vitoriana confirmaram que ele tinha passado várias vezes por aquele quarteirão. Eu também me dei conta de que minha bússola estava confusa porque havia dois etéreos naquela fenda: um que parecia conhecido, e um novo. Quando os imaginava como entidades distintas, ficava mais fácil identificar seus sinais. Se fossem os mesmos acólitos que tinham escapado do Recanto do Demônio, provavelmente ainda estavam viajando com o etéreo tirado do porão do Polifendador; esse, eu esperava, era o sinal conhecido. Ele parecia distante. Provavelmente estava na Colina dos Túmulos com os acólitos. O etéreo patrulhando a cidade estava perto, e se aproximava.

Noor, como esperado, se recusou a me deixar resolver a situação sozinho, e, para ser sincero, eu não queria mesmo lidar com isso sem ela. Então não insisti.

Sentamos juntos no Dodge, reclinados o suficiente para ver por cima do imenso volante, os olhos fixos no fim da rua. Esperando. Os mortos andavam de lá para cá, tropeçando na grama em círculos preguiçosos.

De vez em quando, ouvíamos os estrondos distantes das escavações dos acólitos.

Eu estava ficando enjoado.

— Eles devem estar enlouquecendo lá fora — comentou Noor. — Nossos amigos, quer dizer.

Ela tinha arrancado um pedaço de luz do ar e o passava de uma mão para a outra. Então começou a cantarolar. A mesma melodia.

— Tem letra? — perguntei.

Ela assentiu.

— Aprendi quando era criança — explicou, então ergueu os olhos, meio surpresa, como se só tivesse percebido algo naquele momento. — Foi minha mãe que me ensinou.

— Sério?

— "Cante quando estiver triste" — citou ela. — "Vai fazer você se sentir melhor." — Ela olhou para mim. — Quase sempre faz.

Então, alguns segundos antes de vê-lo, eu senti. Fiquei tenso, me inclinando para a frente até estar com o queixo apoiado no volante.

Noor parou de cantarolar.

— Ele está aqui?

Então eu vi. O etéreo apareceu por trás de uma casa e virou uma esquina no final do quarteirão.

— Ali. Está vendo a sombra? Caramba, esse é bem feio.

Não era um exagero. Talvez aquele fosse o maior e mais feio etéreo que eu já tinha visto. Quase três metros de altura, meio metro só de bocarra aberta. Os dentes afiados e pontiagudos eram tão longos que dava para vê-los mesmo de longe, e as três línguas, grossas como cobras, giravam no ar ao redor. E aquele etéreo, diferente de outros que eu já vira antes, tinha cabelo — mechas longas e ensebadas, bem escuras, escorrendo da cabeça. Parecia ter saído de um pesadelo. Mas acho que essa era a ideia; seu trabalho era manter os ressuscitadores com medo e na linha. Mesmo que não pudessem vê-lo como eu, sua sombra inconfundível e trêmula, como um monstro marinho misturado a um gorila, era quase tão terrível quanto a própria criatura.

Eu observei enquanto o etéreo ia de um lado para o outro da rua, arrancando caixas de correio com as línguas e as jogando nas janelas das casas.

— O que ele está fazendo? — perguntou Noor.

— Vindo na nossa direção. Sendo assustador.

— Está conseguindo?

Senti os pelos dos meus braços ficarem arrepiados.

— Sim.

Enfiei a chave que achei embaixo do para-sol na ignição. O motor deu a partida com um ronco. O etéreo parou no meio da rua — girando as línguas na minha direção como um periscópio —, então correu até nós.

Passei a primeira marcha, mas mantive o pé no freio.

O etéreo estava a três casas de distância da festa dos zumbis, e acelerando, usando as línguas para correr mais rápido.

Ele continuou seguindo até onde estávamos.

Duas casas.

Buzinei três vezes. Dentro das casas, os ressuscitadores começaram a resmungar, sussurrar e estalar a língua, como planejado.

Os mortos pararam de andar a esmo na grama e se viraram para a rua. Ao mesmo tempo, todos enfiaram a mão na cintura e se abaixaram para pegar facas e cutelos. Um homem, ainda usando pantufas, pegou uma mangueira de jardim. Eles tropeçaram nos seus pés mortos por alguns segundos, então correram para a rua para interceptar o etéreo.

Eu não esperava que ele morresse. Os zumbis eram só a primeira parte do plano.

O etéreo tentou se livrar deles com as línguas, mas eram muitos. Eles atacaram com as lâminas, cortando e atacando às cegas. O etéreo guinchou, mas pareceu mais irritado que machucado, e começou a destruir os inimigos, um ou dois de cada vez. Um foi mordido ao meio, outro teve o pescoço partido, um terceiro foi jogado para longe e empalado por uma cerca.

— Meu Deus — disse Noor, rindo de nervoso. — Ele está destruindo todo mundo.

— Agora é minha vez — falei.

Tirei o pé do freio e pisei fundo no acelerador. Os pneus guincharam enquanto o carro derrapava, até que encontrou apoio e disparou para a frente. Fomos jogados para trás nos assentos. A rua à frente estava coberta de corpos e sangue, mas o etéreo ainda se debatia ali, tentando se livrar dos últimos mortos.

— Se segura! — gritei.

Nós nos preparamos para o impacto.

O som foi alto e úmido, um estalar múltiplo. Um dos mortos quicou no para-brisa, criando uma rachadura em forma de teia de aranha, e mais dois foram pelos ares. O etéreo rugiu de dor e surpresa — nós o acertamos enquanto ele estava de costas —, e foi jogado para a frente, no asfalto. Um momento depois, ele ficou preso embaixo do carro, seu corpo horrível sendo arrastado pelo chão.

O pneu dianteiro direito estourou. Pisei no freio com força. O carro derrapou e girou, e o para-brisa traseiro explodiu antes que parássemos totalmente.

Noor se virou para me olhar, assustada.

— Você está bem? — perguntou, passando os olhos por mim em busca de cortes ou machucados.

Assenti, perguntando o mesmo para ela.

— E você? Está bem?

— Você acha que...

Um estrondo repentino balançou o carro. A dianteira do Dogde se ergueu meio metro do chão, depois caiu de novo com um impacto assustador.

— Hora de sair! — falei, e nós dois abrimos as portas e nos jogamos no asfalto enquanto o carro era erguido e caía de novo.

O etéreo tinha ficado preso entre as rodas traseiras e estava se remexendo, tentando se soltar. Gritei para Noor ficar longe das línguas, e ainda bem que dessa vez ela me ouviu e correu para a calçada.

Parei no meio da rua, encarando o monstro.

Fique quieto, tentei falar em língua de etéreo.

As palavras saíram meio emboladas. A criatura me ignorou.

Pare, tentei de novo. *Deite-se.*

Melhor — cem por cento em etéreo dessa vez. Mas a criatura estava ocupada demais fazendo flexões com o Dodge para prestar atenção; nem tinha se incomodado em tirar o último defunto preso nele, um homem desarmado em pijamas cobertos de sangue que o arranhava inutilmente.

Repeti aquelas palavras mais algumas vezes enquanto me aproximava.

— Por favor, tome cuidado! — ouvi alguém gritar.

Era Eugenia, da janela da casa.

O etéreo enfim conseguiu virar o carro, que capotou com uma explosão fantástica de vidro e metal.

Fique quieto, tentei. *Fique quieto.*

Ele se levantou.

Não se mova.

O etéreo arrancou o homem morto do seu torso e o jogou em um poste. Então ficou de pé. Estava com uma perna quebrada, assim como vários dentes, e sangue negro escorria de dezenas de pequenos cortes, mas isso só parecia deixá-lo mais irritado. Agora, ele só tinha duas línguas para lutar — a terceira estava sendo usada como muleta por conta da perna quebrada —, mas isso ainda era o dobro de coisas de que ele precisaria para me matar, e eu estava bem perto.

Eu queria tanto, tanto, que aquele fosse o etéreo que eu conhecia, que eu já tinha controlado, o do Polifendador e das arenas. Em um estalar de dedos aquele etéreo me obedeceria. Mas não, claro que não. Não podia ser assim tão fácil.

Pare. Sente-se. Sente-se, repeti.

Houve um segundo de hesitação na sua linguagem corporal, mas nada além disso. O etéreo esticou uma das línguas na minha direção, me prendendo pela cintura e apertando meu peito a ponto de ficar difícil respirar.

— Jacob! — gritou Noor.

— Fica aí! — tentei dizer, mas a língua me apertava tanto que eu estava sem fôlego.

Noor estava vindo na minha direção, assim como dois dos ressuscitadores, saindo das casas seguidos por mais alguns mortos.

— Não! — Outra tentativa de gritar, mas só consegui tossir. — Não cheguem perto!

O etéreo estava me puxando para ele, meus pés se arrastando no chão. Talvez esse etéreo fosse diferente dos outros que eu já tinha enfrentado e domado? Maior e mais forte, a mente mais resistente. Talvez os acólitos tivessem aprendido algo após nossos encontros no Recanto do Demônio e, sei lá, feito um upgrade no cérebro dos seus etéreos?

— Solta ele, maldito! — berrou Noor.

Isso chamou a atenção dele. O etéreo parou e se virou, e foi aí que eu vi o que ela havia feito: uma piscina turbulenta de escuridão ocupava a rua de calçada a calçada, no meio de um dia ensolarado. A voz dela vinha de algum lugar ali do meio. Era grande o bastante para criar uma barreira visual... e estranha o bastante para confundir um etéreo.

Ele lançou a língua livre na escuridão, na direção da voz de Noor. Meu coração quase explodiu, mas a língua voltou, sem ter acertado nada.

— Nem chegou perto! — zombou Noor, a voz um pouco para a direita.

O etéreo atacou de novo, e de novo não acertou nada.

— Errou feio! Você é péssimo!

O etéreo estava irritado e distraído o bastante para afrouxar o aperto em meu peito, e consegui falar de novo. Então comecei a sussurrar em língua de etéreo.

Me solte, sente-se, pare.

O etéreo atacou de novo, dessa vez girando a língua horizontalmente como um taco de beisebol, e de novo meu peito se apertou com um medo repentino pela vida de Noor, mas ela devia ter se jogado no chão.

— Vai para o banco, idiota! — gritou.

O etéreo atacou mais uma vez, e então ouvi o som terrível do impacto, e uma voz feminina soltando um grito.

Meu peito apertou e eu gritei, desesperado:

— PARA!

Mas isso não ajudou; o etéreo tirou sua presa das sombras.

Não era Noor.

Era a adolescente morta da casa — a fã de Elvis —, e enquanto o etéreo a erguia para olhar melhor, ela começou a cantar alguma música antiga dele em uma voz áspera e desafinada.

O etéreo rugiu de raiva, e a menina, sem expressar medo ou qualquer outro sentimento, tirou uma faca do bolso e a enfiou no olho direito do monstro.

Ele gritou, um som alto o bastante para ecoar pela rua. Então o etéreo arrancou a cabeça da garota e jogou o corpo flácido no telhado.

Me solte, gritei no silêncio assustador que se seguiu. O etéreo ficou tenso e inclinou a cabeça na minha direção, como um cachorro ouvindo a voz do dono.

Me solte, repeti — e dessa vez o etéreo me colocou no chão e tirou a língua da minha cintura.

Graças a Deus.

A faca no olho parecia tê-lo enfraquecido, tanto em corpo quanto em espírito. Eu não ia deixar aquela oportunidade passar.

Feche a boca.

A criatura puxou as três línguas de volta para dentro da boca e fechou a mandíbula, e, sem a muleta para se manter de pé, se desequilibrou e caiu sentado.

A escuridão de repente evaporou, e lá estava Noor, levantando-se do chão onde tinha se jogado. Senti uma onda de alívio.

— Essa foi por pouco — disse ela, olhando para mim. — Jacob, você está bem? Consegue respirar?

— Vou ficar bem — respondi, tossindo. — Mas não venha para cá.

Ela obedeceu.

Coloque as mãos na cabeça.

O etéreo obedeceu.

— Você consegue fazê-lo rolar de barriga para cima e pedir um petisco? — perguntou Lyle, saindo cautelosamente com a cadeira de rodas para o alpendre.

— Acho que ele já comeu bastante petisco — disse Eugenia.

Senti o etéreo ficar flácido. Tinha parado de resistir.

— É seguro agora — falei. — Ele está sob meu controle.

Noor correu pela rua, pulando por cima dos corpos, e me abraçou.

— Você foi incrível — falou. — Incrível.

— Você que foi — sussurrei. — Se não tivesse feito aquilo...

— Eu nem pensei. Só fiz.

— Mas você quase me matou de susto. Por favor, não brinque com os etéreos. — Eu quase, *quase*, ri. — Eles não gostam.

As crianças ressuscitadoras tinham saído das casas e se aproximado um pouco, mas ainda mantinham uma distância cautelosa.

Também havia mais ressuscitadores nas janelas das casas ao redor, mas só os que já tínhamos conhecido se arriscaram a vir para a rua.

Josep se aventurou pelo meio do massacre, parecendo muito impressionado.

— Eu tinha ouvido falar que não havia mais caçadores de etéreos, então quando você disse que era um deles, achei que estava mentindo. Mas parece que estava falando sério.

— Agora você vai deixar os outros entrarem? — perguntei.

— Já destranquei a porta.

E, da rua atrás de nós, ouvi um som maravilhoso: meu nome, sendo chamado por Bronwyn Bruntley.

CAPÍTULO DOZE

osso reencontro foi alegre, mas rápido e um pouco atrapalhado pela cena horrenda de corpos espalhados pela rua, que eu tratei de explicar logo. As *ymbrynes* tinham passado um bom tempo tentando atravessar a entrada da fenda, que tinha sido trancada depois que os acólitos entraram, permitindo que apenas Noor e eu entrássemos por acaso. Após uma hora, a srta. Peregrine e a srta. Wren estavam prestes a desistir e sair voando para encontrar algum outro método mais extremo de entrar, quando a porta se abriu sozinha. A espera deixou meus amigos nervosos, preocupados e frustrados, e Hugh já estava tremendo de raiva. Todo mundo estava furioso com os ressuscitadores, mas no momento havia coisas mais importantes com que lidar.

Como os acólitos na colina. Sim, eles estavam lá. A presença dos etéreos havia confirmado isso para mim, mesmo antes de os ressuscitadores contarem a história. Sim, os acólitos vieram atrás da caveira da lista de Bentham, e, considerando que estavam escavando a Colina dos Túmulos desde a noite anterior, provavelmente não demorariam a encontrá-la. A cada notícia ruim meus amigos ficavam mais tensos.

— Eles estavam com uma menina quando chegaram? — perguntou Hugh para Lyle, fazendo um grande esforço para não atacar o garoto, e então descreveu Fiona.

— Eu vi uma garota assim — disse Eugenia. — Ela tinha grilhões nos pés.

O rosto de Hugh ficou sério, e Bronwyn teve que segurá-lo para impedir que subisse correndo a colina naquele exato momento.

Todos nós queríamos partir para o ataque. Mas antes tínhamos que bolar um plano.

— Você acha que eles já sabem que estamos aqui? — perguntou Emma, encarando a colina ao longe.

— Se não sabem, vão descobrir em breve — disse a srta. Peregrine. — Estão esperando que o etéreo volte para fazer um relatório, e quando isso não acontecer... — Ela olhou na direção do etéreo ferido. Não podia vê-lo, é claro, mas ele estava coberto de sangue humano, o que lhe dava algo como uma silhueta. — Isso significa que, se queremos ter o elemento surpresa, se é que ainda o temos, precisamos agir agora.

— Sinto muito, srta. Peregrine — disse Millard, a voz vindo do ar. — Mas a senhorita não pode vir com a gente.

— É claro que vou! — retrucou ela, ofendida e parecendo muito cansada.

— Mas a senhorita é o ingrediente final — argumentou Horace. — Se pegarem a caveiralfa e a senhorita também...

A srta. Peregrine tentou discutir, mas a srta. Cuckoo e a srta. Wren interferiram.

A srta. Wren deu um tapinha no braço da srta. Peregrine.

— Eles têm razão, Alma. Somos todas mães para os nossos alunos, mas você também é irmã de Caul. Se aquela lista infernal se refere a qualquer uma de nós, muito provavelmente é a você.

— Você precisa permanecer na retaguarda — disse a srta. Cuckoo. — Por mais difícil que isso seja.

A srta. Peregrine assentiu, relutante.

— Vou ficar na retaguarda, mas não vou deixar de participar.

Isso teria que bastar.

Ficamos no jardim gramado dos ressuscitadores perto de uma cerca branca, ao lado do campo de batalha sangrento, planejando o que sem dúvida seria outro massacre. Subiríamos juntos, nos escondendo o máximo que conseguíssemos, e tentando nos preparar para qualquer problema. Fazia dias que Hugh estava reunindo novas abelhas, e seu estômago zumbia. Emma já estava com as mãos preaquecidas; quando as ergueu, o ar tremulou. Claire tinha afiado os dentes da boca atrás da cabeça, e estalou a mandíbula para demonstrar. Enoch estava com uma mochila cheia de corações em conserva e já tinha começado a colocá-los nos mortos caídos durante a luta.

— Posso consertar mais deles se tiverem corações extras — disse para Josep.

— Lembrem que os acólitos usam armas — disse a srta. Cuckoo. — Melhor não correr direto na direção deles a não ser que estejam bem perto.

— E Hugh... — falou a srta. Peregrine com delicadeza, juntando as palmas das mãos. — Se encontrarmos Fiona, por favor, não se esqueça de que ela ainda pode estar sendo controlada. Então se aproxime com cuidado.

Ele balançou a cabeça devagar e desviou o olhar. Só aí respondeu, tão baixo que foi quase inaudível:

— Tá bom.

Estava na hora.

Josep nos disse como encontrar uma trilha escondida que levava ao topo da colina. Depois de uma lista confusa de curvas e pontos de referência, ele abanou a mão e disse:

— Deixa pra lá. Eu vou com vocês.

— Tem certeza? — perguntou Eugenia. — Pode ser perigoso.

— Eles estão dispostos a arriscar as próprias vidas para salvar nosso lar — disse Josep. — É justo que eu faça o mesmo por eles.

◆ ◆ ◆

Considerei deixar o etéreo para trás, mas se eu não ficasse por perto para controlá-lo, ia acabar perdendo a força sobre ele e teria que dominá-lo de novo. Eu sabia que ele poderia ser útil, ter um etéreo para enfrentar outro, mesmo que estivesse machucado. Então subimos a colina com aquele etéreo imenso e manco, e embora ele estivesse razoavelmente dócil no momento, ainda assim me certifiquei de mantê-lo a uma boa distância de todos nós.

Havia casas no fim da colina, mas, conforme subimos, o lugar se transformou em um imenso cemitério.

— Que nem no meu sonho — disse Horace, olhando em volta, impressionado.

Havia uma estrada pavimentada que subia em curvas pelo meio da colina, da qual a trilha sombreada por árvores ficava mais ou menos escondida. A srta. Peregrine ficou na retaguarda com a srta. Wren — conforme tinha prometido —, embora eu estivesse começando a me preocupar com a possibilidade de ela ser capturada caso se afastasse demais do grupo. Talvez ela não devesse ter nos acompanhado e ponto final.

Outro estrondo fez o chão estremecer.

— Estão ficando mais altos — comentou Bronwyn, preocupada.

Conseguíamos ouvir os acólitos, mas não vê-los. Eu esperava que isso significasse que eles também não tinham nos visto. Ao que parecia, eles haviam depositado totalmente sua fé no imenso e horrendo etéreo patrulhando suas operações no topo da colina. Emma avisara que era provável encontrarmos um ou dois guardas na subida, mas, por enquanto, nada.

— Talvez a gente consiga mesmo surpreendê-los — disse Horace, animado.

Horace, que estava usando uma gravata para a batalha. Horace, que tinha passado a noite anterior acordado para remendar o restante dos suéteres de lã peculiar, que muitos de nós agora usavam como uma camada de proteção sob nossas roupas, apesar do dia quente. Quando isso tudo acabasse, eu ia dizer a ele o quanto o amava.

Os mortos recém-ressuscitados de Enoch, alguns caindo aos pedaços, subiam a trilha aos tropeços atrás de nós. Eu não sabia para que eles serviriam; dava para derrubá-los com um peteleco.

Depois de uma subida suave, o cemitério ficou plano, e achei que tivéssemos chegado ao topo — mas então saímos da sombra das árvores e vimos uma segunda colina, um semicírculo íngreme quase perfeito, se erguendo do centro do platô. Toda a volta estava coberta de lápides e monumentos.

Paramos na orla do bosque. Havia poucos esconderijos à frente. Noor escureceu um pouco o lugar onde estávamos ajoelhados.

— Não o suficiente para ficar estranho e chamar a atenção — explicou ela. — Só o bastante para fazer qualquer um procurando por nós olhar para outro lugar.

Ficamos ajoelhados atrás da proteção dela e olhamos para o alto. Josep nos disse que havia um segundo platô no topo da colina, a uns cem metros. A parte mais antiga do cemitério. Senti o outro etéreo ali.

Outra explosão fez o chão estremecer, então uma chuva fina de terra nos atingiu.

— Eles não vão destruir o túmulo que estão tentando encontrar? — perguntou Olive.

— Tinha um peculiar no Recanto do Demônio — comentou a srta. Cuckoo — que vivia em buracos e conseguia se enfiar no solo como uma toupeira, e soltava a terra atrás de si com grande força. Eu me pergunto se ele não foi feito de refém.

— Eu conheço o sujeito — disse Enoch. — Era viciado em ambrosia. Provavelmente nem tiveram que controlar a mente dele.

— *Ali!* — sussurrou Emma. — *Olhem!*

Duas figuras surgiram na beirada da colina.

— Sentinelas — disse a srta. Peregrine. — Fiquem quietos.

— Vamos torcer para não sermos vistos — completou Bronwyn.

Dei uma olhada neles pela barreira leve de galhos. Estávamos longe demais para identificá-los, mas, se estivéssemos mais perto, suspeito que teria reconhecido um ou dois das fotografias da polícia. Os homens se viraram devagar. Nada na sua linguagem corporal sugeria alarme ou que tivéssemos sido vistos, e depois de um bom tempo os dois se afastaram e sumiram.

— Precisamos chegar ao topo daquela colina — disse Hugh. Sua raiva havia se transformado em foco. — Estratégia de batalha básica: nunca ataque o inimigo de um terreno mais baixo. Ele vai ter toda a vantagem.

Concordamos que de jeito nenhum conseguiríamos subir a colina juntos sem que fôssemos vistos, mesmo com as habilidades de Noor, então nos dividimos em dois grupos. Um flanquearia pela direita e o outro iria pela esquerda; com sorte, chegaríamos ao topo sem que eles percebessem e os cercaríamos. Talvez, quando vissem que eu estava com o etéreo, até desistissem de atacar.

Meu cérebro, para variar, era esperançoso demais.

Bronwyn dava tapinhas nas costas de cada um e esfregava seus ombros.

— Não pare até chegar ao topo — falou para Horace. — Se alguém chegar perto, não tenha medo de tirar sangue! — aconselhou para Claire.

Lembrei a todos que os acólitos também tinham um etéreo, e que ele conseguiria sentir nossas habilidades se as usássemos.

— Tentem não usar suas peculiaridades até chegarmos mais perto.

— Até vocês verem o branco dos olhos deles! — comentou Enoch, ficando irritado quando ninguém ligou para sua piada.

— Lembrem-se dos suéteres — falou Horace, tirando a gravata para mostrar o que estava usando. — Se forem levar um tiro, tentem manter entre o pescoço e a cintura.

— Mas é melhor evitar levar tiros — completou Noor. — Acabei de conhecer vocês. Ninguém pode morrer, tá?

— Tá bom, srta. Noor — disse Olive, abraçando a cintura dela (que era o máximo que a baixinha conseguia alcançar em Noor).

Então nos separamos.

Em nosso grupo estávamos eu, Noor, Hugh e Bronwyn, e, no outro, Horace, Millard, Emma, Enoch e Claire. Instruí meu etéreo a seguir atrás da gente com um intervalo suficiente para que, se caísse, fizesse barulho ou pisasse forte demais, o som não entregasse nossa posição. Enoch deixou seu batalhão de mortos mancos para trás.

— Caso a gente precise de uma segunda onda de ataque — falou, e alguém bufou, ironizando.

Millard, que tinha tirado as roupas, serviria como mensageiro entre os dois grupos, se fosse necessário, e Olive tinha sido convencida pela srta. Peregrine a ficar para trás com ela, a srta. Cuckoo e Josep.

A srta. Peregrine não seguiria com a gente. Antes de irmos, ela nos reuniu para uma despedida breve.

— Não há tempo para discursos, e mesmo que houvesse não sei se seria capaz de reunir as palavras necessárias para expressar a estima profunda e completa que tenho por todos vocês. Vocês estão prestes a enfrentar perigos extraordinários. Ninguém sabe quando o fim está próximo, ou se poderemos nos reunir como uma família completa novamente. Por isso quero que saibam que eu me arrependo de cada dia em que tive que lhes devotar menos do que minha atenção completa, e se essas negociações, e a recriação das nossas fendas em casa, me fizeram me afastar de minhas responsabilidades para com vocês, sinto muito. No fim, sou sua diretora e sua serva. Vocês significam mais para mim do que todas as aves no céu. Se me amam, espero ter merecido este amor. — Ela secou os olhos rapidamente. — Obrigada.

A srta. Peregrine não era a única chorando. Senti um aperto no peito também. Ela ergueu a mão em um adeus silencioso, e, com os corações pesados, partimos.

• ◆ •

Meu grupo foi pela direita, e o outro, pela esquerda. Não fiquei nervoso de verdade até perdermos nossos amigos de vista na curva da colina.

Usamos as lápides como esconderijo, correndo entre pedras e monumentos grandes o suficiente para esconder nós quatro. Por sorte, a colina era cheia deles, e depois de fazer a volta por um tempo, começamos a subir.

Logo chegamos à metade do caminho. Comecei a me perguntar onde estavam as sentinelas; procurávamos por eles, mas não tínhamos visto suas cabeças surgirem no topo desde aquela primeira vez. O que estavam fazendo?

Comecei a me preocupar que eles soubessem que estávamos chegando e só estivessem esperando que nos aproximássemos o bastante para facilitar o massacre.

Corremos por um campo aberto e nos escondemos atrás de um mausoléu coberto de mofo.

— Sabe, talvez eles estejam *deixando* a gente se aproximar — falei, e segundos depois ouvi uma rajada de tiros.

Ficamos paralisados. Esperamos. Mais alguns tiros soaram em rápida sucessão.

Não estavam atirando na gente, mas nos nossos amigos do outro lado do morro.

— *Esperem aqui!* — sussurrei, e, antes que pudessem me impedir, saí correndo de volta para ver o que estava acontecendo.

Parei ao lado de uma cruz de pedra. Conseguia ver o outro grupo, bem distante, no cemitério íngreme. Estavam encolhidos atrás de um imenso anjo de mármore. Dava para ver os pedacinhos das asas voando, sendo destruídos pelas balas.

Ouvi passos se aproximando, mas não vi ninguém. Quando me dei conta de que não tinha uma arma, Millard quase me derrubou.

— Eu vim avisar para *não* vir! — falou ele, sem fôlego. — Emma mandou vocês continuarem!

— Mas eles estão presos!

— A proteção é boa, e é a oportunidade perfeita para vocês subirem pelo outro lado do morro.

— Tá — concordei. — Mas vou mandar meu etéreo para lá.

— Não! Você pode precisar dele!

No entanto, eu já tinha mandado o etéreo se aproximar e resmungava mais instruções na língua dele. Conseguira capturar seu cerebrozinho com força o suficiente para que ele funcionasse em parte no piloto automático.

Mate os acólitos, mandei. *Não os peculiares.*

Ele se abaixou como um corredor antes do tiro de largada, então disparou numa corrida de uma perna e três línguas como um cavalo bizarro, subindo o cemitério.

— Vai logo! — disse Millard, me empurrando.

Antes de me virar, vi Emma surgir de trás do anjo de mármore e jogar uma bola de fogo na direção dos acólitos.

Quando voltei para meu grupo, Noor e Bronwyn me pegaram e me puxaram para o esconderijo.

— Esse não era o plano! — disse Noor, furiosa e assustada. — Você não pode sair correndo assim!

Pedi desculpas e contei o que tinha visto. A mensagem que Millard tinha mandado. Então olhei em volta e perguntei:

— Cadê o Hugh?

Noor e Bronwyn se viraram.

— Ele estava aqui agora mesmo! — exclamou Bronwyn.

Mas não estava mais.

— Ah, meu Deus — disse Noor, apontando para algo no chão, a alguns metros dali. — Olha só.

Era uma trilha de flores roxas subindo por entre as lápides.

Hugh. Seu idiota.

Nós corremos, seguindo a trilha de flores, sem nem tentarmos mais nos esconder atrás dos túmulos.

A vinha dava a volta em um monumento dedicado a soldados da Guerra de Secessão, passava por um túmulo decorado com vasos vazios e chegava a um círculo de sepulturas.

No meio dele, estava Fiona, em um vestido branco esvoaçante, cercada por um campo alto de vinhas e flores roxas. Estava de costas para nós, e Hugh se aproximava com cuidado por trás, repetindo seu nome, a mão esticada.

— Hugh! — gritou Bronwyn. — Não!

Fiona se virou. Os olhos estavam brancos. Hugh parou de se mexer por algum motivo. Ele olhou para baixo, depois para Fiona de novo, e o ouvi dizer:

— Querida, não...

Então algo se enrolou nos meus tornozelos, me fazendo perder o equilíbrio e cair, com Noor e Bronwyn desabando ao meu lado. O carpete de vinhas sob nossos pés tinha ganhado vida, e estava nos prendendo rapidamente, nos mumificando de tal forma que mal conseguíamos mexer um músculo.

Lutamos para nos soltar, mas em segundos estávamos totalmente imobilizados.

Impotentes.

Então senti o segundo etéreo se aproximando.

Grunhi para avisar meus amigos na hora em que ele surgiu no morro acima de nós, então chamei meu etéreo, o gigante que tinha controlado mais cedo.

Emma e os outros teriam que ficar sem proteção por um tempo.

— Fiona! — gritou Hugh. — Por favor, querida, não faça isso!

As vinhas ao nosso redor só ficaram mais apertadas.

O etéreo estava vindo em minha direção, mas, quando sentiu a aproximação do meu etéreo, parou de repente, confuso por um momento, e então pareceu se preparar para a briga.

Logo antes de os dois se encontrarem, vi dois acólitos surgirem no topo da colina.

Os etéreos correram pelo terreno íngreme direto um para o outro, pulando por cima dos túmulos como atletas de corridas com obstáculos. Eles colidiram com um estalo, o impacto tão forte que fez os dois voarem longe. Então caíram no chão, as línguas chicoteando tão furiosamente que eu não conseguia identificar qual era de quem. Tentei dar alguns comandos ao meu etéreo gigante — *Pegue! Morda! Arranque!* —, mas eles pareciam redundantes, considerando como a criatura já estava lutando.

O etéreo não estava lutando só por mim, mas também pela própria vida.

Era como assistir a uma batalha entre dois monstros marinhos. Vi que a perna quebrada do meu etéreo não era uma desvantagem tão grande; em uma luta tão próxima, o vencedor seria decidido pelos dentes afiados e pelas línguas estranguladoras. Para ser sincero, nunca achei que veria algo assim; era hipnotizante.

Noor continuava se debatendo contra as plantas, sem sucesso.

— O que está acontecendo?

Tentei narrar, mas tudo era tão rápido que eu mesmo não consegui acompanhar.

O etéreo dos acólitos prendeu o meu em um mata-leão firme, os dois braços e a língua restante prendendo o pescoço — e senti a força vital dele começar a se esvair. Os dois estavam presos um ao outro, e por isso não conseguiam se mover. O etéreo dos acólitos não podia soltá-lo nem por um segundo, ou as mandíbulas afiadas do meu arrancariam sua última língua. Então o etéreo inimigo estendeu a mão para trás, arrancou uma lápide do chão e acertou a cabeça do meu.

Senti a consciência dele sumir.

Morto.

Como nós estaríamos em breve, sem dúvida.

Os dois acólitos então se aproximaram da gente, com o etéreo sobrevivente junto.

Comecei a sussurrar para o etéreo, que era o mesmo que eu tinha controlado na arena e na câmara de energia, mas ele não reagiu. Eu precisaria estar mais próximo ou falar mais alto para restabelecer a conexão. Mas como poderia fazer isso com aquelas plantas me prendendo ao chão?

Os acólitos estavam usando roupas comuns, perfeitas para fazê-los se misturar à vida moderna. Eu os reconheci pelas fotos das *ymbrynes*. Um tinha o pescoço grosso e muitas sardas — *Murnau*. Ele estava com uma mochila de couro nas costas. O outro acólito era magro, de óculos redondos na ponta de um nariz aquilino. Havia um terceiro homem atrás deles, o rosto parecendo uma massa de carne derretida.

Ouvi os tiros soando do outro lado da colina. Nossos amigos continuavam lutando. Então ainda havia esperança.

Os acólitos estavam de pé entre nós. Arrogantes, confiantes. O etéreo estava atrás deles, gemendo e sangrando de vários ferimentos. O homem com o rosto queimado começou a sussurrar algo para Fiona, e Murnau se dirigiu a mim.

— Uma tentativa admirável, menino. De verdade. Se ao menos seus talentos não estivessem sendo desperdiçados pelas aves, a gente poderia causar um bom estrago juntos. Bem...

— Talvez a gente possa entrar em um acordo — falei.

— Você já teve muitas oportunidades para se unir a nós e sempre recusou. É tarde demais. E é tarde demais para você impedir isso também. — Ele enfiou a mão na bolsa e tirou uma caveira, marrom de tão velha, sem a mandíbula. — A não ser que esteja aqui por outro motivo. Visitando Catskills?

Ele guardou a caveira de novo, resmungando alguma coisa como *O mestre vai ficar tão feliz comigo*, mas eu não estava prestando atenção — tentava, desesperada e disfarçadamente, controlar o etéreo de Murnau.

Então ouvi um zumbido intenso, e todos olharam para Hugh. Ele estava com a boca aberta, de onde suas abelhas começaram a sair.

Murnau gritou alguma coisa para o homem deformado. Então gritou algo para Fiona, que estremeceu, e uma corda de trepadeiras se prendeu ao redor da boca de Hugh.

Ele arregalou os olhos, assustado.

— Hummpf!

Só algumas abelhas escaparam. O acólito magrelo matou uma delas com um tapa.

Era o homem deformado que controlava a mente de Fiona. Ele não era um acólito — era um viciado em ambrosia, e a maioria deles já tinha declarado sua aliança aos acólitos muito tempo antes. Controlar mentes devia ser sua habilidade peculiar.

Eu ainda estava tentando controlar a mente do etéreo, mas o monstro resistia.

— Solte a gente agora — disse Bronwyn —, e pouparemos suas vidas quando isso tudo acabar.

Murnau apenas riu.

— E você? — disse Murnau, se ajoelhando na frente de Noor. — Como está a busca pela mamãe? Acha que ela está morrendo de vontade de vê-la de novo? É por isso que ela abandonou você, porque ela te ama tanto?!

Noor se manteve impassível e não olhou para ele.

— Vai se danar, babaca — gritei.

— Está defendendo a namorada, que romântico. — Ele suspirou. — Bem, chega. Estou cansado disso. E temos um avião para pegar.

Ele se levantou e tirou uma arma de dentro do casaco.

— Quem quer morrer primeiro?

Foi então que ouvi um som como um tecido estalando ao vento, e algo soltou um guincho agudo e bateu na cabeça de Murnau.

Srta. Peregrine.

Quando ele caiu no chão, a arma se soltou de suas mãos, e ele tentou afastar a ave. A *ymbryne* bateu as poderosas asas, as garras mirando o rosto dele.

— Argh! Sai de cima de mim!

O acólito magrelo se meteu na briga.

— Jacob! — disse Noor, que tinha virado a cabeça para mim e aberto a boca. Uma luz brilhante vinha do fundo da sua garganta. — Estou guardando essa, mas é só um tiro. Em quem?

A srta. Peregrine estava em cima de Murnau, então indiquei o viciado em ambrosia.

Noor fez um barulho como se estivesse engasgando, depois tossindo, então cuspiu uma bola de luz pura e ardente pela grama, pouco acima do chão. A bola de luz se enrolou nas canelas do viciado, que começou a gritar — devia estar escaldante — e caiu no chão.

Então ouvi um grito. A srta. Peregrine. O etéreo a arrancara de cima de Murnau e estava girando-a no ar com a língua.

Eles a pegaram. O que significava que tinham todos os ingredientes da lista. Senti uma raiva cega de repente, um horror. Eu precisava fazer alguma coisa, e logo.

Murnau estava se levantando.

Então ouvi alguém arfar — Fiona. Seus olhos estavam se focando de novo, e senti as vinhas se afrouxarem um pouco. O controle do acólito estava enfraquecendo.

Murnau gritou algo inteligível e correu para o homem, com um frasco nas mãos, então se jogou nele e virou o conteúdo nos olhos do viciado.

As vinhas estavam se soltando, mas devagar. Era o suficiente para tirar um braço, depois uma perna, e para Hugh liberar suas abelhas. Elas saíram pelo ar e começaram a atacar os alvos — os acólitos e o etéreo.

Dois cones de luz explodiram dos olhos do viciado. Ele gritou e se virou. Murnau ignorou as abelhas que o picavam — o rosto ensanguentado por causa das garras da srta. Peregrine — e forçou o homem a encarar Fiona.

Ela ficou rígida de novo, e as vinhas voltaram a nos apertar.

Puxei a perna antes que as plantas conseguissem me prender totalmente e me soltei. Bronwyn e Noor ainda estavam presas.

Murnau ainda não tinha notado.

Saí correndo na direção do etéreo, que ainda segurava a *ymbryne* com a bocarra aberta como se ela fosse um bombom, ameaçando-a.

Pulei em cima dele, envolvendo seu pescoço com os braços. Dava para sentir o choque da criatura, a surpresa ao ser atacado por um ser tão fraco quanto eu — e isso me deu um segundo de vantagem.

Segurei a cabeça dele.

ESCUTA, gritei, empurrando minha testa contra sua cabeça. Encarei seus olhos negros e úmidos. *Você é meu, você é meu, você é meu.*

E funcionou.

Olá, velho amigo.

Solta ela.

Ele soltou a srta. Peregrine.

Então senti uma dor aguda nas costas. O acólito magro tinha me acertado com alguma coisa.

Eu me agarrei ao etéreo, sem soltar de jeito nenhum.

Mata.

O etéreo estalou a última língua que sobrara. O acólito morreu no mesmo instante.

Ouvi Noor gritar. Bronwyn também.

Vire-se.

O etéreo se virou. O viciado estava gritando algo para Fiona, os olhos fumegando, a pele ao redor derretendo — e por todo lado as plantas se moviam como em um ninho de serpentes. As meninas e Hugh lutavam contra as vinhas, que os apertavam cada vez mais.

Mata, mata, mata.

A língua do etéreo arrancou a cabeça do viciado. As luzes dos olhos dele giravam enquanto seu crânio rolava morro abaixo.

As vinhas voltaram a enfraquecer, se desenrolar, mergulhar de volta na terra. Meus amigos caíram no chão, finalmente conseguindo respirar. Fiona olhou para eles e gemeu de horror pelo que tinha feito.

Vire-se.

A srta. Peregrine estava viva — ainda bem — e voltando à forma humana, o que significava que não estava tão machucada.

Procurei Murnau e o vi fugindo. Mandei o etéreo ir atrás dele, mas não conseguimos dar dez passos sem que uma chuva de balas marcasse o chão e os túmulos ao meu redor. Alguém estava protegendo Murnau enquanto ele fugia. O etéreo foi atingido na perna e tropeçou.

— Não vá atrás dele! — gritou a srta. Peregrine para mim. — Pegue os outros e se protejam!

Cercamos Fiona. Hugh a abraçou com força, e ela só se deixou recostar, fraca. Ele não aceitou ajuda e a carregou sozinho, o rosto tenso e marcado pelas lágrimas.

Forcei a srta. Peregrine a ir com a gente, embora eu soubesse que seu instinto era correr atrás de Murnau — mas isso provavelmente era o que ele queria que a gente fizesse.

Descemos o morro bem a tempo de testemunhar algo impressionante. Nossos amigos não estavam mais se escondendo atrás do anjo de pedra, e sim correndo morro acima em direção aos acólitos que fugiam. Na retaguarda havia um batalhão bem eclético: a srta. Wren, montando um urxinim; uma dezena dos mortos molengas de Enoch; e um número surpreendente de americanos. Uma mulher nortenha subia a toda velocidade com uma árvore debaixo do braço, com galhos e tudo. Um homem dos califórnios vinha rolando um pedregulho. Um menino tinha fagulhas brilhantes nas mãos. E vários caubóis atiravam com rifles para abrir caminho.

Eles chegaram ao topo, e em pouco tempo nosso lado tinha matado ou capturado seus acólitos e vários dos viciados em ambrosia.

Murnau fugiu, levando junto a bolsa com os ingredientes mágicos. As *ymbrynes* enviaram um grupo de busca, mas não pareciam esperançosas.

Mas a srta. Peregrine estava a salvo e tínhamos reencontrado Fiona.

Fiona.

Meu Deus, era tão bom vê-la de novo. A gente se juntou perto das escavações no topo da Colina dos Túmulos, uma confusão de buracos, ossadas e terra revirada, para avaliar a situação.

Hugh ainda não tinha soltado a menina desde que havia se libertado das vinhas, mas enfim deixou as *ymbrynes* a examinarem.

A gente se aproximou também. As *ymbrynes* começaram a falar com ela baixinho, fazendo perguntas. Fiona parecia confusa, mas não estava mais hipnotizada. Seus olhos voltaram ao normal, apesar de estarem inchados e vermelhos, e havia hematomas roxos nos braços e no rosto.

— Isso foi do acidente de ônibus? — perguntou a srta. Peregrine.

Fiona assentiu.

— Eles machucaram você de algum outro jeito?

Ela piscou algumas vezes, então baixou o rosto.

— Querida? — perguntou Hugh, segurando sua mão. — Eles machucaram você?

Ela fechou os olhos.

— Por favor, fale comigo — implorou Hugh. — Diga o que eles fizeram com você.

Fiona abriu os olhos de novo, encarou Hugh e assentiu devagar.

Então abriu a boca. Sangue escorreu, correndo pelo seu queixo e manchando o vestido branco.

Língua de um brota-semente, recém-colhida.

Murnau tinha conseguido o que queria dela, afinal.

CAPÍTULO TREZE

*L*evamos Fiona de volta para o Recanto do Demônio, direto para Rafael, o remenda-ossos, para dar início à sua recuperação. Hugh não saiu do lado dela, nem a gente. Ficamos todos amontoados no quarto, conversando, contando tudo que aconteceu na ausência dela, com a esperança de que nossa amiga se sentisse em casa de novo, embora o lar que Fiona deixara — o da srta. Peregrine — estivesse perdido para sempre.

Pensamos que fingir um pouco de alegria talvez melhorasse seu ânimo.

Enoch conseguiu que ela sorrisse primeiro, contando uma história de quando ele caiu no Fosso e saiu com uma daquelas velhas cabeças enrugadas da ponte mordendo a perna da calça dele. Logo nossa alegria fingida começou a parecer real.

Ela estava viva.

Fiona estava viva e em segurança. Sim, estava machucada. E sim, Murnau estava por aí, com a língua dela, a caveiralfa e todos os outros ingredientes da lista de compras da ressuscitação infernal de Bentham. Mas ele não tinha a srta. Peregrine, e nunca teria.

Nós nos convencemos de que tínhamos vencido. Havíamos destruído os acólitos. Todos estavam mortos ou presos, assim como seus etéreos, com exceção de um. Eu trouxera o último deles de volta para o Recanto, devolvendo-o ao lugar em que o dominara pela primeira vez, a velha arena de urxinim de esportes sanguinários. Só Murnau permanecia solto, até onde sabíamos, e se era realmente importante que a língua de Fiona fosse "recém-colhida", bem... o tempo sem dúvida estava passando.

Parecia que tínhamos vencido.

Os acólitos que capturamos na fenda dos ressuscitadores tinham um ar derrotado e sombrio que eu nunca vira neles antes. Eu e Noor os encontramos enquanto eles passavam acorrentados pelo Recanto no dia seguinte ao nosso retorno, no momento em que eram transferidos de uma sala de interrogatório na casa de Bentham. Meu objetivo era permanecer longe, mas, quando Noor os viu, deu um pulo e, exasperada, começou a me puxar na direção deles.

Um guarda nos impediu antes de chegarmos perto demais.

— São eles — disse Noor, com a voz um pouco trêmula, erguendo o braço e apontando para dois dos acólitos: um homem e uma mulher que pareciam estranhamente familiares. — Eram as pessoas me observando na escola.

Perdi o fôlego por um momento ao assimilar aquela informação. Eram os vice-diretores. Os que tinham perseguido Noor e que a gente viu de novo logo antes do ataque ao esconderijo dela no prédio em construção.

Os que H. pensava que eram normais, membros de alguma sociedade secreta decidida a nos controlar.

— Caramba — murmurei, e segurei a mão dela.

Os dois se viraram para nós, os olhos cheios de ódio. Então foram levados por uma porta e sumiram.

Mais tarde, a srta. Peregrine confirmou: eles nunca tinham sido presos. Estavam nos Estados Unidos havia anos, sem que ninguém soubesse, na lista de procurados das *ymbrynes*.

Eles tinham enganado H. e Abe por anos. Fizeram os dois pensarem que outro grupo era responsável pelos crimes dos acólitos.

Jurei que nunca deixaria um acólito me enganar de novo.

Após passarem algum tempo checando como estávamos, as *ymbrynes* voltaram para Marrowbone a fim de acompanhar o desfecho das negociações. LaMothe e Parkins foram a Hopewell em pessoa com seus soldados e, depois do que testemunharam, pareciam ter migrado para o time das *ymbrynes*. Leo já tinha sido persuadido a deixar o passado para trás, dissera a srta. Peregrine, e agora só havia algumas questões contratuais a resolver antes que um acordo de paz sólido fosse firmado.

◆ ◆ ◆

Continuamos a pesquisa para encontrar V., embora a busca não tivesse mais a mesma urgência de antes. Nossa vida e segurança não pareciam mais depender disso, e eu comecei a duvidar das motivações de H. Talvez ter nos mandado procurá-la tivesse mais a ver com sua desconfiança em relação às *ymbrynes* do que com a possibilidade de V. ser a chave de algo crucial. Eu não sabia. Minha única certeza era que encontrar V. era importante para Noor.

Ela era o mais próximo de uma mãe que Noor tinha, uma última conexão a uma infância perdida.

Eu, Millard e Noor passamos a maior parte do tempo pesquisando, e os outros ajudavam quando podiam. Millard parecia achar que estávamos bem perto de uma resposta. Outra memória de infância voltou a Noor certa noite durante o jantar, algo sobre uma montanha escavada, e isso fez Millard tirar Ohio da lista de possíveis localidades para a fenda de V. Só nos restava a Pensilvânia. Agora era apenas uma questão de tempo.

Noor e eu ficávamos juntos quase o dia inteiro. Emma basicamente nos ignorava. Ela não fazia por mal, mas claramente estava passando por um momento complicado, embora não fosse algo em que eu pudesse ajudar. Então a deixei quieta e torci para que pudéssemos voltar a ser amigos logo.

Tudo parecia bem.

Ótimo, até.

⬥   ⬥   ⬥

Eu estava devorando sanduíches de carne assada no Cabeça Encolhida com Noor depois de uma maratona na mapoteca com Millard. Folheamos uma pilha de novos atlas que os americanos nos emprestaram, atrás de qualquer coisa que se parecesse com a topografia do fragmento de mapa de H. Mas depois de cinco horas de trabalho, a pilha praticamente não havia diminuído, e até o entusiasmo em geral inabalável de Millard estava começando a vacilar.

Dei uma mordida no sanduíche, fiz uma careta e cuspi uma bolinha de metal.

— Ops, sinto muito — disse um garçom ao passar pela nossa mesa. — Às vezes, eles não conseguem catar todos os bagos de chumbo das carcaças.

Empurrei o prato para longe.

— Que tal um café?

O garçom saiu para buscar, e percebi que Noor estava olhando pela janela suja para a cabeça do lado de fora, que xingava os passantes.

— Ei — chamei, baixinho. — No que está pensando?

— A gente está tão perto de encontrá-la. Tipo, estamos a um passo.

— Isso é bom — falei, antes de completar: — Não é?

— É... — respondeu Noor devagar. — Mas encontrá-la de novo significa conversar com ela, enfrentar todas essas coisas, desenterrar esses sentimentos que eu escondi há tanto tempo.

— Você acha que não está pronta.

— Talvez? — Ela suspirou. — Sei lá.

— Sabe o que eu acho?

Ela olhou para mim.

— Acho que você merece uma folga. — Meu café chegou com um baque repentino na mesa de madeira, me dando um susto. — Acho que nós dois merecemos uma folga. A gente passou por muita coisa, aí mergulhou direto no trabalho, e você nem teve tempo de processar tudo. Nenhum de nós dois teve.

Noor parecia quase com medo de ter esperança. Ela deu de ombros.

— Talvez uma folguinha rápida? Eu estava pensando que na verdade seria legal voltar para Nova York e pegar algumas coisas. Roupas, sapatos... Minha mochila.

— Ótima ideia.

— Quer dizer, se eu vou mesmo, tipo, morar aqui...

— Vamos para Nova York, então.

— Sério? — falou ela. — A gente volta em algumas horas, certo? Usando o Polifendador?

— Isso. — Eu empurrei a cadeira. — Vai ser moleza.

◆   ◆   ◆

Chegamos lá em menos de uma hora. Pegamos a porta do Polifendador para Nova York — àquela altura, eu e Noor basicamente podíamos andar pelo Polifendador quando bem entendêssemos — e fomos de metrô para o Brooklyn.

O trem se sacudia pelo túnel subterrâneo. Noor estava sentada ao meu lado, nossas mãos emboladas no colo dela enquanto conversávamos sobre planos para o futuro. Ela queria terminar o colégio. Estava falando de ir do Recanto do Demônio para a Bard College em Nova York, onde fora aceita em um programa de artes para alunos do ensino médio. Ela amava história da arte e música, mas também tinha jeito para engenharia e ciências. Estava na dúvida. Falei que ela teria futuro nas duas áreas.

Parecia que a gente vencera a profecia, evitado o pior, e que algo como um futuro era possível. Para ela. E para nós dois.

— Talvez eu possa fazer esse programa com você — falei. — Quando tudo isso terminar, eu gostaria de me formar também.

— Ficar com um pé no mundo normal e outro no mundo peculiar.

Todos os meus amigos peculiares desistiram de ter uma vida normal havia muito tempo. Eu quase tinha desistido também. Até agora, não percebera o quanto sentia falta disso.

Talvez juntos, Noor e eu pudéssemos descobrir o que significava ser normal e peculiar ao mesmo tempo, e como ter só dezessete anos em meio a amigos centenários, e ser alguém cujo nascimento fora profetizado e alguém que era neto de uma lenda, e — por mais estranho que me sentisse com isso às vezes — que estava começando a se tornar uma lenda também. Aquilo era território desconhecido para nós dois.

Saímos na estação da casa de Noor, subimos as escadas para a superfície e atravessamos os dez quarteirões nas ruas arborizadas de mãos dadas. Por alguns minutos, era como se nada no mundo estivesse errado nem nunca fosse estar. Por fim, paramos, e Noor disse:

— É aqui.

Não havia nostalgia ou saudade na sua voz.

Ela digitou um código e entrou. Subimos três lances de escada até o apartamento dos pais adotivos dela. Eles não estavam em casa, mas a irmã, Amber, assistia à TV na sala escurecida.

Amber mal olhou para cima quando Noor entrou.

— Achei que você tivesse fugido — falou. — Quem é esse?

— Meu nome é Jacob.

Amber olhou para mim com uma das sobrancelhas erguidas.

Noor já tinha seguido pelo corredor.

— Cadê as minhas coisas? — perguntou ela de um dos quartos.

— No armário! — gritou Amber de volta. — Ocupei sua parte do quarto depois que você deu no pé, e o pai falou que tudo bem.

Achamos as roupas de Noor, alguns sapatos, livros e a mochila atochados em um canto do armário. Ela começou a tirar as coisas, então ficou de pé de repente, olhando para algo nas mãos.

Um cartão-postal.

— De onde veio isso? — gritou ela para o corredor. — O cartão-postal?

— Hã, pelo correio?

Noor virou o cartão, depois virou de novo. A mão dela estava tremendo.

— O que foi?

Ela me entregou o cartão-postal. Na frente havia a foto de um tornado, com o nome de uma cidade embaixo: WAYNOKA, PENSILVÂNIA.

Atrás havia o nome e o endereço de Noor, e embaixo, em uma letra cursiva bonita: *Estou com saudades, querida. Sinto muito por ter demorado tanto. Ouvi as notícias, e estou muito orgulhosa de você. Esse era o último endereço seu que eu tinha... Espero que este cartão encontre você, e que você venha me visitar.*

Estava assinado: *"Com amor, sua mãe, V."*

E um endereço.

— Meu Deus — sussurrou Noor.

Olhei para ela, perplexo.

— Ela ouviu falar do que você fez. Ela sabe que você sabe sobre ela!

— Então acha que é verdade? Acha mesmo que é ela?

Franzi a testa. O cartão não ser de verdade nem tinha me ocorrido. Por outro lado, a gente tinha passado por muita coisa naquelas últimas semanas. Eu entendia como Noor estava se sentindo; era difícil confiar em qualquer coisa.

Eu odiava aquele instinto. Estava cansado dele. Queria lembrar como era ficar animado de novo. Queria lembrar como era sentir esperança.

Então suspirei.

— Acho que é de verdade, sim. Quer dizer, acho que ela está dizendo, sem deixar muito na cara, que é seguro visitá-la agora. Que as coisas não estavam tranquilas antes, mas que agora, por causa do que fizemos, vocês podem se encontrar de novo.

— É... — disse Noor baixinho.

— Está tudo bem?

Eu a ouvi fungar. Eu não conseguia olhar para mim.

Noor tentou sorrir.

— Acho que fiquei muito boa em duvidar das coisas boas na minha vida.

— Eu entendo — falei baixinho, então a abracei.

Ela apoiou a cabeça no meu peito. Depois de um tempo, se afastou, os olhos vermelhos, mas secos.

— Então... Waynoka, Pensilvânia, hein?

Digitamos o endereço no meu celular. Ficava a poucas horas dali.

Noor olhou para mim, cheia de esperança e com uma alegria quase incontrolável.

— Quer ir visitar a minha mãe?

Waynoka, Pensilvânia, ficava a duas horas e meia de distância de Nova York, para ser exato, e para chegar lá Noor pegou (sem exatamente pedir emprestado) o carro da irmã. Ela havia usado o espaço de Noor no quarto sem pedir permissão, então parecia justo. De qualquer forma, a gente ia devolvê-lo. Provavelmente.

Poderíamos ter voltado para o Recanto do Demônio e falado com nossos amigos. Em outra situação, eu até teria trazido alguns deles comigo. Era o que deveríamos ter feito, mas isso nos custaria mais uma hora de viagem, e meus amigos tinham outras preocupações — Fiona, principalmente, que mal tinha voltado — e, de certa forma, aquela jornada parecia ser nossa. Minha e de Noor. A missão para encontrar V. começou com nós dois, e parecia adequado que terminasse assim também.

Não havia muita coisa em Waynoka. Dirigimos por uma estrada rural em linha reta cercada de campos, fazendas e casas solitárias no fim de longas ruas. Passamos por caçadores em roupas camufladas parados no acostamento, prendendo um cervo morto na carroceria de uma caminhonete. Um cotoco de árvore imenso, derrubado havia muito por raios. O lugar parecia um pouco perdido no tempo. Amaldiçoado.

Noor estava olhando pelo retrovisor havia quase um minuto.

— Estou tendo um *déjà-vu* tão estranho.

— Como se já tivesse estado aqui?

Ela parecia nervosa.

— É... Mas acho que nunca estive.

Chegamos a uma área comercial quase desabitada. Uma loja de lembranças baratas, um banco. Era uma versão decadente, mas comum, em uma cidadezinha dos Estados Unidos. Saímos da estrada principal e fizemos algumas curvas até por fim chegarmos ao endereço: um antigo armazém de tijolos. Uma placa na frente dizia: GUARDA-TUDO DO MO. Ficava perto da margem de um rio lamacento, o que me fez imaginar que aquele lugar já devia ter sido um moinho. Agora, era só um armazém para guardar tralhas.

Dei uma olhada no exterior do prédio quando paramos no estacionamento quase deserto, fazendo um mapa mental rápido: uma entrada principal, uma porta de correr grande para carga e descarga, janelas industriais antigas com cinco andares de altura, e um teto que eu não conseguia ver, sem saída de emergência ou maneira de descer rapidamente.

— Se você fosse a entrada de uma fenda em um armazém antigo — perguntei —, onde ficaria?

G. F. Green,   PHOTOGRAPHER AND JEWELER,   WAYNOKA, PENN.

— No telhado? — sugeriu Noor, os olhos fixos lá.

Estacionei e desliguei o carro. Ia abrir a porta, mas percebi que Noor não tinha se mexido. Ela estava brincando com a luz entre os joelhos.

Eu me virei no banco do motorista para olhar para ela.

— Está tudo bem?

— Por onze anos, essa mulher viveu nas minhas memórias. Era uma lembrança dolorosa, mas boa. Só que, no instante em que entrarmos lá, ela vai se tornar real. — Noor deixou a luz escapar pelos dedos e olhou para mim. — E se ela for horrível? Ou doida? Ou totalmente diferente do que me lembro?

— Então a gente vai embora e deixa tudo isso pra lá. Mas se você preferir não entrar, a gente não precisa ir. Talvez só saber que ela está aqui seja suficiente.

Noor encarou o prédio por mais alguns segundos.

— Não — disse ela, abrindo a porta. — Tenho que vê-la. Quero que ela me diga o que aconteceu naquela noite.

Na noite em que ela fingiu a própria morte.

Saí também.

— Você sabe o que aconteceu — falei gentilmente do outro lado do carro.

— Quero ouvir a versão dela.

◆　◆　◆

Em uma salinha com luzes fluorescentes, um hipster barbado em uma camisa xadrez estava na frente de um computador.

— Posso ajudar? — Ele parecia drogado.

— Qual é a forma mais rápida de chegar ao telhado? — perguntei.

— Você não pode ir para o telhado.

— Tá — disse Noor. — Mas como a gente chega lá?

— Bem, não chega. Vocês não podem subir. — Ele se reclinou na cadeira e alongou os ombros. — Vocês alugam uma unidade aqui?

— Quatrocentos e quatro — falei, chutando um número aleatório e discretamente guiando Noor em direção à porta.

O hipster gritou algo para a gente, mas não paramos, e ele não estava a fim de nos seguir.

Entramos na área das unidades de armazenamento, um moinho antes espaçoso transformado em um corredor claustrofóbico de jaulas de arame. Longas fileiras seguiam para sempre na escuridão, interrompidas ocasionalmente por quadrados de luz fraca vinda das janelas. O ar era frio e amargo.

— *Isso aqui parece um túmulo* — sussurrou Noor, e achei ter ouvido seus dentes batendo.

A voz dela, mesmo baixa, ecoou como uma moeda caindo em um poço.

Eu tinha imaginado algo mais receptivo no caminho, talvez um belo vale arborizado numa floresta. Só uma vez, algo como os portais em livros infantis. Mas aquele lugar parecia opressivo e pouco amigável. Como eu ainda tinha que me lembrar de vez em quando, essa era a ideia das entradas de fenda: manter as pessoas afastadas.

Quando nossos olhos se ajustaram à escuridão, começamos a procurar escadas ou um elevador. No instante em que demos um passo, uma fileira de luzes fluorescentes se acendeu acima de nós.

— Mas que... — reclamou Noor, nós dois pulando de susto.

Olhei para as luzes que zumbiam no teto, então dei outra olhada nas unidades de armazenamento. Havia mais centenas de luzes, todas apagadas.

— Sensor de movimento — falei.

Dei um passo para a frente. Mais luzes se acenderam.

Era estranho, mas parecia que havia alguém nos observando.

Seguimos às pressas pelas fileiras de unidades, as luzes se acendendo no teto conforme corríamos, até chegarmos a uma escada, que começamos a subir. A escada acabava no quarto andar. O telhado era no quinto. Tinha que haver outra escada em algum lugar do quarto andar, então fomos procurar.

Aquele andar era igual ao primeiro, grandes fileiras de jaulas explodindo de porcarias: caixas de papelão empilhadas em torres altas, móveis cobertos por lençóis, pilhas de coisas em sacos de lixo, equipamentos esportivos velhos. De repente, Noor segurou meu braço e colocou o dedo nos lábios, inclinando a cabeça. A gente parou e prestou atenção.

Por um momento, só havia silêncio, mas então um estrondo veio de algum lugar à frente, fazendo meu coração disparar, seguido pelo som de metal raspando no concreto. Então ouvimos um grunhindo e uma reclamação. Fomos andando até chegarmos ao corredor certo. Em uma poça de luz azul cercada de escuridão, um velho tentava empurrar um fogão imenso para dentro de uma das jaulas, e estava tendo dificuldade, mal conseguindo respirar.

Um de seus braços estava protegido por um gesso.

Noor balançou a cabeça.

— Sei que a gente não deveria parar, mas...

O velho se abaixou para tentar de novo. Ele apoiou o ombro bom e as palmas das mãos na lateral do fogão e empurrou, mas escorregou e se apoiou em ambos os braços, o bom e o machucado.

Ele rolou para o lado e começou a gemer.

Estava de costas para nós. Ainda não tinha nos visto.

Noor suspirou.

— A gente tem tempo. Não consigo ficar só olhando.

Seguimos pelo corredor na direção dele. As luzes se acenderam, desenhando uma seta na direção do velho.

Ele se sentou e, quando nos ouviu chegando, virou-se rapidamente.

— Ah! — exclamou, assustado.

— Parece que o senhor precisa de uma ajuda — disse Noor.

— Preciso mesmo, ficarei muito agradecido.

Ele falava com um sotaque forte do sul dos Estados Unidos e tinha uma barba comprida e grisalha. Seus olhos estavam úmidos e injetados. O gesso do braço estava sujo, e a jaqueta marrom impermeável e as calças, manchadas de óleo ou gordura.

Estendi a mão e o ajudei a se levantar, e enquanto ele murmurara uma litania de agradecimentos, começamos a empurrar o fogão velho para a unidade de armazenamento, que já estava lotada de vários eletrodomésticos diferentes, equipamento de camping e caixas de alimentos. Em um dos poucos espaços livres, vi um saco de dormir enrolado, e percebi que o velho provavelmente morava ali.

— Eu lido com ferro-velho, sabe? — disse ele enquanto a gente continuava empurrando o fogão. — E quando esses safados... Tem muita gente safada por essas bandas que não paga as dívidas... Quando eles não pagam o aluguel e perdem as unidades, o gerente... Nós dois temos um acordo, sabe... O gerente me deixa escolher as melhores coisas, porque eu sei onde vender pelo melhor preço, e não é nos classificados. — Com o braço bom, ele indicou um espaço aberto nos fundos da unidade surpreendentemente grande em que estávamos. — Bem ali no canto, isso mesmo...

Tínhamos quase terminado de encaixar o fogão em um canto apertado quando percebi um espaço diferente nos fundos, uma escuridão pouco natural no formato de uma porta.

Parei de empurrar e olhei para ele boquiaberto.

O homem me observava de volta com atenção redobrada, e algo em sua expressão mudou.

— Podem entrar, se quiserem — falou ele. — Mas não é uma boa ideia.

— Do que o senhor está falando? — perguntou Noor.

O homem indicou a escuridão com a cabeça e baixou a voz.

— Aquela porta de fenda ali.

Eu e Noor nos entreolhamos, perplexos.

— O que o senhor sabe sobre isso? — perguntou Noor.

— Eu fico de olho nela para a dona V.

— Você conhece a V.? — perguntei, surpreso.

— É claro. Não a vejo faz alguns anos. Ela não sai mais, sabe? Para ser sincero, acho que ela bem que merecia uma companhia.

— A gente vai entrar — disse Noor.

— Podem fazer o que bem entenderem — respondeu ele. — Mas já vou avisando, é meio perigoso lá dentro.

— Por quê?

— O clima às vezes fica complicado — disse ele, sério. — Mas vocês parecem espertos. Tenho certeza de que vão ficar bem.

Com certeza não desistiríamos, então começamos a nos dirigir para lá.

— O senhor vem? — perguntou Noor por cima do ombro.

Ele abriu um sorriso torto.

— De jeito nenhum.

CAPÍTULO QUATORZE

u estava caindo, caindo, sem peso, envolvido em um vazio aveludado. Tentei contar os segundos, mas toda hora perdia a conta

                      Um, dois

                                            três

               quatro

cinco

              quatro

Sonhei que estava de pé no meio de um matagal da Flórida à noite durante uma chuva de verão.

Sonhei que vi meu avô de roupão segurando uma lanterna, e tentei gritar para ele parar, voltar para casa, avisar que ele estava em perigo. Mas minhas palavras saíram em língua de etéreo, e quando ele me ouviu pareceu assustado, depois irritado, e me atacou com um abridor de cartas como se fosse uma faca.

Eu fugi, gritando:

— Pare, sou o Jacob, seu neto...

Sonhei que ele disse:

— *PARE, VOCÊ PRECISA PARAR.*

E enfiou o abridor de cartas no meu ombro.

Senti uma explosão de dor, então estava voando pelo ar em um arco amplo e lento. Céu azul e terra marrom trocaram de lugar quando girei, então caí em uma poça macia de lama. Tentei me levantar, mas estava tonto demais para conseguir na primeira tentativa e caí de volta na poça.

Algo pesado tombou do meu lado, espalhando mais lama, uma onda me atingindo.

Era Noor. Nós dois estávamos desorientados e imundos, mas parecíamos milagrosamente incólumes.

O quanto a gente tinha caído? E de onde?

Eu nunca tinha visto uma entrada de fenda assim.

Avaliei o entorno: um galpão, um celeiro, um silo de grãos, plantações. O céu era de um cinza-claro assustador. Em algum lugar ao longe, ouvi o apito agudo de um trem.

— Como a gente vai sair daqui? — perguntou Noor, olhando em volta.

— Vamos torcer para V. nos contar.

Se conseguirmos encontrá-la, pensei. Se o resto da fenda era tão estranho quanto a entrada, talvez não fosse tão fácil.

Em um trabalho conjunto, nos levantamos e limpamos a lama. Nenhum de nós queria encontrar a "mãe" de Noor desse jeito. Então, ela parou de repente e inclinou a cabeça para o lado.

— O que é isso?

Era o mesmo trem que eu ouvira antes, só que mais alto, com outra camada de som que lembrava as velas de um navio balançando ao vento.

Ergui os olhos.

Bem acima de nossas cabeças estava um objeto escuro e pequeno, que ficava cada vez maior.

— O que é aquilo? — perguntou Noor.

— Parece uma casa.

A visão era tão surreal que levamos um momento para compreender que era mesmo uma casa.

Então comecei a gritar:

— CASA, CASA, CASAAAAAA!

Nós dois tentávamos escapar da lama funda e grudenta, e agarrei Noor e a puxei para a frente. Nós tropeçamos, e me levantei — uma corrente humana tentando conseguir tração na lama. Então ela me empurrou, meus pés tocaram no solo seco, e nós dois disparamos, o som do trem e das velas ficando ensurdecedor.

A própria terra pareceu rachar, e um mar de lama nos atingiu pelas costas. No mesmo instante, algo me acertou com força, e fui jogado para a frente.

No chão atrás de mim havia uma maçaneta amassada.

Fiquei de pé às pressas, então fui até Noor.

— Você está bem?

Ela estava, assim como eu. Então ela encarou a casa, perplexa e assustada.

— Acho que eu morava lá — falou. — Naquela casa. Quando era bem pequena.

Era uma ruína caindo aos pedaços, é claro, embora de alguma forma tivesse aterrissado de pé.

Eu não sabia o que dizer. Ela fechou os olhos e começou a cantarolar a música que usava para se acalmar, então eu a abracei.

Acho que estávamos em choque.

Depois de um momento, outro som chamou nossa atenção. Era como se Deus estivesse pigarreando — um ronco longo e grave que vinha das nuvens pesadas acima.

Atrás de nós, se esticando devagar dos céus como a tromba de um imenso elefante, havia o funil de um tornado.

— *Tornado* — murmurei.

— Dois deles — disse Noor, apontando na direção oposta.

Dois. Havia dois tornados.

Não faziam barulho além de um zumbido distante, um ronco grave, quase imperceptível, que fazia tudo ao nosso redor, até o chão, vibrar em harmonia. Mais um momento e os tornados tocaram o solo, um depois do outro, como trovões. Só que, diferente de trovões, o som nunca parecia acabar. Continuava sem parar. Os tornados não estavam perto de nós, mas estávamos entre os dois, e eles pareciam estar convergindo.

Não havia para onde fugir. Certamente não dava para usar a casa destruída de Noor. A gente só podia seguir em frente... mas para que lado?

Nervoso, comecei a puxá-la para longe.

— A gente precisa encontrar...

Fui interrompido por um hidrante caindo do céu e atravessando o teto da casa, fazendo uma nuvem de farpas e telhas voar.

O impacto pareceu tirá-la do transe.

— A gente precisa encontrar abrigo. Um porão fundo, ou talvez um cofre de banco.

Mas não havia abrigo onde tínhamos caído, apenas campos lisos e silos de grãos pelos quais os tornados já tinham passado e poderiam passar de novo, o caminho marcado por árvores viradas, covas fundas cavadas nos milharais e um ou outro caminhão capotado.

Saímos correndo pela estrada. Não muito longe dali, dava para ver um pequeno centro comercial.

Corremos até lá.

Uma chuva começou a cair, as gotas pesadas e grossas.

— Você se lembra de mais alguma coisa desse lugar? Qualquer coisa que possa ajudar?

— Estou tentando lembrar — respondeu ela. — Mas é muito confuso...

Olhei para trás. Um dos tornados estava diretamente atrás de nós, a mais ou menos um quilômetro, ziguezagueando pela estrada. Eu nunca tinha visto um tornado tão de perto nem tão claramente, nem mesmo em vídeos, e a imagem me deixou sem fôlego. Era uma nuvem em espiral giratória que ligava o chão ao céu como um cordão umbilical quilométrico, e onde tocava o chão gerava um vértice assustador de terra e destroços do tamanho de um campo de futebol.

E se aproximava cada vez mais da gente.

— *Está vindo!* — gritei.

Mas Noor já tinha visto, ou sentido, as ondas de pressão negativa estalando no ar. Saímos correndo, forçando os membros até os pulmões arderem e as pernas doerem, e chegamos ao centro.

Ou ao que restava dele, pelo menos.

Paramos, sem fôlego, em uma praça cercada de prédios destruídos. Poucos estavam de pé. Um bando de galinhas depenadas passou correndo por nós, estranhamente nuas e gritando aterrorizadas.

Do outro lado da cidade, o segundo tornado roncava. Tentando decidir se deveria nos destruir, mesclar-se ao irmão ou continuar derrubando tudo sozinho.

Procuramos abrigo. Fomos a uma das casas da praça, depois Noor escolheu outra, mas abandonamos as duas quando percebemos que elas não tinham porões. Só estávamos a uns trinta metros da segunda casa quando ela começou a chacoalhar com força, e seu telhado foi arrancado, capotando pelo quintal até explodir em mil pedaços.

Nós vamos morrer.

As palavras surgiram na minha mente antes que eu conseguisse impedir.

Corremos para nos proteger, voltando para a praça e nos escondendo atrás de um barranco. Cobrimos a cabeça enquanto uma chuva de destroços atravessava o ar. Fiquei ali deitado, tremendo ao lado de Noor, esperando o vento furioso diminuir.

— Sinto muito — disse ela. — Sinto muito, Jacob. Eu não devia ter trazido você aqui.

— Você não tinha como saber. — Minha mão encontrou a dela no chão molhado. — Estamos nisso juntos, lembra?

Ouvimos outro estrondo próximo, e uma chama se ergueu na direção do céu. *Posto de gasolina*, pensei.

Ela começou a cantarolar de novo. Então pela primeira vez ouvi as palavras na música de Noor.

— Um, dois, três, lá vai a sra. Inês...

Nesse instante, uma senhora — a primeira pessoa que eu via na cidade — correu pela estrada à nossa frente abraçando um gato.

Senti um arrepio. *Qual a probabilidade...*

— Continua cantando! — falei.

— Dois, três, quatro, direto para o mercado.

A velhinha subiu os degraus de uma loja, abriu a porta com força e desapareceu lá dentro.

Olhei para Noor. Ela me encarou de volta, os olhos arregalados.

— Qual o próximo verso?

— Três, quatro, cinco, avance com afinco.

Agarrei a mão dela.

— Temos que...

— Ir para o mercado!

Corremos pela rua como soldados atravessando as linhas inimigas e entramos pela porta. A sra. Inês, ou seja lá quem fosse, estava escondida atrás do caixa. Dois homens com uniformes do mercado espiaram por um alçapão no chão, talvez um armazém subterrâneo.

Noor começou a cantar de novo.

— Quatro, cinco, seis, lá está o queijo francês.

Perguntei para os atendentes:

— Onde ficam os laticínios?

— Corredor nove! — gritou um deles, provavelmente em choque, respondendo de maneira automática.

— Venham para cá! — gritou o outro, acenando para o alçapão. — Vocês não...

O resto das suas palavras se perdeu em meio a um rugido apocalíptico. Noor e eu nos jogamos no chão. Um guincho metálico tomou o ar, e fechei os olhos com força, torcendo por uma morte rápida, então as coisas ficaram mais claras e barulhentas ao mesmo tempo, o que só poderia significar que o telhado fora arrancado. Depois achei ter ouvido as paredes sumirem, então veio o silêncio, o que provavelmente significava que eu tinha morrido.

Mas não. Descobri a cabeça e abri os olhos.

Não tínhamos morrido.

Nós dois estávamos bem. Todo o corredor estava bem. Intocado, até. Os produtos todos alinhados no lugar.

O restante do mercado, porém, incluindo a sra. Inês, tinha sido sugado pelos céus.

— Sua música — falei, confuso, a voz baixa sob o zumbido nos meus ouvidos.

— Minha mãe me ensinou. Agora eu sei por quê. — Ela se levantou, trêmula. — É o que eu tenho que fazer para encontrá-la.

O primeiro tornado tinha passado pela rua, mas o outro estava se aproximando, o som como o de um monstro mastigando vidro.

— Qual o próximo verso?

Noor começou a cantarolar sozinha. Tentando lembrar. Ela franziu a testa.

— Eu sempre esqueço essa parte.

Esperei em silêncio enquanto Noor encarava o chão e cantava baixinho, o tornado se aproximando cada vez mais.

Não era culpa de Noor. V. não havia mencionado que a vida dela dependeria de memorizar perfeitamente uma musiquinha infantil.

Não faz sentido, pensei. Por que aquela fenda era tão mortal? E por que V. convidaria Noor para vir para cá sem avisar sobre a situação?

É meio perigoso lá dentro, o homem na entrada da fenda avisara. Idiota.

Noor tinha começado a música de novo.

— Quatro, cinco, seis, lá está o queijo francês...

Ela balançou a cabeça, cantarolando baixinho, então bateu palmas e gritou:

— Cinco, seis, sete, dinheiro chove como confete!

Ela virou para mim de repente e agarrou meus braços.

— Dinheiro! O cofre do banco!

Voltamos rápido para a rua. Havia um fazendeiro correndo na outra direção.

— Onde fica o banco? — gritei para ele.

Ele apontou a rua atrás de nós.

— Depois daquela esquina!

Ele nos olhou como se tivéssemos perdido a cabeça e estava prestes a dizer mais alguma coisa quando foi atingido por um objeto. O homem tropeçou para trás e olhou para baixo, confuso, ao ver um pé de milho surgindo do peito.

Enquanto o homem caía no chão, corremos para o banco. Virando a esquina, dava para ver que já tinha sido destruído. Fogo saía das janelas, e as paredes e o teto haviam cedido.

A música de Noor não ajudava muito. Mas não tínhamos para onde correr, nenhuma opção além de continuar, então descemos a rua, os pés batendo no asfalto com a vã esperança de que algum refúgio surgisse.

Passamos pelo banco destruído quando nos deparamos com uma visão bizarra à frente: uma confusão do que parecia, à primeira vista, neve.

Não. Era papel.

Não. Era dinheiro. Dinheiro do cofre destruído do banco, girando pelo ar em uma chuva de papel picado.

— Cinco, seis, sete — cantava Noor enquanto tentava recuperar o fôlego —, dinheiro cai como confete... Seis, sete, oito... fique parado e não seja afoito.

Ela disparou à minha frente.

— Por aqui! — gritou. — Vem comigo!

Paramos no meio da chuva de notas e ficamos ali.

Esperando.

Um tornado estava vindo na nossa direção, mas esperamos. Todas as estruturas por perto já tinham sido destruídas ou estavam prestes a ceder. Mas, àquela altura, já tínhamos aprendido a confiar na canção. Então ficamos parados no meio daquela chuva de papel picado, as notas girando ao redor, grudando em nossos corpos sujos de lama enquanto o terrível e extraordinário espetáculo do tornado rugindo se aproximava. Porém, pouco antes de chegar à rua em que estávamos, ele parou, parecendo quase nos encarar por um momento, antes de dar a volta e destruir um barracão.

O ronco diminuiu. Fomos salvos outra vez.

— Próximo verso! — gritei por cima do som de um milhão de notas voando.

— Sete, oito, nove, ache o pinheiro assobiante e inove! — falou Noor.

Não muito distante, acima dos telhados das casas da rua seguinte, dava para ver uma árvore alta balançando ao vento. Corremos até lá, atravessando um quintal cheio de peixes se debatendo, sem dúvida arrancados de algum lago próximo, e passando por um cavalo que relinchava no topo de um telhado.

O pinheiro estava em um terreno arborizado na interseção entre duas ruas, entre árvores menores arrancadas, deixando apenas cotocos de madeira áspera no lugar. A única árvore que restava era o imenso e antigo pinheiro, com um tronco de seis metros de diâmetro. O vento atravessava seus galhos, criando um som agudo único — um assobio, quase uma canção —, o tom mudando com o vento.

Observamos a copa imensa do pinheiro, procurando uma casa na árvore, talvez, ou uma porta oculta — a entrada do abrigo de V. que estávamos torcendo para descobrir.

Mas não encontramos nada.

— E agora? — gritei. — A gente sobe?

Noor balançou a cabeça, a testa franzida, pensando. Então cantou:

— Oito, nove, dez, três homens sábios da cabeça aos pés!

Nenhum de nós entendeu o que aquilo queria dizer, e não havia muito tempo para descobrir. Era um código? Uma metáfora? Todas as outras partes da canção faziam referência a alguma pessoa ou algum lugar de verdade, mas "três homens sábios"? Não tinha ninguém por perto; todos os normais da fenda estavam mortos ou escondidos.

Outra árvore caiu no meio da rua a menos de dez metros da gente, uma nuvem de agulhas de pinheiro nos atingindo junto com algumas pedrinhas. Protegemos o rosto.

Quando me arrisquei a olhar de novo, vi uma placa de rua que não tinha percebido antes, tremendo na ventania.

RUA MELQUIOR BALTASAR DE GASPAR

Noor soltou uma gargalhada histérica e bateu palmas, e corremos juntos para lá.

Os números das casas estavam pintados na calçada e começavam no vinte, mas só havia uma casa de pé na Rua Melquior Baltasar de Gaspar.

A de número três.

Era uma casinha simples e fofa — térrea, pintada de azul-claro, nada de especial, com a exceção de ter escapado por completo da destruição. Havia um varal no quintal, as roupas penduradas tremulando ao vento. A caixa de correio vibrava, mas permanecia firme. O cata-vento no telhado girava sem parar.

Na varanda, sentada em uma cadeira de balanço, estava uma mulher que só podia ser V. Ela tinha cabelo grisalho curto agora, mas o rosto anguloso era o mesmo que aparecia na foto. Ela usava um suéter vermelho velho por cima de um vestido, uma espingarda estendida no colo e se balançava devagar, assistindo ao tornado como outras pessoas assistem ao pôr do sol.

Quando nos viu, ficou tensa e se levantou de um pulo.

Então ergueu a espingarda.

* * *

— Não atire! — gritei, paralisado, enquanto a gente acenava. — Viemos em paz!

V. veio até nós, os olhos furiosos.

— Quem são vocês e o que querem aqui? — berrou.

— Sou eu! — disse Noor.

V. apontou a arma para ela. Ela parecia surpresa, depois assustada e triste por um momento enquanto observava o rosto de Noor. Então suas sobrancelhas grossas se franziram em uma expressão furiosa.

— Que diabo você está fazendo aqui? — gritou ela.

Não era a recepção que esperávamos.

— Vim ver você! — disse Noor, e dava para perceber que ela estava se esforçando bastante para manter a voz calma e inalterada.

— Sim — respondeu V., impaciente —, mas como me encontraram?

Noor olhou para mim com os olhos arregalados. *Dá para acreditar nisso?*

— A gente seguiu o endereço! — explicou ela.

— Do cartão-postal!

V. pareceu confusa, e de repente ficou pálida.

— Eu não mandei cartão-postal nenhum.

Noor olhou para V. como se não tivesse ouvido corretamente.

— O quê?

V. olhou de mim para Noor.

— Vocês foram seguidos?

Naquele momento, o varal arrebentou e saiu voando acima das nossas cabeças, e nos abaixamos para não sermos decapitados.

— Vamos entrar antes que a gente morra — disse V., enfiando a espingarda debaixo do braço e puxando a gente pelos cotovelos.

Entramos correndo na casa. V. bateu a porta e fechou uma série de trincos, então começou a correr de janela em janela, fechando as pesadas venezianas de metal.

— A gente já quase morreu cinco vezes — falei. — Por que você mora num lugar tão perigoso?

Parecia uma mistura de casa de vó e museu de artilharia. Apoiados em prateleiras ao lado de uma mesinha com um aparelho de chá havia três escopetas. Pendurado no braço de um sofá de veludo verde havia um cinto de munição. Aquilo me lembrava a casa do meu avô.

— Porque criei esta fenda para ser assim — respondeu ela, puxando uma cordinha que trouxe um periscópio do teto. — Para ser uma verdadeira fortaleza. A fenda repete o evento mais mortal da história da região a cada meia hora. — Ela deu uma olhada pelo periscópio. — Sabem atirar?

Eu quase desmaiei.

— Espera... você *criou a fenda*?

Ela afastou o rosto do visor e olhou para mim.

— Eu sou uma *ymbryne*. E é claro que você sabe atirar, já que é neto de Abe Portman. — Ela deu uma olhada rápida em Noor, que parecia assustada demais para falar, e sua expressão se suavizou. — A gente não deveria se ver nunca mais, querida. Não que eu não tenha desejado isso mil vezes...

— Mas este lugar não é impenetrável — disse Noor. — A música.

Eu estava bem do lado dela, mas Noor parecia bastante solitária naquele momento.

V. soltou o periscópio.

— Depois de tantos anos, não achei que você fosse lembrar.

— É claro que eu lembro — retrucou Noor com uma voz que mal se ouvia acima do rugido do vento lá fora. — Você queria que eu viesse.

V. sorriu e atravessou a sala até onde eu estava com Noor, e achei que ela fosse abraçá-la, mas a *ymbryne* parou.

— Um erro sentimental. — O sorriso dela vacilou. — Eu sabia que não deveria ter ficado tão apegada, mas você era uma menininha tão querida. Eu sabia que, mais cedo ou mais tarde, pelo seu próprio bem, eu teria que deixá-la para trás, mas acho que queria acreditar que, talvez, um dia, eu e você poderíamos... — V. olhou para baixo e respirou fundo. — Eu nunca deveria ter ensinado essa música para você. Era para ser usada somente em caso de emergência. — Ela ergueu os olhos, parecendo assustada. — Mas só se eu procurasse você primeiro.

— E não foi o que aconteceu.

— Não.

— Não consigo entender — falei. — Se você não mandou o cartão-postal, então quem foi?

— No caso, fui eu — respondeu uma voz alegre atrás de nós, e nos viramos para ver um homem parado na porta da cozinha. Era o velho do armazém. Ele estava sem o gesso e apontava uma arma para nós. — Mandei vários, na verdade, para diferentes endereços. Sei que os correios são uma coisa antiquada hoje em dia... mas Velya também é, não concorda?

— Murnau — rosnou V.

Ele soltou uma risada seca, então endireitou a postura, estufou o peito e abriu um sorriso arrogante bem familiar. De repente percebi claramente, mesmo com a barba e a maquiagem: Murnau. Ele estava com uma mochila de couro pendurada nas costas.

— Interrompi a reunião familiar? Como sempre, cheguei na hora certa. — Ele deu um passo na nossa direção. A arma, assim como sua atenção, estava apontada para V. — Certo, queridos. Onde querem fazer isso? Na cozinha? Na banheira, para não estragar o carpete? Não que isso tudo vá estar aqui em algumas horas.

— Deixe-a em paz! — exclamou Noor. — Se você tem algum problema com ela, pode resolver comigo.

— Não, obrigado. Você já serviu ao seu propósito. Mas se tentar fazer qualquer gracinha, vou fazer sua mãe sofrer mais que o necessário. — Ele deu uma olhada para mim. — E seu namorado também.

— Eu sei o que você quer — falei. — E não vai encontrar nada aqui.

Ele me ignorou.

— Sabia que a gente está tentando entrar nesta fenda faz anos? Perdi muitos bons homens, mas nunca consegui resolver o enigma... até hoje. — Ele abriu um sorriso brilhante para Noor. — Parece que você se esqueceu de trancar a porta dos fundos, Velya.

Então ele atirou.

◆　◆　◆

Antes que o eco do tiro sumisse, antes que V. sequer caísse no chão, antes que eu conseguisse reagir, Noor saiu correndo na direção de Murnau. Ela não tinha armas, nem luz acumulada dentro de si, só as próprias mãos e o poder do seu ódio. Mas ele estava pronto: deu um passo para o lado, ergueu o braço musculoso e derrubou-a no chão. Então foi a minha vez de mergulhar na direção dele, pronto para destruí-lo, mas, no tempo que levei para alcançá-lo, ele tirou outra arma do cinto, ergueu e atirou.

Ouvi um estalo baixo. Senti uma dor aguda na lateral do corpo e, ao cair, ouvi outro tiro...

Ele tinha acertado Noor também.

Não consegui ficar de pé.

Apertei minha barriga. Algo estava enfiado na pele.

Um dardo.

Senti uma ardência, e minha visão começou a ficar enevoada.

Então, em um instante, ou um minuto — não sei quanto tempo se passou —, senti gotas de chuva caindo no meu rosto.

Ele tinha nos arrastado para fora.

Fiz força para abrir os olhos. Forcei minha visão a se focar. Eu estava algemado à cerca da varanda, e, ao meu lado, Murnau algemava Noor. Ela estava desmaiada, os olhos entreabertos.

V. estava caída de bruços na grama do quintal. O céu rugia.

Consegui falar algumas palavras arrastadas.

— Você não vai... matar a gente?

— Infelizmente não terei o prazer. Ordens do chefe! — Ele terminou de prender Noor, depois deu uma olhada por cima do ombro para V. — Ele quer que vocês vejam o ritual. E que sintam como é ter uma fenda colapsando em cima de vocês.

— Não vai... funcionar — falei, devagar. — Vocês nem têm... os ingredientes... certos.

Parecia que ele tinha se lembrado de alguma coisa.

— Ah, verdade. Vocês ainda acham...

O homem riu. Então ouvi um estalo, e Murnau fez uma careta e se abaixou. Uma flecha estava presa na sua coxa.

Murnau grunhiu e se virou para V.

Ela estava apoiada em um dos cotovelos, coberta de sangue, com uma balestra compacta que de alguma forma havia escondido.

Ela atirou de novo, dessa vez no ombro de Murnau.

Ele rosnou. Ergueu a arma e atirou de novo.

V. largou a balestra e tombou no chão.

Noor gemeu.

Murnau se virou para olhar para a gente.

— Como eu estava dizendo... — ele fez uma careta, mas mal parecia distraído pela dor — ... Bentham achou que poderia nos enganar com uma tradução ruim. Mas nós percebemos de imediato. O texto original do *Apócrifo* não menciona uma mãe das aves. Isso não existe. O que é preciso é o coração ainda pulsante da mãe das *tempestades*. — Ele largou o revólver, tirou a mochila de couro das costas e puxou de lá uma faca serrilhada. — Falando nisso, melhor eu cuidar logo dessa parte.

Ele foi mancando até onde V. estava caída na grama.

O céu era um caos de nuvens rodopiando.

Tentei gritar, chamar Noor, virar o rosto e olhar para ela, mas não consegui. Minha visão escureceu. O mundo girava.

Quando a escuridão diminuiu por um segundo, vi Murnau agachado ao lado do corpo caído de V. A faca subia e descia.

Escuridão de novo, até sentir algo atingir meu rosto. Folhas, poeira. Então ouvi o que parecia um trem de carga. Com um esforço tremendo, abri os olhos.

O tornado estava devorando uma árvore imensa do outro lado da rua, os galhos se debatendo como se possuídos por alguma entidade demoníaca. As raízes estavam sendo arrancadas do chão, e Murnau caminhava direto para lá. Estava com a mochila pendurada no ombro e com algo pequeno e escuro na mão, que ergueu em triunfo.

Logo antes de ser carregado para longe, ele parou e se virou para olhar para nós, e juro que vi um sorriso em seu rosto.

Então Murnau foi capturado pelo vento e desapareceu.

Talvez eu tenha desmaiado de novo. O que lembro a seguir é de um turbilhão de nuvens amarelas sendo sugadas pelo funil do tornado, se reunindo em uma forma cônica apontando para o céu. A árvore que tinha sido arrancada da terra girava ali, devagar, a trinta metros do chão, no centro do funil.

Ouvi um gemido baixo que foi ficando cada vez mais alto até quase explodir minha cabeça. Soava como uma voz humana em velocidade baixa, uma voz no vento falando em vogais incompreensíveis que aumentavam e diminuíam de tom como ondas. A nuvem amarela foi ficando cada vez mais espessa, até eu não conseguir mais ver a árvore voadora, então as nuvens ao redor tomaram uma forma holograficamente vívida.

Um rosto.

Um rosto que eu conhecia.

Então sua boca se abriu e, em um trovão lento e persistente, o céu gritou meu nome.

EPÍLOGO

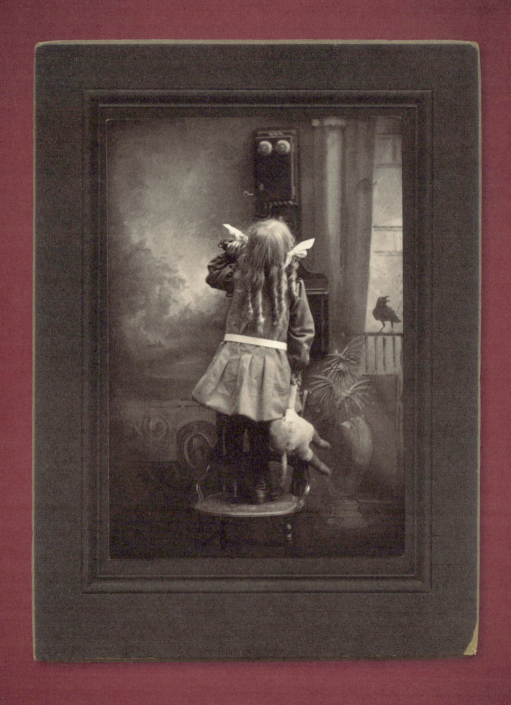

A menininha estava em um sono profundo quando Pensevus começou a sussurrar. Ela não sabia quanto tempo havia se passado, mas, quando seus olhos se abriram, a mente já tinha sido tomada por pesadelos.

Ela sabia exatamente o que precisava fazer.

A menininha se levantou e atravessou o quarto.

Pensevus continuava sussurrando. (Ele nunca parava de sussurrar.) Ela o carregou, pendurado em uma das mãos. (Ela o levava para todo lugar.)

Ela só havia usado o telefone uma vez, mas Pensevus lhe disse o que fazer.

Ele sempre lhe dizia o que fazer.

Ela puxou uma cadeira do canto do quarto e a colocou embaixo do aparelho, então subiu nela para poder alcançar o fone.

Ela fez seis ligações, uma após a outra. Não tinha terminado sua tarefa quando a primeira *ymbryne* pousou no peitoril da sua janela aberta.

Quando cada ligação era completada, a menininha só dizia uma coisa:

— Ele voltou.

SOBRE AS FOTOGRAFIAS

As imagens usadas neste livro são autênticas fotografias antigas que foram garimpadas, e, com exceção de algumas que passaram por tratamento digital, estão inalteradas. Foram colecionadas exaustivamente ao longo de vários anos: descobertas em mercados de pulgas, feiras e nos arquivos de colecionadores de fotos melhores do que eu, que tiveram a gentileza de compartilhar alguns de seus tesouros mais peculiares para ajudar a criar este livro.

As seguintes fotos foram graciosamente cedidas por seus proprietários:

PÁGINA	TÍTULO	DA COLEÇÃO DE
36	Hattie	Jack Mord / The Thanatos Archive
123	Breedlove	John Van Noate
153	Carro fúnebre a cavalo	John Van Noate
159	LaMothe	Jack Mord / The Thanatos Archive
169	Ellery	John Van Noate
203	Elsie	Billy Parrott
253	Josep	Billy Parrott
290	Ciclone	Jack Mord / The Thanatos Archive
312	Menina ao telefone	Billy Parrott

intrinseca.com.br

@intrinseca

editoraintrinseca

@intrinseca

1ª edição	MARÇO DE 2020
reimpressão	NOVEMBRO DE 2020
impressão	SANTA MARTA
papel de miolo	PÓLEN SOFT 70G/M²
tipografia	SABON